Pavlos Matessis

DIE TOCHTER
DER HÜNDIN

Roman

Aus dem Griechischen von
Birgit Hildebrand

Carl Hanser Verlag

Die Originalausgabe erschien 1996
unter dem Titel *I mitera tou skilou*
bei Kastaniotis in Athen.

Wir danken dem griechischen
Ministerium für Kultur für die Förderung
der Übersetzung.

1 2 3 4 5   05 04 03 02 01

Alle Rechte der deutschen Ausgabe:
© Carl Hanser Verlag München Wien 2001
Satz: Filmsatz Schröter GmbH, München
Druck und Bindung: Friedrich Pustet, Regensburg
Printed in Germany

Martis gewidmet

Sag lieber Raraú zu mir.

Mein Taufname ist ja im Grund Rubíni, aber so richtig getauft, auf Raraú, wurde ich erst, als ich mein Theaterdebüt hatte, und mit diesem Namen habe ich es bis dahin gebracht, wo ich jetzt bin. Im Krankenscheinheft habe ich auch »Fräulein Raraú, Schauspielerin« danebengeschrieben, und so wird es auf meinem Grabstein stehen. Rubíni hab ich gestrichen. Abgeschrieben. Und erst recht den Nachnamen, Méskari.

Geboren bin ich in Epálxis. Auch eine Hauptstadt, aber in der Provinz. Mit Fünfzehn bin ich abgehauen, mit meiner Mutter und drei Scheiben Brot, ein paar Monate nach ihrer öffentlichen Zurschaustellung, als noch die sogenannte Befreiung gefeiert wurde. Und ich werde nie wieder dahin zurückgehen. Auch meine Mutter wird nie wieder dahin zurückgehen. Ich habe sie hier in Athen bestattet, der einzige Luxus, um den sie mich je gebeten hat, als Letzten Willen. »Mein Kind, jetzt, wo ich sterbe, wünsche ich mir nur den einen Luxus: daß du mich hier begräbst. Damit ich nie wieder dahin zurück muß.« (Sie nahm das Wort »Epálxis« nie wieder in den Mund, obwohl es ihre Geburtsstadt war.) »Setz alles in Bewegung und besorge mir einen Grabplatz auf Lebenszeit. Sonst hab ich dich noch nie um etwas gebeten. Nicht einmal meine Gebeine sollen dahin zurückkehren müssen.«

Und so hab ich ihr das Grab gekauft, kein luxuriöses natürlich, und besuche sie immer mal wieder. Ich schenke ihr eine Blume, ein Stück Schokolade, besprenge sie ein bißchen mit meinem Kölnisch Wasser – das mach ich extra, denn solange sie noch lebte, hat sie mir das nicht erlaubt, sie hat es als sündigen Luxus betrachtet. Nur ein einziges Mal, sagte sie, hab ich mir Kölnisch Wasser draufgetan, bei meiner Hochzeit. Jetzt spritze ich ihr ein paar Tropfen hin, soll sie doch ruhig was dagegen einwenden, wenn sie kann. Die Schokolade bringe ich ihr, weil das, wie sie mir erzählt hat, während der vier Besatzungsjahre ihr Traum war: eine Tafel Schokolade zu essen, die ihr ganz alleine gehörte. Nach der Besatzungszeit wurde sie ganz verbittert und wollte seither nie mehr eine Schokolade.

Ich besitze auch eine kleine Wohnung, zwei Zimmer und Diele, und die Rente als Tochter eines in Albanien gefallenen Helden, und zusätzlich hab ich noch eine Rente als Schauspielerin zu erwarten, sobald ich die notwendigen Versicherungsmarken zusammenhabe, und überhaupt bin ich durchweg glücklich und zufrieden. Ich habe keinen Menschen zu versorgen, zu lieben oder zu betrauern, ich habe einen Plattenspieler und Platten, hauptsächlich mit linken Liedern. Ich persönlich bin ja an sich königstreu, aber die Lieder der Linken gehen mir einfach zu Herzen. Ein Segen, daß ich glücklich bin.

Mein Vater war Innereienmetzger von Beruf, aber das erzählten wir nicht herum. Er ging in die Schlachthöfe, holte die Gedärme und spülte sie aus, stülpte sie der Reihe nach um, damit man gefüllten Darm und Darmspieße für den Grill machen konnte. Ich habe ihn noch ganz jung in Erinnerung, er dürfte so vierundzwanzig gewesen sein. Das heißt, von einem Hochzeitsfoto her, aus dem Jahr 1932, denn persönlich ist er mir fast überhaupt nicht mehr gegenwärtig. 1940, als er nach Albanien ging, waren ich und meine zwei Geschwister schon geboren, Brüder sind es, der eine älter als ich, irgendwo muß er noch leben, denke ich mir.

Meinen Vater habe ich bloß noch von damals in Erinnerung, als die Mobilmachung stattfand und wir ihn begleiteten, meine Mutter und ich. Wir gingen zum Bahnhof, er voran, denn er war in Eile, um den Zug nicht zu verpassen, meine Mutter lief hinterdrein; sie weinte heftig, ohne sich vor den Leuten zu genieren, und ich in ihrem Schlepptau, das weiß ich noch. Ich erinnere mich, wie der Vater im Bahnabteil war, er zog in den Krieg, und wir hatten zu Hause im ganzen bloß noch ein Zwanzigdrachmenstück. Die Mutter drückte es ihm in die Hand, er wollte es aber nicht nehmen. Danach, am Zug, warf sie es ihm durchs Fenster, da weinte er und fing mit Jesus und Maria an, warf es ihr wieder hinaus, die Mutter hob es von der Erde auf und warf es richtig mit Schwung, die anderen Rekrutierten mußten lachen, die Münze flog hinein, darauf zerrte sie mich im Laufschritt weg, damit der Vater nicht mehr dazu kam, sie wieder hinauszuwerfen. Ob er sie nun an sich genommen hatte oder die anderen sie durchbrachten, erfuhren wir nie. Und das war das letzte Mal, daß ich mich erinnere, den Vater als jungen Menschen gesehen zu haben, und zwar von vorn, denn ich sehe ihn immer bloß gebeugt und von hinten vor mir, wie er Gedärme spült. Und so halte ich die Verbindung zu seinem Gesicht nur über das Hochzeitsbild aufrecht. Die Toten und die Verschwundenen, alle, die aus meinem Leben gegangen sind, die vergesse ich, ihre Gesichter zumindest. Ich weiß bloß, daß sie nicht mehr da sind. Sogar meine Mutter. Sie ist mit über Fünfundsiebzig gestorben, aber ich habe irgendwie nie die Muße gehabt, sie gründlich zu betrachten, und so halte ich den Kontakt zu ihr über das Hochzeitsfoto aufrecht, auf dem sie ein Mädchen von dreiundzwanzig ist, vierzig Jahre jünger als ich. Deshalb hab ich auch keine Scheu mehr vor ihr, wenn ich ihr die Schokolade bringe, denn jetzt ist sie wie meine Tochter, was das Alter angeht, meine ich.

Jedenfalls ein Hoch auf Albanien, das mir meine Rente verschafft hat. Und ich pfeif doch darauf, daß die Nation besiegt worden ist! Ist das etwa das erste Mal, daß ihr das passiert? Ich bin ja an sich sowohl nationalistisch als auch königstreu, aber die Rente, das ist was anderes. Schließlich bin ich eine Waise.

Als der Vater mit dem Zwanziger in den Krieg gezogen war, kehrten wir nach Hause zurück, räumten auf, kauften Brot auf Kredit, und die Mutter nahm Arbeit an, als Hausgehilfin in einem besseren Haus, und abends machte sie Näharbeiten, sie hatte eine Nähmaschine mit Handbetrieb. Eine richtige Schneiderin war sie ja nicht, sie nähte Leibchen, Windelhöschen, Kindersachen, half bei Beerdigungen, sie wußte Bescheid, wie man Leichentücher anfertigt. Und ab und zu kam eine Karte von der Front, es geht mir gut, ich grüße Euch. Daraufhin schrieb ich die Antwort, ich schloß damals gerade die Volksschule ab, meine Mutter war nie zur Schule gegangen. »Lieber Diomídis, laß Dir mitteilen, daß es den Kindern gutgeht ich arbeite gräme Dich nicht paß auf Deine Gesundheit auf ich küsse Dich durch die Hand unserer Tochter Rubíni Deine Ehefrau Méskari Assimína.«

Ich persönlich wurde die Vorstellung nicht los, daß die Postkarten, die unser Vater schickte, nach Gedärmen und Kutteln rochen, deshalb konnte ich später auch nie Kuttelsuppe essen, die roch für mich zu stark nach Mensch, und auch nicht die Ostersuppe aus Lamminnereien, obwohl ich so religiös bin. Letztes Jahr hat mich ein Impresario sogar damit aufgezogen, Mensch, Raraú, was soll ich bloß mit dir in der Revue anfangen, wir erzählen hier Zoten, und du bist bigott.

Bigott, ja, aber alle waren sie immer wie wild hinter mir her. Sogar jetzt noch.

Dieser Impresario pflegte ein Schaumgummiteil in seinen

Slip zu stecken, damit es ein männlicheres Profil hergab. Auch in die Badehose steckte er sich ein Stück Schaumgummi, wenn er auf der Tournee zum Baden ging. Allen weiblichen Mitgliedern im Theater war das bekannt, manche fummelten an ihm herum, angeblich mit sexuellen Hintergedanken, aber eigentlich, um ihn zu blamieren, doch wenn eine von ihnen den Fehler machte, sich soweit zu erdreisten, nahm er sie nie wieder in die Truppe auf. Mich nahm er auch nicht mehr, denn als er mir gegenüber mal einen Fluch ausstieß, ich besorg es deinem Christus und deiner Mutter Gottes und deiner Mutter, die dich geworfen hat, sagte ich, ja womit denn, bitte schön? Mit dem Gummidings? Er gab mir zwei Fußtritte, dieser Jämmerling; und wenn du noch soviel trittst, sagte ich, das bringt dir überhaupt nichts, drei Zentimeter bleibt er dir und wird nicht mehr länger, bis du stirbst, den Schwanz, den kriegt auch keine plastische Chirurgie hoch, tritt doch, soviel du willst.

Mein Vater mag ja schmächtig und behaart gewesen sein, aber er hatte unten ein imponierendes Rüstzeug, denn schau mal, unser Haus bestand doch nur aus einem Zimmer, ohne Trennwände, der Abtritt war draußen, und so sah ich ihn einmal, als er die Unterhose wechselte, nackt, und ich muß schon sagen, ich war richtig stolz auf ihn, damals wußte ich bloß nicht, warum. Mein großer Bruder kam mit meinem Vater nicht aus, er war zwar noch ein Kind, gab ihm aber permanent Widerworte, und eines Tages machte mein Vater den Mund auf, das tat er selten, wenn er nach Hause kam, er ging einfach hinaus in den Hinterhof und spülte ein paar Kutteln aus, abends brachte er oft noch Arbeit mit nach Hause. Mein Bruder warf ihm Erde in den Zuber mit den gewaschenen Kutteln und sagte zu ihm, he, du bist überhaupt kein richtiger Mann, als Junge von Dreizehn sagte er das. Da machte mein Vater den Mund auf und sagte, ich seh dich nicht mehr als meinen Sohn an. Und ich dich nicht als meinen Vater, du Kuttelwäscher, sagte mein Bruder Sotíris. Dann such dir doch einen anderen Vater, sagte der Vater zu ihm und ging ins Haus. Da ging Sotíris gleichfalls ins Haus, machte das Fenster auf und begann, jedem Passanten Vater, Vater hinterherzurufen. Und heulte. Und die Passanten wunderten sich. Daraufhin griff meine Mutter ein, schloß das Fenster und ging hinaus und spülte die Erde wieder aus den Kutteln, fertig, sagte sie zum Vater, und er nahm sie auf die Schulter und verließ das Haus, er brachte sie ins Restaurant »Sintriváni«. Die Mutter wischte sich die Hände ab, stülpte einen Kissenbezug über die Nähmaschine und ging weg, sie hatte bei einer Nachbarin den Totendienst zu verrichten. Sieh zu, daß sie nicht wieder aufeinander losgehen, wenn der Vater zurückkommt, wies sie mich an. Als der Vater zurückkam, setzte er sich auf die Schwelle zum Hof, als wollte er rauchen, aber ich sagte zu ihm, kommen Sie doch rein, Papa, Sotíris ist fort. Da ging er ins Haus, und als die Mutter von ihrer Arbeit heimkehrte, brachte sie süße Kringel mit, die haben jetzt Trauer, da darf man nichts Süßes zu Hause haben, meinte sie. Wir aßen sie auf, und die Mutter ging wieder weg, wir halten Nachtwache bei ihr, sagte sie zum Vater, ich mache den Kaffee, geht ihr nur schlafen.

Mein Bruder Sotíris begann abends vor einem verrufenen Haus herumzulungern, das Bordell des Mndílas hieß es, es war das vornehmste von den dreien in Epálxis. Seit der Zeit war mir klar, was Bordell bedeutet und was sie da drin für eine Arbeit verrichten. Direkt betreten hab ich ein Bordell dann später, während der Besatzung, ich dürfte zirka dreizehn gewesen sein; ein Italiener hatte mich um eine Gefälligkeit hingeschickt, ich sah dort nichts Tadelnswertes, man bewirtete mich sogar.

Noch ein weiteres Mal ging ich zu Prostituierten, das war

kurze Zeit später. Der Priester unseres Sprengels hatte mich hingeschickt, Vater Dínos von der Ajía-Kyriakí-Kirche, wir wohnten direkt hinter dem Chor. Der Pope kam jeden Morgen zur gleichen Zeit, pünktlichst um halb sechs, er war unser Wecker. Er traf genau um halb sechs ein, kam zum Pinkeln hinter den Chor, danach betrat er die Kirche. Dann rief die Mutter, Vater Dínos hat gepinkelt, steht auf, es ist Zeit für die Schule. Denn wir hatten keine Uhr im Haus. Und so kamen wir rechtzeitig in die Schule, wenn wir zu spät kamen, verpaßte uns die Lehrerin fünf Hiebe mit dem Lineal auf jede Handfläche. Eines Tages, während der Besatzungszeit, damals, als wir unseren Rekord brachen, siebenundzwanzig Tage hintereinander ohne Brot, nur Wildkräuter, und uns etwas wie Neugier gepackt hatte, herauszufinden, wie lange wir durchhalten würden, rief mich am sechsundzwanzigsten Tag Vater Dínos zu sich, du bist doch ein gutes Kind, sagte er, tust mir sicher einen Gefallen, aber sag es nirgends weiter. Er schob mich in die Kirche und dann ins Sanktuarium, ich wußte, daß Frauen das nicht betreten dürfen, aber hab keine Angst, komm rein, sagte der Pope zu mir, du bist noch ein unbeflecktes Geschöpf. Er legte mir ein knuspriges Christbrot auf die Hände, mit einer gestickten Serviette darum. Ich wollte schon abwehren, lieber verkaufe ich mich, als daß ich euch von Almosen ernähre, pflegte meine Mutter zu sagen. Aber der Pope bestand darauf. Kennst du das Restaurant »Sintriváni«, fragte er mich. Ich wußte, wo es war, die Deutschen hatten es jetzt zu einer Art Kantine gemacht. Du gehst hin, sagte er, verlangst Frau Rita und gibst ihr das hier, von Vater Dínos sag ihr, sie weiß schon. Und weil ich ihn offenbar dumm anglotzte, sagte er, sie ist eine mittellose Frau, wir wollen sie unterstützen. Und bring mir die Serviette zurück, die gehört meiner Angetrauten. Jetzt lauf, und sieh zu, daß sie es dir auf dem Weg nicht abnehmen.

Ich wußte, daß Frau Rita die erste Hure von Epálxis war, sie arbeitete im vornehmsten Haus, hatte aber auch Deutsche. Sie war wohlhabend und hochgewachsen. Und als ich so dahinging, beschäftigte mich schon im voraus der Schauder, der mich gleich erfassen würde, denn ich sollte zum ersten Mal einen Deutschen aus so einer Nähe erblicken, und so vergaß ich, auf dem Weg an dem knusprigen schneeweißen Christbrot zu schnuppern. Vor den deutschen Besatzern zitterten wir alle, weil sie den Mund nicht auftaten. Die Italiener machten auf uns einen freundlicheren Eindruck, weil sie lachten, den Frauen auf der Straße nachstellten und den Kindern manchmal kleine Brote zuwarfen. *Pagnotte* nannten sie diese Brote, die etwa so wie Kommißbrot waren. Kaum war ich am »Sintriváni« angekommen, schlotterten mir die Knie in Erwartung des Schreckens. Vielleicht auch vom Hungern, unsere Mutter ließ uns nicht grundlos herumlaufen, jeder Schritt eine Kalorie, sagte sie (das Wort hatte sie irgendwo aufgeschnappt), jeder Schritt bringt uns dem Hinscheiden näher.

Schließlich betrat ich das »Sintriváni«, es war gesteckt voll mit Deutschen, alle aßen, mir schenkten sie gottlob nicht die geringste Beachtung, da kam der Kellner, er war Grieche, und meinte, was willst denn du hier, Kindchen. (Wegen des Hungers war ich zusammengeschrumpft, man muß bedenken, daß ich meine Periode erst mit Siebzehn bekam.) Ich erkundigte mich nach Frau Rita. Der Kellner lachte respektlos, Mensch, Rita, der Pope schickt dir schon wieder ein Angebinde, rief er. Und von einem Tisch erhob sich Frau Rita, eine sehr stattliche Frau, auch voller Güte, was willst du, mein Lämmchen, fragte sie mich. Ich übergab ihr die Bestellung und das Christbrot. Ah, vom Pöpchen, sagte sie. Da, du Goldkind. Und gab mir einen Kuß. Sie war eine sehr nette Frau und machte einen glücklichen Eindruck. Alt ist sie, dachte ich. Alt für mich Dreizehnjährige zumindest, sie dürfte eine Frau von zirka sechsundzwanzig Jahren gewesen sein, wenn ich jetzt so zurückdenke. Jedenfalls war ich äußerst froh, sie kennenzulernen, als würde ich dadurch irgendwie gesellschaftlich anerkannt. Und das so sehr, daß ich es nicht aushielt und meiner Mutter davon erzählte, obwohl mich der Pope beschworen hatte, es keiner Seele weiterzusagen. In der Besatzungszeit saß meine Mutter zu Hause, es gab damals für niemanden Arbeit, Hausgehilfinnen nahmen sich nur zwei, drei Häuser in Epálxis, und was Säuglingssachen und Hemdchen betraf, wer brauchte dazu eine Schneiderin? Leichentücher nähte man auch nicht mehr, das Begräbnis ging provisorisch vonstatten, jeder kam in dem unter die Erde, was er eben in seiner letzten Stunde trug. Meine Mutter ging trotzdem zu den Totenwachen, aus Freundlichkeit, obwohl sie erst im Morgengrauen zurückkam, von sieben Uhr abends an war ja Ausgangssperre.

Kaum hatte ich meiner Mutter also das von Frau Rita erzählt, haute sie mir eine runter. Du wärst verpflichtet gewesen, es hierherzubringen, sagte sie mir. Zum ersten Mal hielt sie mich zum Ungehorsam an, und noch dazu einem Priester gegenüber. Ich heulte, denn es war auch kalt. Meine Mutter saß an der Nähmaschine, und um mich zu trösten, ließ sie mich mithelfen. Sie trennte gerade unsere Fahne auf. Die hatten wir an dem Tag, an dem der Vater fortging, hinausgehängt, und noch an einem weiteren Tag, als unsere Armee eine Stadt einnahm, Korytsá, glaube ich. Jetzt, während der Besatzung, war die Fahne sowohl nutzlos als auch gefährlich, im Fall, daß sie nämlich bei uns eine Haussuchung durchgeführt hätten. In allen Häusern machten sie Haussuchungen, ein griechischer Dolmetscher und zwei Deutsche. Anfangs hatten sie Italiener geschickt, aber weil die mit den Besetzten Gespräche anfingen, zogen die Deutschen sie von dieser Arbeit ab. In unser Haus waren sie nie zu einer Durchsuchung gekommen, für mich war das wie eine gesellschaftliche Demütigung. Weil wir es aber gerade von den Fahnen haben, seit der Zeit habe ich für mich zu Hause nie eine Fahne angeschafft, denn obwohl ich national eingestellt bin, begreife ich nicht, wozu sie gut sein soll, nur in einigen Revuen erschien sie uns ganz brauchbar, bei bestimmten Nummern.

Wir trennten also die Fahne auf, die Mutter und ich. Glücklicherweise war sie groß, wie ich mich erinnere, hatte sie mein Vater vor Jahren einmal mitgebracht, ein Metzger war pleite gegangen und konnte ihm drei Tagessätze Innereien- und Kuttelnsäubern nicht bezahlen. Da nahm mein Vater von ihm eine Fahne und eine Waage als Pfand, Kantári sagten wir damals dazu, so eine, bei der man die Ware an einen Haken hängt, um sie zu wiegen. Er hatte keine Gelegenheit mehr, sonst etwas zu pfänden, andere waren ihm schon zuvorgekommen, nur die Fahne und das Kantári waren noch in der Metzgerei übrig. Als wir sie dann am 28. Oktober hinaushängten, als der Vater fortging, verdeckte sie uns fast die ganze Aussicht, das erinnerte mich an ein patriotisches Schullied, »deck zu, o Mutter, deck doch zu, du Tochter mit den blauen Augen«. Ein Glück, daß sie der Mutter wieder in den Sinn gekommen war. Anfangs benützten wir sie als Laken. Jetzt trennten wir sie auf, und meine Mutter schnitt sie in Stücke und brachte vier Paar Unterhemden für uns alle heraus und je zwei Unterhosen für jeden. Und ich weiß noch gut, daß mein Höschen sogar aus der Mitte mit dem Kreuz stammte, das ging nicht aufzutrennen, und so trug ich eine blauweiße Unterhose, und das Kreuz kniff mich genau unten im Schritt. Aber mit dieser Wäsche überstanden wir den Winter. Und außerdem bestand keine Gefahr mehr, daß man in unserem Haus eine Fahne, ein Objekt des Widerstands, fand, falls bei uns eine Haussuchung gemacht werden sollte.

Wenn ich auch darauf nicht mehr hoffte. Doch der Pope sah eines Tages unsere Wäsche auf dem Seil hinter dem Kirchenchor hängen, und er durchschaute alles. Wie konntest du das nur übers Herz bringen, liebe Frau, sagte er zu unserer Mutter. Und die Mutter sagte zu ihm, Rígas Pheréos* hätte auch nichts anderes getan, wenn er unbekleidete Kinder gehabt hätte. Der Pope machte dann keine Bemerkungen mehr über unsere Unterhosen.

Eigentlich *hatte* die Obrigkeit uns ja auch aufgesucht. Aber das war vor der Besatzung, während des Albanienkriegs. Fünf Monate nach dem Tag, an dem uns unser Vater verlassen hatte, kam von ihm keine Post mehr. Die Mutter schickte mich zu bestimmten Nachbarn, die ein Radio hatten, ob ich nicht vielleicht den Namen des Vaters unter denen der Gefallenen hörte. Über Radios verfügten damals höchstens zehn Häuser in Epálxis, die reichen. Diese Nachbarn waren eine Familie von Theaterleuten, wir nannten sie die Familie Tiritómba, denn sie hatten in unserer Stadt eine Revue mit diesem Titel aufgeführt. Ursprünglich aus Epálxis stammend, waren sie zufällig auf einer Tournee durchgekommen, der Krieg hatte sie dort überrascht, und so blieben sie in der Stadt, nette Menschen, besonders Fräulein Salome, die Schwägerin des Theaterdirektors. Durch eine Erbschaft besaßen sie ein eigenes Haus in Epálxis, ich werde dir später von ihnen erzählen, das Haus existiert immer noch, man hat es nicht abgerissen, sie haben scheint's vergessen, es zu verkaufen, erzählte mir kürzlich Fräulein Béba, die Tochter des Gemeindevorsängers. Die lebt auch noch, sie kommt immer nach Athen, um sich die Perücke färben zu lassen.

Wir baten Fräulein Salome, die Nachrichten über die Ge-

---

* Rígas Pheréos war einer der bedeutendsten griechischen Freiheitshelden des 18. Jahrhunderts. (A. d. Ü.)

fallenen abzuhören, damit ich nicht hingehen mußte und meine Zeit damit vertat. Außerdem wandten wir uns auch an die Polizei und ans Bezirksamt, um eventuell Informationen zu kriegen, ob wir schwarze Kleidung tragen und Trauerkrepp an die Tür hängen sollten. Aber der Name meines Vaters war nie dabei, macht euch keine Sorgen, sagte Fräulein Salome zu uns, wenn ihm etwas Schlimmes passiert, werden euch die Behörden schon Bescheid geben, damit ihr dann auch die Medaille bekommt.

Und deshalb banden wir keine schwarzen Schleifen an die Gardinen.

Eines Tages kam ein Polizist mit einem in Zivil zu uns nach Hause, und sie fragten die Mutter die ganze Zeit aus, was sie für Informationen besäße, was für eine Gesinnung unser Vater hätte. Wir zeigten ihnen die Feldpostkarten, die von der Front gekommen waren, was hätten wir ihnen sonst zeigen sollen. Sie sagten uns, er sei jetzt schon einen Monat unerlaubt seiner Kompanie ferngeblieben.

Als das unserer Großmutter zu Ohren kam, platzte sie herein und hätte um ein Haar meiner Mutter die Augen ausgekratzt, weil wir keinen Trauerflor angebracht hatten. Sie trug Schwarz, sogar während der Besatzung, einmal, als sie Weizen besorgt hatte, kochte sie Totengrütze für ihn daraus, Spernά sagten wir damals dazu, und schickte uns einen Teller davon, wir aßen zwei Tage daran.

Trotzdem trugen wir keine Trauer.

Solange der Staat es mir nicht verordnet, betraure ich ihn nicht, das bringt ja sonst auch Unglück, sagte meine Mutter. Als uns viel später, schon während der Befreiung, ein staatliches Papier zugeschickt wurde, daß Méskaris Diomídis, mein Vater, als verschollen und auf dem Felde der Ehre gefallen gelte, und daß seine Familie zum Bezug einer Rente berechtigt sei, war es schon ungehörig, Trauer zu tragen, die

Frist, die die Religion festlegt, war bereits verstrichen. Das ist die Rente, die ich heute kriege, in ihren Genuß sind wir allerdings erst sehr viel später gekommen, als wir schon für immer aus Epálxis weggezogen waren.

Die beiden waren die ersten Behördenmenschen, die unser Haus betraten. Später, gegen Ende des ersten Besatzungsjahres, kamen sie endlich auch zu einer Haussuchung wegen Waffen zu uns, diesmal waren es Italiener. Sie durchwühlten die Kommode und überprüften darauf den Fußboden, was heißt überhaupt Fußboden, im ganzen Haus gab es ja nur gestampfte Erde, und der eine Italiener starrte immerzu meine Mutter an, ich heiße Alfio, sagte er zu ihr, Sie finden mich in der *Carabineria*. Sehr manierlich wirkte er und zurückhaltend. Er sagte es in gebrochenem Griechisch. Mein Bruder Sotíris nannte sie hinterher eine Hure, und ich verdrosch ihn.

Dieser Lehmboden brachte uns nichts als Unannehmlichkeiten. Meine Mutter war eine ordentliche Hausfrau, und ich schlage ihr darin nach, *tale quale*. Wir mußten den Boden benetzen. Nicht, indem wir Wasser darübergossen, sonst hätte er sich in Schlamm verwandelt, sondern wir nahmen den Mund voll Wasser und bepusteten damit den Boden, damit sich der Staub setzte und eine feste Schicht bildete. Auch im Winter machten wir das, alle gemeinsam. Und danach stampften wir alle miteinander darauf herum, wir legten ein Brett hin, stellten uns drauf, legten es dann an eine andere Stelle, und immer von neuem alle zusammen aufs Brett. Denn wenn wir den Fußboden einfach so ließen, wurde er wieder zu Erde, und es sprossen Pflanzen heraus, vor allem Malven, einmal ging sogar eine Mohnblume neben dem Ausguß auf.

Mir persönlich, das muß ich zugeben, mir paßte es, daß wir so einen Boden hatten. Ich hatte nämlich schon immer einen Hang zur Erde, von klein auf, keine Ahnung, warum. Schon immer hatte ich davon geträumt, ein Stückchen Erdboden zu besitzen, das mir ganz alleine gehörte. Auch in meiner Schultasche hatte ich immer eine Handvoll Krume. In unserem Hinterhof hatte ich mir eine Ecke abgetrennt, die nannte ich »mein Grundstück«. Ich hatte sie mit kleinen Weidenruten eingezäunt und pflanzte Bohnen darauf, aber sie gingen nicht richtig an, es war zur falschen Jahreszeit. Danach hatte ich die Idee, unter meinem Bett ein Gärtchen anzulegen.

Im Winter legten wir Flickenteppiche und alte Decken aus, aber es half nichts, ständig wuchsen Pflanzen heraus. Einmal sah ich zufällig in der Morgendämmerung, wie sich der Flickenteppich bewegte und hochschob, ich dachte, es sei eine Schlange darunter. Ich hob ihn an und sah nach, und es war ein Pilz, der durchs Erdreich gebrochen war. Wie ein Sonnenaufgang aus dem Fußboden.

In den Ecken gab es frische Spinnennester, auch wenn wir jeden Samstag kalkten, ganz zu schweigen vom täglichen Kehren. Trotzdem waren die Spinnen da. Sie kamen wieder heraus und webten ihr Netz. Laß sie doch, sagte die Mutter eines Tages zu mir, sie tun ja niemandem etwas zuleide und fressen obendrein Fliegen. Sie sind schließlich auch eine Art Gesellschaft.

Offenbar rührt es von damals her, daß ich im Schlaf sehe, wie es in der Wohnung schneit. Ich bin dann bei mir zu Hause, hier in Athen, in meinem Zweizimmerappartement. Es liegt Schnee drinnen. In den Zimmerecken, zu Füßen der Konsole, auf dem Kommodendeckchen, rings um den Waschtisch. Wie kann das passiert sein, denke ich, das Haus hat doch ein Dach. Und dann wache ich auf. Ein anderes Mal wieder träume ich, daß Schnee im Grab meiner Mutter liegt. Es ist zu klein, denke ich, und ich weiß nicht, wie der Platz für mich reichen soll, wenn meine Zeit gekommen ist. In den Ecken liegt ein klein bißchen Schnee. Und sonst ist nichts darin. Auch keine

Brocken vom Sarg, nichts. Bloß Schnee ist übriggeblieben von der Mama.

In jenem zweiten Jahr der Besatzungszeit mußte ich eines Tages lachen, Jungs, sagte ich zu meinen Brüdern, wir schließen eine Wette ab, wie viele Tage wir durchhalten. Sechsundzwanzig Tage ohne Brot, wir aßen Wildkräuter und ungekochten Kaffee, geschrotete Kaffeebohnen, ein Geschäft war gestürmt worden, und ich hatte bloß den Kaffee erwischt. Jedes von uns Kindern aß immer am Nachmittag eine halbe Handvoll davon, und danach gingen wir raus und spielten. Meine Mutter erlaubte uns an sich nicht zu spielen, denn wir wurden oft mittendrin ohnmächtig, Hunger hatten wir keinen mehr, aber wir liefen sehr langsam. Die Geschäfte waren damals zum ersten Mal gestürmt worden, bis dahin hatte uns der Anstand zurückgehalten, die gesamte Bevölkerung. Nun war aber eine Verteilung von Lebensmitteln durchs Rote Kreuz angesetzt worden. Wir Geschwister stellten uns ab acht Uhr morgens zu dritt in der Schlange an, ich ging an dem Tag nicht in die Schule, wir gingen jetzt oft nicht zur Schule. Meine Mutter kam nie mit zu so einer Verteilung, ich weiß auch nicht, warum sie sich schämte, uns allerdings gab sie die Erlaubnis dazu, nur gewaschen mußten wir sein.

Wir standen also in der Schlange an. Und gegen halb vier verkündete man uns, daß es keine Lebensmittelzuteilung geben würde. Da ging durch alle, so um die dreihundert Leute, so etwas wie ein Ruck. Wir machten den Mund nicht auf, nicht einer. Dann drehten wir uns alle ohne jeden Mucks um und drückten die Türen von drei Geschäften ein, mit dem Rücken und mit Hieben, das eine war ein Geschäft für Damenmode, schon eine ganze Zeit lang geschlossen. Und griffen uns, was wir gerade fanden. Es waren auch Frauen von Beamten dabei, und Fräulein Salome, zum Ausgang gekleidet. Ich sah, wie einer niedergetrampelt wurde, es war unser

Sotíris, ihm war aber nichts passiert, sie trampelten auf ihm herum, und er kaute an etwas. Mir gelang es, eine Büchse zu erobern, da war schließlich dieser sonderbare geschrotete Kaffee drin, wir kannten zu Hause bei uns nur den türkischen, vor dem Krieg, soll das heißen. Blitzartig sah ich auch, wie Fräulein Salome ganz würdevoll aus einem geplünderten Laden trat, obwohl man ihr das Pelzkrägelchen vom Mantel abgerissen hatte. Da sie eine sehr eitle Frau war, hatte sie Kosmetika an sich genommen, Rouge, Tokalonpuder und einen Lippenstift, sie zeigte es uns später. Sie war sogar im Widerstand aktiv, das erfuhr ich nachträglich, und war doch aus einer guten Familie, wenn auch die Schwägerin eines Künstlers.

Am achtundzwanzigsten Tag ohne Brot, auch der Kaffee war uns ausgegangen, war die Mutter von der Frühe an unterwegs. Wir Kinder hockten zu dritt im Bett, um uns warm zu halten, und ich sagte, hätten wir doch jetzt bloß das Hinkelchen an unsren Füßen, um uns zu wärmen. Vögel haben nämlich eine höhere Körpertemperatur als der Mensch.

Dieses Hinkelchen hatte uns Fräulein Salome geschenkt, gesegnet sei sie dort, wo sie jetzt lebt, auch wenn es nicht Athen ist. Die hatte irgendwo einen Hühnerstall ausgeräubert. Sie schenkte es meiner Mutter, koch es aus und gib deinen Kindern die Brühe zu trinken, denn die werden demnächst noch die Drüsenkrankheit kriegen.

Das Hinkelchen hatte ein schön gefärbtes Gefieder, einen langen Hals und war quicklebendig, es wußte ja nicht, daß wir unter Besatzung standen. Da sagten wir, Mama, laß es uns nicht schlachten. Gut, sagte sie, lassen wir es noch ein bißchen größer werden, dann springt für uns eine Portion mehr heraus, vielleicht legt es ja auch mal ein Ei. Ein Ei bekamen wir aber erst zu essen, als die Engländer als Befreier kamen. Und so behielten wir es zirka sechs Monate lang, taten so, als ob wir es fütterten, ich fand auch manchmal einen Wurm für es. Wir führten es auf ein Stück Brachland ganz in der Nähe zum Weiden, damit es junges Gras und ein paar Insekten aufpicken konnte. Wir brachten es immer zu dritt hin, damit sich niemand auf uns stürzen und es uns wegnehmen konnte, und dazu hielten wir es mit Sotíris' Mantel verdeckt. Auf den Armen trugen wir es, denn es war matt und lief nur noch ganz selten herum.

Kaum sind wir an jenem Tag auf dem Grundstück angekommen, setze ich es auf den Boden, damit es nach Würmern scharren kann, da legt es sich zur Seite und blickt mich an. Es hatte keine Kraft mehr zum Scharren. Ich gab ihm Wasser, das trank es mit Mühe. Ich sage, Jungs, dem Tier geht es nicht gut, gehen wir heim, damit wir es noch schlachten können, bevor es eingeht. Nein, sagt die Mutter, kommt gar nicht in Frage, ich schlachte es nicht. Und so blickte mich schließlich die kleine Henne am hellen Nachmittag noch einmal an und starb. Vor Hunger. Ich hob sie hoch, in totem Zustand war sie schwerer. Bist du übergeschnappt, daß du sie begräbst, seit wann seid ihr denn so betucht, erhob Fräulein Salome von ihrem Balkon aus die Stimme, als sie mich im Hof graben sah. Sie ist noch warm, hopp, hopp, sieh zu, daß ihr sie kocht! Ich bin ja selber schuld, daß ich sie euch gegeben hab und sie jetzt nutzlos verkommt.

Ich gehe wieder ins Haus, Mama, sage ich, wo ist der Spaten, gib ihn her. Meine Brüder zogen das Bett weg, ich grub in der Ecke, die ich für mein Gärtchen vorgesehen hatte, ein Loch und bestattete sie, wie es sich gehört, danach stellten wir das Bett wieder ordentlich an seinen Platz. Jeden Morgen zog ich das Bett weg, einfach so, um nachzusehen. Und einmal war in der Früh ein Wurm neben dem Grab meines Hinkelchens, jetzt erst tauchst du auf, zum Donnerwetter, sagte meine Mutter zu ihm, wärst du mal früher gekommen, dann hätte dich das Hühnchen fressen können und wäre noch am Leben. Und legte ihn auf die Hand und trug ihn hinaus ins Gras auf den Hof. Sie erwähnte die Henne noch oft, wir hatten ihr auch einen Namen gegeben, aber ich weiß jetzt, nach so vielen Jahrzehnten, nicht mehr, wie wir sie genannt hatten.

Wir drei hatten uns, wie gesagt, ins Bett verkrochen, um uns zu wärmen, und nachmittags kam die Mutter zurück, sie war über die Dörfer gegangen. Sie brachte frische Kichererbsen und eine Schürzentasche voll Weizen mit, das kochte sie alles zusammen für uns, gibt es denn kein Öl, fragte Fánis, der jüngere Bruder. Als ob er nicht gewußt hätte, daß es keins gab. Nein, antwortete meine Mutter. Aber Mama, wenn Sie welches hätten, würden Sie es uns doch geben, fragte Fánis voller Gewißheit, er siezte sie immer. Und Sotíris stand auf und sagte, Mutter, ich muß kotzen. Da gab ihm die Mutter eine Ohrfeige, es ist eine Sünde, Essen zu erbrechen, sagte sie, dafür kommst du in die Hölle, hast du denn gar keine Achtung vor mir? Die haben dort, wo ich die Kichererbsen geholt hab, auf mich geschossen. Am Kopf hatte sie neben ihrem Zopf etwas Blut. Daraufhin schämte sich Sotíris, aber er mußte trotzdem kotzen. Da schlug ihn die Mutter wortlos und brachte ihn dann zum Ausguß und wusch ihm den Mund. Hinterher saß sie schweigend am Fenstersims, bis es dunkel wurde, schließlich stand sie auf, machte den Schrank auf, holte den Puder heraus, den sie zur Hochzeit geschenkt bekommen hatte, und puderte sich. Dann nahm sie die große Schneiderschere und dröselte sich das Haar auf. Sie flocht es sich immer hinten zu einem Zopf, Mensch, Assimína, mit der Frisur wirkst du viel älter, sagte Fräulein Salome zu ihr, die macht dich richtig bieder.

Meine Mutter hatte ihr Haar gelöst, es fiel ihr fast bis zur Taille, die schönen Haare hab ich von ihr. Sie ging zum Ausguß und fing an, es sich mit der Schneiderschere zu kürzen, wir sahen ihr dabei zu. Und als sie fertig war, säuberte sie den Ausguß, flocht die abgeschnittenen Haare zu einem Zopf, warf sie in den Mülleimer und meinte zu mir, lauf rüber zu Fräulein Salome und sag, ich bitte sie, mir ihren Lippenstift zu leihen.

Meine Mutter hatte sich noch nie im Leben geschminkt. Bis zu jenem Nachmittag. Und auch nachher nicht mehr. Nur einmal bemalten sie sie mit Ruß, damals, als sie sie in aller Öffentlichkeit herumzeigten, als wir gerade befreit worden waren. Bei ihrer Beerdigung vorvoriges Jahr habe ich ihr in dem Moment, als man sie hinunterließ, gerade noch meinen Lippenstift zuwerfen können. Damit ich auch einmal meinen Willen bekam.

Fräulein Salome war die Schwägerin der Theaterleute. So nannten wir sie, wenn sie auch wertvolle Menschen waren. Wir sind die Familie Tiritómba, schäkerte Fräulein Salome. Ihre Schwester war die Frau Adriána, verwitwete Karakapitsalás. Der Ehemann von Frau Adriána war Schauspieler, und sie reisten mit ihrem Ensemble in der gesamten Provinz herum, ein Leben, herrlich und in Freuden, er war es auch, der mein Talent fürs Theater entdeckte. Am 28. Oktober gaben sie gerade Vorstellungen in Epálxis. Der Theaterleiter wurde sofort eingezogen und starb unmittelbar nach seinem Eintreffen an der Front, von einem Irrläufer getroffen, erzählten sie Frau Adriána, zum Trost; in Wirklichkeit hatte ihn ein Maultier getreten und ihm einen plötzlichen Tod beschert. Das Ensemble löste sich auf, es war ja auch gar kein richtiges Ensemble gewesen, in der Hauptsache bestand der Trupp aus Verwandten, und sobald eine ihrer Künstlerinnen mitten in der Tournee ausfiel, sei es, daß sie in irgendeiner Kleinstadt von einem geehelicht wurde oder unterwegs in ein Bordell eintrat, dann flickten sie das untereinander zurecht: der Part wurde von Fräulein Salome übernommen, ja, sie spielte auch noch Mandoline. Und in Arta übernahm sogar Frau Adriána einmal eine Rolle, geradewegs aus dem Wochenbett heraus, nicht einmal die vierzig Tage waren vorbei*, sie spielte die Tosca, aber mit dem Säugling auf dem Arm, und sie waren gezwungen, den Titel zu ändern, in »Tosca, eine Mutter im Kugelhagel«, das weiß ich von Titína, einer ehemaligen Kollegin, die aus Arta stammt, inzwischen ist sie allerdings Malerin, sie fertigt Porträts von Königen an, hat auch ihre Rente, aus ihrer Heimatstadt kriegt sie immer Meeräschen zugesandt, aber diese Fische machen einen dick.

Ich gehe zu Fräulein Salome, sie leiht mir den Lippenstift gerne. Gottlob hatte sie ihn gerade bei sich zu Hause, denn es war Winter. Im Sommer bat sie die Leute im Kafenío weiter unten, ihn für sie im Eisschrank aufzuheben, damit er nicht zerfloß. Das Geheimnis hab ich mir von ihr abgeguckt, gesegnet sei sie, als ich in den Beruf eintrat und mit auf Tournee ging: ich machte dem Kafeníobesitzer im jeweiligen Dorf schöne Augen und brachte ihm meine Kosmetika, da hatten sie allerdings schon elektrische Kühlschränke, keine mehr mit Eis. Auch heutzutage bewahre ich meinen Lippenstift immer im Kühlschrank auf.

Ich hole also den Lippenstift von Fräulein Salome und bringe ihn neugierig meiner Mutter. Die färbte sich die Lippen, das gekürzte Haar stand ihr sehr gut, aber das war ihr nicht bewußt. Sie schlüpfte in den Mantel, ich komme sofort wieder, sagte sie zu uns, wartet. Und wahrhaftig kam sie sofort wieder, mit entschlossenem Gesicht. Hört zu, meinte sie, jetzt kommt gleich ein Herr hierher. Ihr geht dann raus, und in einer halben Stunde rufe ich euch. Los, spielt im Hof. Wenn

---

* Die orthodoxe Religion gebietet den Frauen, nach einer Geburt vierzig Tage lang das Haus nicht zu verlassen. Sie gelten in dieser Zeit als unrein. (A. d. Ü.)

es tröpfelt, geht ihr eben in den Abort oder in die Kirche. Und sie füllte die Waschschüssel mit Wasser und legte ein sauberes Handtuch zurecht.

Wir gingen hinaus und brachen uns ein paar Triebe von einem Rosenstock von Frau Kanéllo, schälten sie ab und verzehrten sie und sagten, ach, wann kommt endlich der Sommer, dann essen wir Rebentriebe, die schmecken viel besser, die von den Rosen sind so süßlich. Und versteckten uns hinter der Mauer, weil wir sahen, daß nicht irgendein griechischer Herr unser Haus betrat, sondern der Italiener Alfio von der *Carabineria*. Fräulein Salome stand auf dem Balkon und hängte am Abend so ein bißchen Wäsche auf, um Himmels willen, Adriána, komm schnell und schau, rief sie. Also kam auch Frau Adriána heraus, und Fräulein Salome rief uns zu, Mensch, die machen eine Haussuchung bei euch, aber ihre Schwester meinte, halt doch den Mund, Salome, urteile nicht, und schob sie nach drinnen.

Weil uns der Hunger auch mit den Rosentrieben nicht vergangen war, wurde es uns langweilig, und wir schlüpften in die Kirche. Später sahen wir dann Herrn Alfio die Straße entlangkommen, und danach rief uns die Mutter, Kinder, kommt jetzt, und wir gingen ins Haus.

Meine Mutter schob eine Waschschüssel mit Schmutzwasser unters Bett und sagte zu mir, deck den Tisch. Und sie legte Brot auf den Tisch, das heißt, eine *Pagnotta*, und Margarine und eine Dose Tintenfisch. Wir bekreuzigten uns, aßen richtig gut, bis nur noch Krümel übrig waren. Darauf stand Sotíris vom Tisch auf, zog die Serviette ab und meinte zur Mutter, du bist eine Hure. Die Mutter sagte nichts, und ich stand auf, um mich auf ihn zu stürzen, und verdrosch ihn, danach machte er die Tür auf und ging fort. Ich habe ihn achtundzwanzig Jahre später zufällig in Piräus wiedergesehen, er redete nicht mit mir, seither hab ich ihn nicht mehr gesehen. Meine Mutter sah ihn überhaupt nie mehr wieder und machte auch keinen Versuch, ihn zu sehen.

Jedenfalls deckte ich an jenem Abend den Tisch ab, und wir schliefen herrlich, gesättigt, und außerdem lagen Fanúlis und ich bequemer, zwei in einem Bett sind besser als drei. Bevor wir ins Bett gingen, fragte ich, Mama, wollen Sie, daß ich das Schmutzwasser aus der Waschschüssel weggieße? Nein, sagte sie, das ist meine Aufgabe. Und bedankte sich bei mir. Von jenem Abend an begann ich sie zu siezen, bis zu ihrem Tod. Sogar jetzt rede ich sie bei meinen Besuchen an Allerseelen immer noch mit Sie an.

Bevor wir uns schlafen legten, gab ich Fräulein Salome den Lippenstift wieder zurück, spülte das Geschirr ab, schüttelte das Tischtuch aus, behielt aber die Krümel zurück und streute sie unter mein Bett, wo ich das Hinkelchen begraben hatte. Und nachts stand ich heimlich auf und aß noch einmal etwas, Brot mit Margarine.

Von jenem Tag an hungerten wir nicht mehr. Herr Alfio wurde allmählich beherzter und verlangte nicht mehr von der Mutter, daß wir fort waren, wenn er das Haus betrat. Er besuchte uns zweimal die Woche, sobald die Dämmerung anbrach, und brachte alles mögliche mit, wenig zwar, aber er brachte uns sogar Öl und auch Zucker, er wollte hinterher einen Kaffee. Sobald er hereingekommen war und uns guten Abend gewünscht hatte und wir ihn respektvoll begrüßt hatten, sagte ich zu Fánis, komm raus zum Spielen, und wir gingen hinaus. Eines Tages spielten wir sogar mitten im Regen, denn die Kirche war zu. Frau Kanéllo kam zu der Zeit gerade nach Hause, die hatte einen Schirm, und sagte, was macht ihr denn da draußen, ihr Armen. Es ist eine Schande für die Nachbarschaft, rief Aphrodhítis Mutter von gegenüber. Sie häkelte, häkelte unentwegt Spitzen für die Aussteuer ihrer Aphrodhíti, vor dem Krieg hatte sie immer auf der Vortrep-

pe ihres Hauses gesessen und im Licht der Straßenlaterne
gehäkelt, um Strom zu sparen. Jetzt war sie trotz der Verdunkelung in der Besatzungszeit bei ihrer Gewohnheit geblieben. Doch Frau Kanéllo ging bis zu unserer Tür und rief,
Assimína, deine Kinder sind bei mir oben. Und zu uns sagte
sie, kommt mit, ihr armen Kinder, wir drückten uns hinter
ihr unter den Schirm, und sie nahm uns mit zu sich hinauf,
sie hatte ein zweistöckiges Haus. Sie kochte uns Kamillentee
und tat jedem eine getrocknete Feige hinein, um ihn zu süßen.
Wir tranken ihn aus und aßen danach unsere Feigen. Frau
Kanéllo schaute aus dem Fenster und sagte, jetzt geht, ihr
könnt wieder nach Hause, also los.

Eines Tages begegnete mir Frau Kanéllo auf der Straße und
sagte zu mir, Kind, du mußt jetzt deine Mutter noch mehr
respektieren, laß die Nachbarn ruhig reden.

Frau Kanéllo war im Widerstand. Das wußten wir. Aber
obwohl sie im Widerstand aktiv war, war sie leutselig unserer
Familie gegenüber und grüßte uns immer freundlich. Sie war
hübsch, hatte lockiges Haar, wie ich es bei der Statue einer
Göttin gesehen hatte, als wir vor dem Krieg einen Schulaus-
flug ins antike Olympia machten. Nur hatte sie auch Haarnadeln im Haar, und ich habe nie eine Statue mit Haarnadeln
gesehen. Ihre Haarnadeln waren aus Horn und dick, das
war mir aufgefallen, denn die von meiner Mutter waren aus
Draht.

Frau Kanéllo war groß wie ein Mann, wenn sie ging, bebte
die Erde. Sie arbeitete als Telefonistin auf dem Telegrafenamt,
TTT sagten wir damals dazu, eine TTT-Angestellte. Auch
heute, mit über Siebzig, schreitet sie noch so aus wie der Eroberer Robur, voller Kraft, eine schöne Frau, wenn ihr freilich auch meine Weiblichkeit abgeht. Vor dem Krieg hatte sie
abends immer mit ihrer Schwester auf der Holztreppe gesessen, und sie hatten gesungen, entweder »Deine Augen, deine

schönen Augen« oder »Mach doch kein Geschrei, es war bloß ein Zwischenfall, 'ne Tändelei, da war nichts dabei«. Jeden Abend hatten sie es gesungen, auch wenn es davon nicht besser wurde, anständige Mädchen, aber ohne Gefühl für Noten. Als die Besatzung anfing, sangen sie nicht mehr. Ihre Schwester verschwand, es hieß, sie sei mit ihrem Verlobten zu den Partisanen in die Berge gegangen.

Jetzt singt Frau Kanéllo wieder, wenn es auch Lieder sind, die ich persönlich politisch nicht gutheißen kann. Sie lebt immer noch in Epálxis, hat aber Kinder in Athen. Und wenn sie dort zu Besuch ist, schaut sie auch bei mir vorbei. Dann höre ich sie vor sich hin trällern, während ich den Kaffee koche, immer noch falsch, aber ich reibe es ihr nicht unter die Nase, da ist sie empfindlich, sie hat immer eine hohe Meinung von ihrem Gesang gehabt. Ihre Kinder haben es zu etwas gebracht, eine ihrer Töchter hat sogar nach Europa geheiratet, und trotzdem ist sie nicht hochnäsig geworden. Immer noch eine hübsche Frau, Witwe und Rentnerin; die Rente hat sie aus der eigenen Arbeit; wenn man sie von hinten sieht, könnte man sie glatt für gleich alt halten wie mich, das sage ich ihr, um ihr ein Kompliment zu machen. Ein Psychiater hat mir das empfohlen, nachdem ich auf der Bühne einen Anfall bekommen hatte, seitdem habe ich auch Schwierigkeiten, in einem vernünftigen Theater Arbeit zu finden. Mein Impresario brachte mich zum Psychiater, natürlich auf Krankenschein. Mach dir keine Sorgen deswegen, Mädchen, sagte der Arzt zu mir. Geh in Rente und ruh dich aus. Und rede gut über die Menschen, denn wenn du über deinen Nächsten Gutes sprichst, ist das wie Medizin für dich, ihr Künstler habt das so an euch, daß ihr immer lästert, vor allem ihr Theaterleute, deshalb seid ihr auch unglücklich.

Und seitdem habe ich keine Angst mehr, wenn ich in eine Krise gerate, ich will nicht mehr aus dem Fenster springen.

Ich mache es einfach zu und warte ab, wie es weitergeht, es ist bloß ein Anfall, denke ich, es ist bald wieder vorbei, in fünf, sechs Stunden ist es vorbei. Ich beiße sogar auf ein Tuch, damit man mich nicht hört, das hab ich mal im Kino gesehen. Also, deshalb mache ich Frau Kanéllo Komplimente wegen ihrer Taille und ihrem Aussehen, im übrigen ist sie eine großartige Frau, mit einer stattlichen Rente.

Sie hatte sich vor dem Krieg verheiratet, mit einem sehr gutaussehenden Mann, und rührig dazu, vier Kinder bekamen sie hintereinander, die Besatzungszeit begann für sie mit drei Krabbelkindern und einem Mann, der nicht mehr arbeitete. Wie es hieß, hatte er um Mitternacht das Fenster aufgemacht, da schlug ihm ein Kobold mitten ins Gesicht, womöglich war's aber auch Hexerei, denn schau mal, die Leute packt eben der Neid, wenn sie Schönheit und Glück sehen. Von da an litt der Mensch an Angstzuständen und ging nie mehr aus dem Haus, mit kaum Dreiunddreißig, stell dir das vor. Ein gutaussehender Mann. Er half im Haushalt, hütete die Kinder, wenn seine Frau im Telegrafenamt war, Schuhe reparieren lernte er auch noch, unsere flickte er ebenfalls, und das umsonst! Nur daß er das Haus verlassen sollte, durfte man nicht von ihm verlangen! Auf die Holzveranda ging er alles in allem zweimal anläßlich der Befreiung. Nach vierunddreißig Jahren verließ er das Haus geehrt und geachtet, die eigenen Kinder trugen ihn in einem offenen Sarg hinunter, die Trauerfeier fand in der Episkopalkirche statt, na bitte, Frau Kanéllo scheute keine Ausgaben. Im Telegrafenamt machte sie Doppelschicht, danach stand sie bei der Volksspeisung an und kam dann mit der Grütze im Henkelmann heim, fütterte ihre Kinder, wusch nachts noch Wäsche, und morgens um sieben brach sie wieder zur Arbeit auf.

Sonntags ging sie mit Fräulein Salome zum Hamstern über die umliegenden Dörfer, Aphrodhíti ging auch mit, unter leichtem Hüsteln, zu der Zeit hielt sie noch etwas aus. Sie klauten Obst, das hinter Umzäunungen wuchs, drangen in fremde Gemüsegärten ein und nahmen mit, was sie erwischen konnten, das war ziemlich gefährlich, die Dörfler hatten damals nämlich illegale Waffen und beschossen einen schon mit Schrot, bevor man überhaupt einen Fuß auf ihren Grund und Boden gesetzt hatte. Einmal stießen sie auch auf eine weidende Kuh, Mensch, die ist nicht gemolken, rief Frau Kanéllo, warf sich rücklings unter sie und saugte, dann stand sie auf, hielt die Kuh fest, und auch Fräulein Salome und Aphrodhíti tranken vom Euter. Von da an nahmen sie immer noch eine Flasche mit, aber es begegnete ihnen nie mehr eine herrenlose Kuh.

Wir wunderten uns, daß sie, wenn sie zu den Dörfern aufbrachen, mit einem Sack und Körben voll Gemüse losgingen. Später erfuhr ich, daß sie Handgranaten transportierten. Verbindungsleute waren sie, mit Frau Kanéllo als Anführerin, sie brachten die Sachen zu Partisanen, wer hätte sie schon verdächtigen wollen, diese ausgehungerten Frauen, und Aphrodhíti, die erst siebzehn Jahre alt war. Fräulein Salome nahm sogar ihre Mandoline mit, angeblich machten sie Ausflüge zur Zerstreuung, diese geisteskranken Weiber. Die Handgranaten übergaben sie Thanassákis, dem Sohn von Anágnos, dem Lehrer im Dorf Vúnaxos, einem Heißsporn in meinem Alter.

Das halbe Telegrafenamt hatten die Italiener unter ihrem Befehl. Frau Kanéllo brachte es fertig, ein paar Brocken Italienisch zu lernen, sie fand eine Methode heraus, für die kein Lehrer nötig war, dieses Teufelsweib, und hörte die Vereinbarungen der Besatzungsmächte ab. Das schrieb sie dann auf Notizzettelchen, die sie im öffentlichen Pissoir hinterlegte, das war noch so ein Skandal, eine Frau im Männerpissoir, viele verdächtigten sie damals der Unmoral. Einmal regte sich ein alter Mann im Pissoir auf und sagte zu ihr, was hast du hier zu suchen, bist du ein Kerl? Aber sie erwiderte unerschrocken, komm, Opa, mach den Hosenstall zu, du hast da ja nicht gerade was Besonderes vorzuweisen.

All das erfuhr ich erst später, es sprach sich herum, als man ihr einen Orden verlieh, während der Demokratie. Wenn auch zu hören war, daß sie einmal aufgrund ihres mangelhaften Italienisch eine falsche Information weitergegeben hatte und dann die falsche Brücke gesprengt wurde, aber das verbreiteten möglicherweise ihre Neider, die ihr wegen ihrer Fremdsprachenkenntnisse eins auswischen wollten. Jedenfalls kam damals immer wieder mal so einer aus dem Dorf während der Öffnungszeit ins Telegrafenamt und ließ ihr einen Waschkorb mit Gemüse oder Kartoffeln da, ein Geschenk von der Gote, Frau Gevatterin, sagte er dann zu ihr. Es ging das Gerücht, Frau Kanéllo hätte sich einen Liebhaber zugelegt. Nur meine Mutter glaubte es nicht und hielt ihr die Stange (sie hatte zu der Zeit Herrn Alfio), Frau Kanéllo und ein Liebhaber, ausgeschlossen, rief die Mutter, sie ist anständig. Bis es Frau Kanéllo selber zu Ohren kam und sie zu meiner Mutter sagte, halt doch den Mund, Assimína, laß sie ruhig weiterreden, sonst verdächtigen sie mich noch, verdammt noch mal! Sie war nämlich eine eiserne Patriotin. Im Korb lagen Handgranaten, Gewehrkugeln und sonstige Munition unter den Kartoffeln. Und diese Spinnerin ging auch noch direkt an der *Carabineria* vorbei, denn dort führte der Weg nach Hause entlang, die Arme vom »Geschenk« ganz ausgerenkt. Durch die schwere Last rutschten ihr die Henkel aus der Hand. Die Italiener in der *Carabineria* kannten sie, denn ein paar von ihnen arbeiteten mit ihr zusammen am Telegrafen. Eines Tages sagte doch tatsächlich einer zu ihr, Signora, ich helf dir, als er sie den Korb neben dem Wachtposten absetzen sah, um Atem zu holen, sie war wieder einmal schwanger. Wunderbar, Gott vergelt's, erwiderte sie, und sie schleppten zusammen den Korb mit der Munition bis zu ihrem Haus. *Mangiaria*, was? meinte der Italiener (das heißt auf italienisch »Essen«). Es hilft ja nichts, ich hab viereinhalb Bambini zu versorgen, sagte doch glatt diese Oberspinnerin zu ihm.

Als ihr Bauch schließlich deutlich zu sehen war, sagte Aphrodhítis Mutter zu ihr, gute Frau, bist du denn von allen guten Geistern verlassen, dir mitten in Hunger und Not ein Kind anhängen zu lassen! Wie willst du das schaffen? Ich selber wollte es ja eigentlich gar nicht, verteidigte sich Frau Kanéllo, es wird mir auch beim Munitionstransport hinderlich sein, aber schau mal, mein Mann ist die ganze Zeit da drin eingesperrt, das Kino geht ihm ab, und die Schleckereien, die er so mag, wo sollen wir die denn herkriegen, na ja, was für eine andere Zerstreuung kann ich ihm da schon bieten? Es kam für sie auch nicht in Frage, es sich wegmachen zu lassen, wie es ihr die Plasturgína höchstpersönlich angeboten hatte, eine diplomierte Hebamme und wirklich ehrenwert. Frau Kanéllo arbeitete mit hängender Zunge weiter und machte auch noch ihre Ausflüge mit den Handgranaten.

Aber eines Tages holte man sie zum Verhör in die *Carabineria*, offenbar hatte jemand die Ausflüge mit der Mandoline verpfiffen, das heißt, ich weiß wohl, *wer* das verpfiffen hat, sage es aber nicht, es handelt sich nämlich um die Frau eines Abgeordneten, ich will da nicht mit reingezogen werden, sonst streichen die mir noch die Rente.

Was uns betraf, uns war das mit dem Widerstand durchaus alles bekannt, aber selbst wenn man uns Bruder und Mutter geschlachtet hätte, hätten wir keinen Mucks von uns gegeben, obwohl wir ja damals national eingestellt waren. Die Mutter schickte mich zu Herrn Alfio, um ihn einzuschalten, aber ich traf ihn nicht an. Sie hielten sie fest, fünf Stunden lang wurde sie in der *Carabineria* verhört, auch geschlagen wurde sie dort, und war doch im siebten Monat. Gottlob kam Herr Alfio noch zur rechten Zeit zurück, halt, nicht die Signora, sagt er zu ihnen, die kenne ich vom Telegrafenamt. Und bis dahin sagt diese Spinnerin Kanéllo immerzu, laßt mich los, ich muß weg, ich habe Schicht, ich muß sonst Strafe zahlen. Schließlich ließen sie sie gehen. Durch die vielen Schläge hatte sie einen Schuh verloren, Holzpantinen trugen wir damals, sie auch, kaum hatten sie zu ihr gesagt, hopp, los, *via*, stieg sie völlig lädiert die Treppe hinunter.

Als sie auf die Straße hinaustrat, bemerkte sie, daß sie nur einen Schuh anhatte, und hob die Stimme, *scusi, Caporalo*, Mensch, mein Schuh! Darauf öffnet sich oben ein Fenster und sie schleudern ihr den Holzschuh hinunter, der trifft sie an der Stirn, daß er sie nicht erschlagen hat, die Arme, ist wirklich bemerkenswert, denn die Holzpantinen für Frauen wogen ungefähr zwei Oka das Stück. Nun gut, sie nahm ihren Schuh und ging unter Verwünschungen weiter, an der Stirn eine riesige Beule, was da für Schimpftiraden auf das gesamte Italien niederprasselten, ist überhaupt nicht zu sagen.

Damals trugen alle Frauen an der Ferse offene Schuhe aus Holz, es gab ja kein Leder für Sohlen. Als das Schuhwerk, das sie vor dem Krieg gekauft hatten, kaputtging, wurden die Pantinen geboren. Das waren anfangs nur Latschen für Wäscherinnen, damit sie in der Seife nicht ausrutschten, und zwar für arme Wäscherinnen, wohlgemerkt. Aber die Besatzungsfrauen machten eine Mode daraus, und so trugen sie notgedrungen auch Frauen aus gutem Haus. Das Unterteil bestand aus einem Stück Holz mit einem sehr hohen und dicken Absatz, wie ein Befestigungsturm. Für das Oberteil häkelten sie verschiedene Lappen, die Muster kopierten sie von Häkelgardinen, die gaben sie dann dem Schuster, der nagelte sie paßgerecht fest, so wurde ein Modell mit bloßen Zehen und

Fersen daraus, und zwar für Sommer wie Winter. Im Winter trugen sie es mit langen Strümpfen und Socken gegen die Kälte, ewig hatten sie Frostbeulen. Wenn drei Frauen gleichzeitig die Straße entlangliefen, traten die Italiener der *Carabineria* mit der Waffe auf den Balkon hinaus, auf dem Asphalt hörten sich die Holzschuhe wie ein Gewehrfeuer an. Und wie oft vernahm man aus den Häusern Wehklagen und Schmerzensschreie: es hatte sich eine den Knöchel verstaucht. Wozu brauchten diese Frauen eigentlich einen dreizehn Zentimeter hohen Absatz aus massivem Holz? Weil die Absätze derartig hoch waren und den Frauen wegen der Unterernährung ständig schwindelig war, verrenkten sie sich auf der Straße dauernd die Füße, das galt auch für Damen der besseren Gesellschaft. Ich selbst trug die Pantinen kurz vor der sogenannten Befreiung, als ich begann, ein kleines Fräulein zu werden.

Sechs Wochen nach der Prügelei setzte bei Frau Kanéllo die Geburt ein. Die Wehen kamen abends, während der Ausgangssperre, diese Frau zäumte wirklich alles vom Schwanz auf, wer sollte jetzt ihre Mutter holen, die am anderen Ende von Epálxis wohnte? Nun hatte ihr allerdings Frau Plastúrgos angeboten, sie unentgeltlich zu entbinden, die diplomierte Hebamme, die ehrenwerte, sie wohnte im Lápathosviertel, aber die Frauen hatten kein Vertrauen zu ihr, weil sie eine Studierte und jung war, sie wollten eine praktische Hebamme. Glücklicherweise war Herr Alfio gerade dabei, uns zu verlassen, und begleitete mich, wir brachten ihre Mutter zu ihr, und die entband sie einwandfrei. Mich behielt die alte Frau da, um Wasser abzukochen, und kaum öffnete ich die Tür und gab ihr den Kessel, beschimpfte sie mich, weil ich ihr einen Italiener ins Haus geschleppt hätte und man ihr anhängen würde, sie hätte einen Vaterlandsfeind als Geliebten. Doch das Kind war ein prächtiger Junge, mein Schlußlicht, sagte Frau

Kanéllo immer, wer konnte auch ahnen, daß sie nach dem Krieg noch eines bekommen sollte, unter Scobie*.

Schon am Morgen nach der Geburt ist Frau Kanéllo wieder auf den Beinen. Sie stillt das Neugeborene, packt es in Windeln, packt sich selber in Windeln, gegen zehn Uhr nimmt sie den Henkelmann und einen zusätzlichen Topf und macht sich fertig zum Ausgang. Da wird ihre Mutter zur Löwin: Du Tyrannin, du gottlose Wahnwitzige, raus willst du! Ohne Vorsorge, noch bevor die vierzig Tage um sind, als unreine Wöchnerin! Aber die Wöchnerin war nicht aufzuhalten, sie wollte die Speisung des Roten Kreuzes nicht verpassen.

In der Schlange für die Grütze sehen sie die Nachbarinnen, Aphrodhítis Mutter und die Familie Tiritómba, die von dem Theatermann, sehen sie kurzatmig, blutleer und dünn wie ein Streichholz, obwohl sie sich in Windeln gepackt hatte, um schwanger zu wirken, aber vergeblich; außerdem war sie totenbleich, so viel Blut hatte sie bei der Geburt verloren, die Augen waren erloschen, und trotzdem versuchte sie zu schreiten wie Scipio der Afrikaner, doch sie wankte. Mensch, sagte die Frau des Theatermannes zu ihr, was hast du, wo ist dein Bauch? Sie tasteten sie ab, um sicher zu sein, und trugen sie dann nach Hause zurück, sie zeterte, sie verlöre ihre Rationen, da trat meine Mutter auf die Straße hinaus. Wegen Herrn Alfio stand die Mutter nie in der Schlange um Speisung an, ich ging mit den Marken hin, wir benützten ja illegalerweise auch die Marken von unserem Sotíris, der uns verlassen hatte, die Damen vom Roten Kreuz gaben mir seine Portion, weit entfernt davon, mich in Verdacht zu haben, daß ich, dieses kleine Geschöpf, einen Betrug begehen könnte.

Weil Frau Kanéllo im Wochenbett war, erschien meine Mut-

* Sir Ronald Mark Scobie, nach Abrücken der Deutschen Oberbefehlshaber der alliierten Streitkräfte in Griechenland. (A. d. Ü.)

ter zum ersten Mal in der Essensschlange, um die Rationen für sie abzuholen, eine ganze Woche lang. Die Damen vom Roten Kreuz hatten sie anfangs weggejagt, aber Herr Alfio war hingegangen und hatte ihnen etwas gesagt, und so gaben sie die Speisung für die Familie Kanéllo widerspruchslos ab, und sogar noch einen Schöpfer mehr, als ihr zustand. Das blieb eine Woche so, solange Frau Kanéllo ans Bett gebunden war. Die anderen Frauen in der Schlange zerrissen sich über die Mutter die Mäuler, da kommt ja die Kollaborateurin, aber Aphrodhítis Mutter und die Familie Tiritómba hielten zu uns, obwohl wir Kollaborateure waren. Aphrodhíti kam nicht zum Anstehen, denn zu der Zeit hatte sie sich gerade ihre Tuberkulose geholt.

Als sich die Wöchnerin wieder erholt hatte, ging meine Mutter nicht mehr zur Speisung. Frau Kanéllo redete aber weiter mit uns und hielt die ganze Zeit den Kontakt zu uns aufrecht, auch nachdem meine Mutter für die Zurschaustellung abgeholt worden war, direkt nach der sogenannten Befreiung. Kaum stand sie wieder auf den Beinen, begann sie sich auch um Aphrodhíti zu kümmern; deren Schwindsucht war fortgeschritten, aber sie häkelte unentwegt Spitzen. Eines Tages, als Frau Kanéllo aufgebrochen war, um einen Bauern um Öl zu bitten, und der sie verjagt hatte, kam sie niedergeschmettert zurück und wollte es Aphrodhítis Mutter erzählen, da traf sie auf die große, dralle Tochter von Kúpas, dem Zeitungsverkäufer, die Stramme vom Kúpas nannten wir sie und hielten sie für die Allerschönste, weil sie so drall war, schau sie bloß an, wie das Fett an ihr runterrinnt, sagten die Männer, und das Wasser lief ihnen im Mund zusammen, doch sie drehte sich nach keinem um, denn sie wurde von einem italienischen Offizier ausgehalten. Frau Kanéllo also sieht sie vor sich, als sie so niedergeschlagen zurückkommt, die andere geht frisch und knackig an ihr vorbei, da packt Frau Kanéllo sie am Kragen und verpaßt ihr eine Tracht Prügel, daß sie die Stunde verflucht, in der sie geboren wurde. Und während sie so verdroschen wird, fragt sie ständig, und immer per Sie, warum verhauen Sie mich denn, wer sind Sie überhaupt, kennen wir uns, was hab ich Ihnen getan? Ich kenn dich nicht, Mensch, zischt ihr Frau Kanéllo zu, aber du bist fett! Deshalb verhau ich dich!

Und das war die einzige Hilfe, die sie Aphrodhíti anbieten konnte, mit der es unterdessen rapide bergab ging.

Aphrodhíti war früher sehr schön gewesen. Vollbusig. Gemeinsam mit ihrer Mutter häkelte sie Spitzen für Aussteuern, aber während der Besatzung war es unmöglich, Kundschaft zu finden. Ich selbst hatte nie einen Busen gehabt, ich kriegte auch keinen, als wir befreit wurden, und später im Theater rieben mir das meine Bewunderer und Liebhaber unter die Nase, Bügelbrett sagten sie immer zu mir. Aphrodhíti hatte außer dem Busen schöne Farben, wie eine Traube, und tiefblaue Augen, die einzige Blauäugige in unserem Viertel, wir übrigen sind alle Schwarzköpfe, außer mir, ich wurde nämlich von der Diktatur an eine Blondine. Sie hatte auch ein hübsches Lachen und wie vom Wind gekräuseltes Haar. Ein Mädchen zum Anbeißen. Durch die Schwindsucht sah sie innerhalb von sechs Monaten aus wie gedörrtes Leder, wie die Mumien der Heiligen. Ihre Augen verblaßten. Meine Mutter trug ihr ein bißchen Margarine hinüber, wenn uns Herr Alfio welche mitgebracht hatte, aber das Mädchen wurde immer dünner. Ihre Knie waren schon dicker als ihre Schenkel. Nur Mut, liebes Kind, pflegte ihre Mutter zu sagen und häkelte dabei unentwegt, es ist bald soweit, Herr Churchill hat das ja auch gesagt. Zu der Zeit hatten wir nämlich schon über die illegalen Sender erfahren, daß Churchill auf dem Vormarsch war und Hitler stürzen würde. Die gleiche Nachricht brachte auch Frau Kanéllo, als sie von einem Munitionsausflug zurück-

kam, den Korb voll kleiner Wildartischocken. So eine Oberspinnerin. Eines Tages, hatte sie uns erzählt, war sie dort, wo
sie immer mit ihrer Ladung Gewehrkugeln hinging, auf eine
Anhöhe gestiegen, ringsum die Natur war prächtigst herausgeputzt (die hatte das gerade nötig!), da sagt sie zu Salome,
Mensch, das feiere ich, ich schmeiß eine Handgranate, die hab
ich jetzt so lange rumgeschleppt, meinte sie uns gegenüber
später entschuldigend, und hab ihren Knall nie gehört. Sie
stellt sich also ganz oben auf die Anhöhe, zieht den Splint heraus, so nannte sie das, und schleudert die Handgranate nach
unten. Der Frühling wummerte unter dem Knall, das ganze
Land ringsumher, auf Salomes Mandoline riß sogar eine Saite.
Ganz weit unten springen zwei Deutsche aus den Büschen,
die Hosen bis zu den Knobelbechern heruntergelassen, wer
weiß, was die da im Gebüsch getrieben hatten, es wird schon
was Abartiges gewesen sein, und sie hat sie mit ihrer Explo-
sion mitten aus dem Vergnügen gerissen. Den Deutschen hatten ihre Vorgesetzten verboten, sich mit den hiesigen Frauen
einzulassen, deshalb ging das Gerücht, daß sie es sich gegenseitig besorgten.

In das Fenster von Frau Kanéllo schien ganztags die Sonne.
Als unser Fánis später Drüsenfieber hatte, weil er zu schnell
gewachsen war und ständig im Bett lag, rief ihn Frau Kanéllo mittags zu sich und setzte ihn ans Fenster, die Sonne hat
Kalorien und heilt, sagte sie. Wir gaben ihm auch Medizin,
ein Mittel gegen das Fieber, es war wie Chininsaft, aber ganz
gelb und bitter. Unser Fenster ging nicht zur Sonne hinaus,
es lag ja im Erdgeschoß und im Schatten der Kirche.

Da kam Frau Kanéllo auf die Idee, auch Aphrodhíti an die
Sonne zu holen, aber Aphrodhíti kümmerte schon nichts
mehr, und sie lächelte nur. Es kümmerte sie auch nicht, daß
ihr Vater ihnen keine Nachrichten mehr aus dem Partisanen-
lager zukommen ließ. Ganz abgesehen davon, daß sich in

der Zwischenzeit unnatürlich heftige Regenfälle eingestellt hatten. Stundenlang saß Aphrodhíti an ihrem Fenster, die Scheibengardine halb zurückgezogen, die Augen starr in die Ferne gerichtet, aber sie schaute ins Leere. Als sie dann hinfällig wurde, trug ihre Mutter sie auf den Armen zum Stuhl und setzte sie nieder. Über Stunden hin malte sie mit dem Finger unsichtbare Zeichnungen auf die Scheibe. Ich grüßte sie von unten, und sie beachtete mich kaum.

Unterdessen waren die Tiritómbas, die Familie des Theatermannes, zu einer Tournee aufgebrochen, das erzähl ich dir aber später, das ist eine Geschichte für sich, die sind doch glatt wegen einer Ziege auf Tournee gegangen, das muß man sich vorstellen!

Wir hungerten nicht mehr. Nicht daß wir fürstlich lebten, aber mit dem wenigen, was Herr Alfio einmal pro Woche mitbrachte, kamen wir durch, und Fánis, unser Jüngster, erholte sich von dem Drüsenfieber. Herr Alfio setzte seine Beziehung zu meiner Mutter fort, denn mit meiner Mutter war es für ihn angenehmer als mit Prostituierten, abgesehen davon brauchte er keine Geschlechtskrankheiten zu fürchten, und außerdem war er in seiner Heimat verheiratet und ziemlich zurückhaltend, da hätte er sich mit einer Hure nicht einlassen können, darüber hinaus liebte er seine Frau, er lobte sie immer in den höchsten Tönen, wenn er uns von ihr erzählte. Insofern zog er es vor, seine sexuellen Bedürfnisse mit einer häuslichen und anständigen Frau zu befriedigen.

Meine Mutter vermied es, aus dem Haus zu gehen. Abgesehen von dem einen oder anderen Abend, wenn Frau Kanéllo sie rief, um ein bißchen mit ihr zusammenzusein, oder damit sie ihr bei der Wäsche half, beim Spülen. Inzwischen hatten sich die strengen Ausgangszeiten gelockert, der Besatzer hatte begriffen, daß wir gehorsame Besetzte waren, und der Verkehr war bis Mitternacht gestattet. Das Kino machte wieder auf, allerdings liefen lauter deutsche Operetten mit Marika Rökk und sozialkritische Filme aus Ungarn mit Pál Jávor und Katalin Karády, und seltener italienische Filme.

Ins Kino ging ich mit Fánis, Herr Vittorio brachte uns gratis hinein, er war auch von der *Carabineria*, der Nachfolger von Herrn Alfio, der in seine Heimat zurückgekehrt war. Der Eintritt kostete nicht viel, im Parkett fünfhunderttausend, das war sehr billig, wenn man bedenkt, daß eine Schachtel Streichhölzer dreihunderttausend kostete, aber wo hätten wir es hernehmen sollen. Ich steckte Fánis Rosinen in die Hosentasche, und wir gingen von fünf bis sieben. Bevor wir hineingingen, fragten wir den alten Grigóris am Eingang, gibt es was mit Essen? Und erst dann gingen wir hinein.

Wir suchten uns nämlich die Filme aus, in denen Essen gezeigt wurde. In den sozialkritischen Filmen aßen sie nichts. Dagegen gab es in den Operetten immer Szenen mit Galadiners, die Tische bogen sich vor lauter Essen, und die Stars redeten die ganze Zeit und aßen fast gar nichts. Deshalb rief eines Tages ein Zuschauer Willy Fritsch auf der Leinwand zu, Mensch, eßt doch auch mal was! Die Leute schauten auf die Leinwand und leckten sich bei den Speisen die Lippen, und als sie das hörten, mußten sie lachen. Aber ein deutscher Soldat, der sich den Film ansah, dachte, sie verhöhnten seine Heimat, und sie ließen es den armen Kerl, der da gerufen hatte, mit Faustschlägen büßen.

Durch diese Filme wurden wir satt, denn es gab noch eine zweite Essensszene, wenn der Held die Hauptdarstellerin ins Restaurant ausführte oder ins Séparée, um sie zu verführen. Anfangs tranken sie nur die ganze Zeit, und das Publikum murrte. Aber dann kam auch das Essen an die Reihe. Sehr appetitanregend sahen die Sachen ja nicht aus, immer bloß Austern und Kaviar, seitdem ekle ich mich vor Meeresfrüchten. Bohnensuppe oder Braten oder gebackenen Kalbskopf aßen sie nie. Nur einmal aßen sie in einem Film ein paar Eier. Wenn die Essensszenen zu Ende waren, zupfte mich Fánis ständig, weil er gehen wollte, denn danach gab es lauter Liebesszenen und Gequassel, seither hatte ich offenbar gegenüber der Liebe ganz allgemein eine Abneigung; sie erschien mir ganz generell beinahe wie eine Operation im Bett, auch wenn der Mann über mir noch so herumturnte, auch heute noch, soll das heißen.

Herr Vittorio war nicht so galant wie Herr Alfio. Er war ebenfalls Dolmetscher. Ins Haus gebracht hatte ihn uns eines Abends Herr Alfio selbst. Er sagte, er kehre zurück in seine Heimat und bringe seinen Nachfolger, um ihn der Mutter vorzustellen. Er war sehr bewegt und vergaß uns an diesem Abschiedsabend Lebensmittel mitzubringen. Er ging fast unter Tränen fort, schien mir, denn er küßte uns, mich und unseren Fánis, er schenkte uns sogar Geld, und wir begleiteten ihn bis zur Ecke, auch um unsere Mutter mit dem neuen Herrn allein zu lassen. Wir waren aber scharf darauf, daß die Vorstellerei möglichst schnell vor sich ging, denn die Frau Chrysáfena, die aus dem schmalen Doppelstockhaus gegenüber, hatte uns ein Buch mit Kochrezepten geschenkt. Ein Kochbuch. Und so saßen wir an den Abenden da und lasen der Chrysáfena und den Kanéllo-Kindern Rezepte aus dem Buch vor, lauter Sachen mit Eiern und Sahne, zuerst ein Hauptgericht, und dann las ich auch noch einen Nachtisch.

Das Geld, das uns Herr Alfio gegeben hatte, hielten wir ganz fest in der Hand, und als Herr Vittorio wieder herauskam, rannten wir sofort hinein. Doch meine Mutter wies mich an, Papier zu holen und etwas für sie zu schreiben. Nach einigem Hin und Her fand ich meine Schultasche, holte die Feder, das Tintenfaß, und riß ein liniertes Blatt aus dem Rechenheft, seit drei Jahren hatte ich die Tasche nicht aufgemacht, und sie sagte zu mir, Rubíni, sobald der Junge schläft, brauch ich dich. Gottlob schlief unser Fánis schnell ein, und ich setzte einen Brief an Herrn Alfio auf, wie ihn meine Mutter mir diktierte, dann schrieb ich ihn ins reine, und in der Früh brachte ihn Fánis zur *Carabineria*, erwischte glücklicherweise Herrn Alfio noch und gab ihn ihm. Die Abschrift bewahre ich immer noch in meinem Handtäschchen auf:

Mein werter Signor Alfio,

ich bin die Dame, die Sie seit zwei Jahren besucht haben, hinter der Ajía-Kyriakí-Kirche, mit Namen Assimína, ich schreibe Ihnen durch die Hand meines Töchterchens Rubíni, da ich leider Analphabetin bin.

Ich danke Ihnen für Ihre so regelmäßigen Besuche während der zwei Jahre, für Ihre Liebenswürdigkeit und Ihre Lebensmittel. Ebenfalls danke ich Ihnen, daß Sie mir Ihren Nachfolger vorgestellt haben, ich lebe ja sehr zurückgezogen, ich hätte ihn ganz von mir aus nicht finden können.

Sie sollen wissen, daß ich Ihnen, wo immer Sie sich Ihr Leben lang aufhalten mögen, stets dankbar sein werde, denn Sie haben mir die Kinder vor dem Hungerstod bewahrt, aber auch mich sehr froh gemacht. Es ist eine Sünde, das zuzugeben, aber Sie sollen wissen, daß ich Sie als Mann mehr schätze als meinen Gatten, und eigentlich haben erst Sie mich durch die Fürsorge, die Sie mir zukommen ließen, richtig zur Frau gemacht.

Ich bin verheiratet, vielleicht auch Witwe, doch lassen Sie mich Ihnen mitteilen, daß ich eine Neigung zu Ihnen gefaßt habe, und es passiert mir zum ersten Mal im Leben, daß ich einen Mann so stark begehre, ich hatte es Ihnen nicht offenbart, erst jetzt spreche ich es aus, da Sie nicht mehr da sind und auch nicht mehr in mein Haus kommen werden. Ich will meinem vielleicht verstorbenen Gatten nicht die Schuld geben, aber von Ihnen hätte ich, wenn wir Frieden gehabt hät-

ten, niemals Lebensmittel angenommen. Und die Hemden und Unterkleider, die ich für Sie gewaschen habe, das geschah mit großer Freude, und gerne würde ich sie mein ganzes Leben lang für Sie waschen. Und wenn ich sie im Waschzuber drückte und rieb, stellte ich mir vor, Sie seien mein gepriesener Gatte, das sollen Sie wissen.

Leben Sie wohl, ich segne Sie. Sie sind ein Feind meiner Nation, aber auch auf Sie wartet ein Mütterlein, das weiß ich, was Nation bedeutet, weiß ich nicht, und ich hab sie auch nie gesehen, diese sogenannte Nation.

Alles Gute für Sie und Ihre Familie, und Ihre Frau möge Sie herzlich willkommen heißen. Sehr sympathisch ist sie auf der Fotografie, die Sie mir gezeigt haben. Sie haben sich mir gegenüber äußerst männlich und feurig verhalten. Das tröstete mich, denn vor allem im Winter fühlte ich mich sündhaft, weil ich Freude empfand und meine Kinder draußen in der Kälte waren, gottlob kamen Sie schnell und gesittet zur Sache.

Lassen Sie mich Ihnen sagen, daß ich diese Tätigkeit zum ersten Mal mit Ihnen anfing, vorher hatte ich sie noch nie ausgeübt. Und Sie sollen wissen, daß ich mit Ihnen daran Freude hatte, vielleicht ist das keine Vaterlandsliebe, vielleicht ist es auch Sünde, aber ich fürchte mich nicht, denn es existiert da oben nichts, was mich strafen könnte, denn wenn es existieren würde, wieso hat es mir dann in meiner Not nicht geholfen? Existiert etwa dieses Obere nur, um zu strafen? Also existiert es nicht.

Ich hoffe, daß auch Sie durch unser Zusammenwirken befriedigt wurden, Sie sind ein Mann von Gefühl, wie ich höre, ist Ihnen das in die Wiege gelegt, sämtlichen Italienern.

Ich wünsche Ihnen Gesundheit und ein langes Leben, und gleichermaßen wünsche ich Ihrer Heimat den Sieg, aber auch *meiner. Und damit Sie erkennen, wie echt meine Gefühle sind, schließe ich, indem ich ausrufe, es lebe Griechenland, es lebe Italien.*

Hochachtungsvoll
Ihre
Méskari Assimína
(über die Hand ihrer Tochter)

Nachdem ich den Brief ins reine geschrieben hatte, brachen wir in Tränen aus, wir begriffen gar nicht, warum, und wir weinten umschlungen, aber still, um den Jungen nicht zu wecken. Mir fiel das Geld ein, das uns Herr Alfio geschenkt hatte. Meines hatte ich auf dem Tisch liegenlassen, ich holte auch das von unserem Fánis, er hielt es beim Schlafen ganz fest in der Faust. Und dann gab ich alles zusammen meiner Mutter, und an jenem Abend schliefen wir beide in ihrem Bett, zum ersten Mal in meinem Leben, ohne daß sie mich darum gebeten hätte oder ich sie. Sie ließ mich sogar die Waschschüssel draußen ausleeren.

Geld fanden wir damals auch auf der Straße, aber nur Kleingeld, ein paar Fünfzigtausender. Herr Pavlópulos, mein Lehrer, auch wenn ich nicht mehr zur Schule ging, der unterhalb der Kirchentreppe wohnte, sagte immer guten Tag zu mir und nahm mich alle zwei Wochen mit, wenn er seinen Lohn nach Hause brachte. Den Lohn erhielt er in Scheinen, zwei halbgefüllte Säckchen, das eine behielt er, das andere bekam ich. Er war ein ziemlich kleiner und hübscher Mann und, wie ich glaube, auch meine erste Liebe, aber das war mir nicht klar. Wo mag er jetzt sein? Er gab mir immer ein, zwei Scheine von dem einen Hunderttausenderpacken ab. Was wir auf der Straße fanden, warfen wir sonntags auf den Opferteller, wenn ich mit Fánis in die Kirche ging. Nicht daß Vater Dínos mit uns geschimpft hätte, wenn wir nichts gaben. Wir gingen jeden Sonntag in die Kirche, um am Ende die Hostie zu empfangen*, Vater Dínos schnitt sie auch in ziemlich große Stücke auf, er wußte, daß viele Leute nur deshalb zum Gottesdienst kamen, um die Hostie zu essen, uns gab er noch zwei zusätzlich, für eure Eltern, sagte er. Wenn ihm die Gläubigen nichts auf den Opferteller warfen, schnauzte er sie an, natürlich, die Hostie könnt ihr verdrücken, aber um für den Tempel etwas zu geben, reißt ihr euch kein Bein aus! Er wußte freilich, zu wem er das sagte; zur Frau eines Schwarzmarkthändlers zum Beispiel oder zu Dörflern, die kürzlich in Epálxis ein Haus auf Naturalienbasis gekauft hatten, zwei Schläuche Öl und zwei Fuder Getreide für ein Haus mit Hof; die waren aus ihren Dörfern geflohen, weil die Partisanen hinter ihnen her waren.

Manchmal gingen wir auch in die Ajios-Athanássios-Kirche, ein wahrer Heiliger war der Priester dort, ganz milde. Er machte uns ein Zeichen, daß wir warten sollten, und brachte uns eine ganze Scheibe vom Hostienbrot. Aber wir gingen nicht oft hin, denn wenn sein Sohn Avvakúm im Gottesdienst mit dem Weihrauchfaß und im Meßdienergewand an mir vorbeiging, tuschelte er mir immer zu, er wolle mit mir obszönes Zeug treiben, und ich solle ihm zu Willen sein. Das wollen die Männer ja generell von mir, aber damals hatte ich natürlich von so was keinen blassen Schimmer. Mein ganzes Leben lang wollen sie das von mir, klar, ich provoziere sie, ich bin ja auch ziemlich appetitlich, und wie soll ich dann hinterher nicht weich werden.

Unsere Mutter ging seit der Ära Alfio nie mehr zum Gottesdienst, denn sie wußte, daß die Gläubigen schockiert sein würden. Nur ein einziges Mal war sie abends zum Gebet ge-

* In Griechenland besteht die Hostie aus gesegneten Broten, nicht aus Oblaten. (A. d. Ü.)

gangen, und da hatte ihr eine zugerufen, raus mit den Kollaborateuren aus der Kirche, aber Vater Dínos hatte sie gestoppt: er hatte im Gebet innegehalten und zu ihr gesagt, hör zu, urteile nicht, die Kirche hat Raum für alle. Meine Mutter ging trotzdem nicht mehr hin. Auch hier in Athen kam sie bloß in die Friedhofskirche, und das in ihrem Sarg. Überhaupt habe ich dieses Ehrgefühl von ihr geerbt. Auf einer Tournee durch Thessalien und noch weiter im Norden rief uns einmal einer aus dem Publikum Anzüglichkeiten zu, mitten in der Szene, ganz laut, was kostet die Nachtschicht, rief er. Einmal, zweimal, da unterbreche ich die Vorstellung, gehe nach vorn und sage, hören Sie, mein Herr, mit welchem Recht beschimpfen Sie uns? He, Fräulein, dafür zahl ich doch, ruft er mir zu. Bist du nicht Schauspielerin? Na also, dann bist du eine Nutte. Also hören Sie mal, mein Herr, erwidere ich. Wir sind vielleicht Nutten, aber wir reißen uns hier doch nicht den Arsch auf! Unterbrechen Sie unsere Arbeit nicht. Das brachte einen Lacher ein, aber nachher sagte der Impresario zu mir, Mensch, Raraú, statt dem Hirn hast du ein Loch!

Kurz nachdem Herr Vittorio den Platz von Herrn Alfio eingenommen hatte, starb auch Aphrodhíti, das arme Ding. Sie hatte sich lange gegen den Tod zur Wehr gesetzt. Zwei Monate hatten wir jede Stunde damit gerechnet, meine Mutter und Frau Kanéllo wachten abwechselnd jede Nacht drüben, damit die Mutter der Kranken dem Tod nicht ganz allein entgegentreten mußte, es war ja ihr erster Todesfall. Aphrodhítis Mutter tat die ganze Nacht über kein Auge zu, sie häkelte Spitzen für ihre Aussteuer (nach der Besatzung verkaufte sie sie), und immer wieder nahm sie die Brille ab und untersuchte die Schlafende, um zu sehen, ob sie noch atmete. Und danach häkelte sie weiter. Und neben ihr wackelte meine Mutter schläfrig mit dem Kopf, ich schlummerte vor mich hin, die Füße unter Aphrodhítis Decken gesteckt, sehr gut, du wärmst ihr die Füße, meinte ihre Mutter, aber Aphrodhíti spürte schon keine Wärme mehr. Und auch keine Kälte. Und ich hatte zu meiner Mutter gesagt, Mama, wenn sie stirbt, während ich schlafe, weckt mich auf. Damit ich mich nicht anstecke. Ich dachte, der Tod ist ansteckend.

Unser Fánis kam nur einmal zu ihnen, um eine Gefälligkeit, und Aphrodhíti schickte ihn weg, komm lieber nicht rein, sagte sie, ich hab die Krankheit. Damals sagte man einfach Krankheit zur Schwindsucht, sie war ja sehr in Mode, die Krankheit, auch in den Romanen kam sie vor, wenn ein Mädchen von seinem Liebsten verlassen wurde, bekam es immer die Schwindsucht.

Es war nicht so, daß ich nie einen Toten gesehen hätte, ganz im Gegenteil. Vor dem Krieg war das an der Tagesordnung. Wer sich in Epálxis den Blinddarm operieren ließ, kam meistens tot wieder aus der Klinik, auch Angehörige reicher Familien, sogar der Sohn eines Bankangestellten starb an der Operation, ein siebzehnjähriger Bursche.

Als kleines Mädchen, mit Sieben, hatte ich zum ersten Mal einen Toten gesehen, und es hatte überhaupt keinen Eindruck auf mich gemacht. Er sah genauso aus wie die übrigen Menschen. In seinem offenen Sarg, der Träger ging mit dem Deckel nebenher, im Gefolge der Pope mit seinem Litaneiensingsang, der zwischendurch auch mal einen vorüberkommenden Bekannten grüßte. Weiter hinten die Verwandten in Trauerkleidung, die Kirchenbanner (manchmal rempelten sich die Meßdiener absichtlich gegenseitig mit ihren Bannern an) und noch weiter hinten das Trauergefolge. Der Beerdigungszug ging durch die Hauptstraße von Epálxis, darauf bestanden fast alle Verwandten der Hingeschiedenen, abgesehen davon, daß es auch gesellschaftliche Anerkennung brachte, lag ihnen etwas daran, damit sich der Tote von der Straße verabschieden konnte, auf der er sonntags immer entlangpromeniert war. Und wenn der Zug vorbeikam, schloß der Ladeninhaber für einen Augenblick aus Respekt die Tür, bekreuzigte sich und machte sich dann erst wieder daran, seinen Handel weiterzubetreiben. Die Passanten nahmen die Hüte ab und warteten mit gesenktem Kopf, bis der Leichnam und der Pope in seinem Gewand vorüber waren.

Insofern machte es keinen Eindruck auf mich, als Aphrodhíti starb, nur sollte sie mich nicht mit dem Tod anstecken. Seit ich drei war, hatte ich von Toten erzählen hören, wie sie nachts aufstehen und Forderungen an die Lebenden stellen. So was kommt in den Märchen vor, hatte mir meine Patin gesagt, glaub es bloß nicht, mein Kind, die Toten sind gute Menschen.

Später, in der Besatzungs- und Partisanenzeit, sah ich auch Tote ohne jeglichen Sarg, sah ich auch einen zwei Wochen vorher erschossenen und aufgedunsenen Toten oben auf dem Glockenturm, als uns die Partisanen befreiten, bevor uns dann die Engländer befreiten. Ich hatte auch Evzonen gesehen, Leute von den Sicherheitsbataillonen, an die Mauer geknüpft und mit dem Messer x-förmig aufgeschlitzt von den Schultern bis unten, die Hosen an den Knien. Jetzt allerdings, wo ich über Sechzig bin (auch wenn man es mir nicht ansieht, man hält mich immer für eine Vierzigerin, einer hat sogar noch ein Kondom benützt, damit ich nicht schwanger würde, ist es die Möglichkeit!), wenn ich da einen Toten sehe, bin ich erschüttert, wie es sich ja auch eigentlich gehört. Du wirst mir sagen, das sind zwei Paar Stiefel, das kleine Mädchen aus der Provinz und die Dame in Athen, und noch dazu Künstlerin, was deren Augen nicht alles erblickt haben!

Aphrodhíti sah ich nicht nach ihrem Tod, denn an dem Nachmittag, als es mit ihr zu Ende ging, spielte ich gerade draußen, da sah mich Frau Kanéllo und schickte mich zu einem Hof, um für Fánis, der in die Höhe schoß, Milch zu holen.

Kaum war ich zurück, sagte meine Mutter zu mir, bei Aphrodhíti erlischt das Lebenslicht, das Öl geht zur Neige, komm mit und sag ihr ade. Ich stieg bloß die Treppe hinauf, die Haustür stand offen, als feierten sie Namenstag, zwei Italiener, die daran vorbeikamen, hielten es sogar für ein Bordell und kamen hinauf bis zur Wohnungstür. Ich warf einen Blick in die Wohnung, ins Zimmer des Mädchens, und sah nur ihre Füße, Frau Kanéllo rieb sie ihr warm, und Aphrodhítis Mutter häkelte Spitzen. Aber in dem Augenblick rief mich Fánis von unten, sie haben Partisanen gebracht, komm mit! Wir rannten zum Marktplatz, falscher Alarm. Wenn sie erschossene Partisanen brachten, kippten sie sie auf den Marktplatz, zur Abschreckung. Jetzt dagegen hatten sie lebende Partisanen gebracht, die hielten sie in Arrest, als Gefängnis hatten sie ein ganz normales Haus angemietet.

Es gab auch Partisaninnen. Sie waren alle ziemlich schmächtige Menschen, bloß Haut und Knochen, völlig ausgemergelt, zum ersten Mal sah ich Frauen in Uniform, für mich sahen sie wie Bäuerinnen aus. Die Italiener ließen uns die Partisanen begaffen, aber später kam der Lastwagen mit den Teutonen angerattert, da scheuchten sie uns weg, *via*, *via*, riefen sie uns zu. Und wir verzogen uns. So sah ich zum erstenmal lebende Partisanen. Sie hielten sie in der Küche des Gefängnisses, sie hatten so zirka zwanzig hineingesteckt, wie die da hineingingen, blieb ein Rätsel. Hauptsächlich das beschäftigte mich, außer der Uniform, die die Frauen trugen. Ich würde nie eine Uniform tragen, und wenn ich vor Kälte eingehen sollte, selbst wenn das von mir nicht eines, sondern zehn Vaterländer verlangen würden, schon damals war ich kokett, ohne mir dessen bewußt zu sein, deshalb waren die Männer mein Leben lang hinter mir her, auch heute noch sind es ein paar.

Jedenfalls enttäuschten mich die Partisanen zutiefst, als Männer. Unter uns Frauen hatten wir alle heimlich über sie

51

geredet, und ich hatte mir vorgestellt, sie wären wie der Kapitän Apéthantos in den Räuberromanen, die uns Fräulein Salome vorzulesen pflegte: Riesenkerle, drei Meter groß, wohlgenährt und ein Siegerlächeln auf den Lippen, wie nach dem Krieg die Hollywoodstars in den Kriegsfilmen, in denen sie exotische Länder befreien. Fräulein Salome pries die Partisanen in den höchsten Tönen, die war eben auch aus einer linken Familie, wirst du mir jetzt sagen. Wir versammelten uns im Haus der Familie Tiritómba, das war, bevor sie zur Tournee aufbrachen, und lachten den Hunger mit Witzen fort. Aphrodhítis Mutter brachte auch ihre Häkelei mit, meine Mutter Flickwäsche, Frau Kanéllo brachte ein paar Frikadellen aus Kichererbsen zum Anbieten. Und sie redeten immerzu darüber, was Herr Churchill im Radio gesagt hätte. Frau Adriána Tiritómba strickte ein Wollhemd aus aufgeribbelter Wolle. Sie strickten »Das Partisanenhemd«, das war eine Erfindung von Frau Kanéllo, so wie sie im Albanienkrieg »Das Soldatenhemd« gestrickt hatten.

Fräulein Salome strickte an einer Unterhose. Als sie sie eines Tages ausbreitete, um sie auszumessen, hatte sie ein Ding von zwei Metern Länge mit einer Ausbuchtung von der Größe eines Kinderkopfs zwischen den Schenkeln gestrickt. Mensch, spinnst du denn total, sagte Frau Kanéllo zu ihr, da gehen doch drei rein. Diese Verleumdung erlaubst du dir, weil du für den König bist, warf ihr Salome vor, und weil du »Die Bewegung« runtermachen willst. Die Partisanen sind Kolosse, was glaubt ihr denn, wie die aussehen? Ach was, sagte Frau Adriána, wer Hunger hat, sieht eben Brotlaibe. Und zeigte auf die Ausbuchtung, die zwischen den Hosenbeinen baumelte. Daraufhin hatten sie einen Riesenkrach. Aber bei mir hatte sich seither die Vorstellung eingenistet, daß die Partisanen größer sein müßten als die normalen Menschen, und deshalb war ich an jenem Abend so von ihnen enttäuscht, als ich sie zum ersten Mal lebend in der Küche des Arresthauses zu Gesicht bekam.

Nachdem wir wieder von da weggegangen waren, wurde ich müde und ging zum Schlafen nach Hause, und so war ich nicht dabei, als es mit Aphrodhíti zu Ende ging. Herr Vittorio kam auch vorbei, aber ich sagte ihm, die Mama ist nicht da, und da ging er wieder. Dann machte ich den Abwasch und säuberte den Fußboden, es hatten wieder ein paar Kräuter ihre Spitzen herauszustrecken begonnen. In der Ecke mit dem Hinkelchen hatte sich im Boden sogar eine Mulde gebildet. Offenbar sank das Hinkelchen immer tiefer in die Erde hinein.

Nur bei der Beerdigung war ich mit dabei, aber ich blieb nicht lange, denn nebenan hielten sie eine Totengedenkmesse, und ich stürmte mit Fanúlis zur Totengrütze.

An Aphrodhítis Ausflug hatte ich aber teilgenommen, etwa einen Monat bevor sie starb.

Etwa einen Monat bevor sie starb, sagte Aphrodhíti, Mama, ich möchte, daß du mit mir einen Ausflug machst. Ich will das Meer sehen.

Der Hafen war elf Kilometer mit dem Zug von Epálxis entfernt, für die Provinz damals eine enorme Entfernung, man darf das ja nicht mit dem heutigen Athen und seinen Bussen vergleichen. Ich hatte das Meer schon gesehen, wir hatten vor dem Krieg mit der Volksschule einen Tagesausflug zu unserem Hafen gemacht. Aphrodhíti hatte es noch nie gesehen, sie hatte immer Pläne gemacht, hinzufahren, allerdings vor dem Krieg, aber ewig war ihr etwas dazwischengekommen. Wie sollte man jetzt, während der Besatzung, ans Meer gelangen, die Deutschen hatten den Zug zum Hafen beschlagnahmt, nur die Schwarzhändler hatten die Erlaubnis, diesen Zug zu nehmen. So bekam Aphrodhíti das Meer nur von dem Hügel aus zu Gesicht, der ein Stück hinter der Kirche lag, wo wir unser seliges Hinkelchen immer zur Weide geführt hatten. Und einen Monat bevor sie starb, sagte sie, Mama, ich möchte, daß du mich zum Meer bringst.

Ihre Mutter, die Frau Faní, hatte schon seit Tagen die Fensterläden verschlossen und verriegelt gehalten. Damit die Kälte nicht eindringt, sagte sie. Im Grund bereitete sie das Haus auf die Trauer vor. Wir müssen meinem Mann Bescheid sagen wegen seiner Tochter, ließ sie Frau Kanéllo durch mich ausrichten. Erst da kriegte ich mit, daß Aphrodhítis Vater zu den Partisanen gegangen war, aber sie hielten es geheim, Frau Kanéllo ließ mich auf die heiligen Ikonen schwören, daß ich es nicht meiner Mutter sagte, wegen Herrn Vittorio natürlich. Ihr rutschte außerdem noch heraus, daß Frau Faní mit ihrem Mann nie gut ausgekommen war, eine unglückliche Ehe. Und sie trug mir auf, ich solle der Mutter der Kranken sagen, um Gottes willen, Frau Faní, wenn dein Mann etwas erfährt und herunterkommt, dann nehmen sie ihn fest, er steht schon auf der Liste.

Urplötzlich läßt Frau Kanéllo Kinder und Mann im Stich, nimmt regulären Urlaub und macht einen Besuch bei ihrer Mutter, der es nicht gutgeht. (Diese alte Vettel, die machte doch sogar mit Sechsundneunzig noch ihren Enkeln schöne Augen, bis zu ihrem Ende blieb Frau Maríka ein Augenschmaus, sehr adrett, das muß ihr der Neid lassen, obwohl sie mich so übel angeschnauzt hatte, als ich mit Alfio zu ihr gekommen war, na, die ist jetzt auch hinüber.)

Damals legte Frau Faní auch noch an der Haustür den Riegel vor, denn die Hungersnot wurde akut, sie war aus gutem Haus und ging nicht hinaus, um etwas zu erbetteln, oder zu den Volksspeisungen, wo man sie hätte festnehmen können. Wozu denn auch, bei ihrer Tochter wütete ja die Krankheit schon heftig. Das dauerte fast einen Monat, ich vergaß ganz, daß sie existierten, denn das Haus war verrammelt, und kein

Laut drang nach außen. Nur nachts hörte ich eine Stimme wie von einem Wolf. Frau Faní heulte im Schlaf vor Hunger. Statt daß sie von Speisen träumte, um sich Luft zu machen, heulte sie, so erklärte mir das Frau Kanéllo nach dem Krieg. Ich hörte das Heulen, denn sieh mal, wenn du unterernährt bist, schläfst du nicht so tief, und ich fragte, Mutter, was ist das; schlaf, sagte die Mutter, ein Schakal wird in die Stadt gekommen sein, oder die Deutschen foltern in der Kommandantur. (Über die Italiener pflegte sie nicht schlecht zu reden.)

Und an einem Aprilmorgen schlägt Frau Faní Fenster und Türen auf, wie im Triumph. Nachbarinnen, ruft sie frohgemut, aber unter Tränen, wir machen einen Ausflug ans Meer. Da gingen alle Balkontüren in der Runde auf, aber Frau Faní kam zuerst zu unserem bescheidenen Haus, dadurch fühlte sich meine Mutter damals tief geehrt, die Ärmste. Frau Assimína, sagte Aphrodhítis Mutter zu ihr, bei meiner Tochter ist endgültig alles Blut draußen, und man muß keine Angst mehr haben, daß sie euch ansteckt. Und sie wünscht sich einen Ausflug ans Meer.

Wir kamen alle heraus. Wie viele Frauen sind wir? fragte eine. Sie rechnete mich auch zu den Frauen. Und kam auf elf. Auch unser Fánis kam mit. Da der Zug von den Deutschen beschlagnahmt war, brachen wir eben zu Fuß zum Hafen auf, Ypínemon heißt er, jetzt weiß ich es wieder, damit Aphrodhíti dem Meer guten Tag sagen oder sich von ihm verabschieden konnte, das war ihr sehnlichster Wunsch schon seit vor dem Krieg.

Und die Haustür ging auf, vier Nachbarinnen trugen Aphrodhíti auf einem Stuhl sitzend hinunter, und wir gingen los. Und machten die Haustür nicht hinter uns zu, wir ließen sie offen, damit das Haus Atem holen konnte.

Aphrodhíti hatte abgenommen. Weg ist der Busen, dachte ich. Ihre Beine waren kürzer geworden, sie war wieder klein, wie ein Junge von Zwölf mit Malaria. Als hätte ihr Körper mitten im Hochwachsen und Breiterwerden etwas erblickt, was ihn erschreckte, und wieder einschrumpfen wollen.

Und so trugen elf Frauen sie im Sitzen; elf Kilometer weit, bis nach Ypínemon. Alle hundert Meter im Wechsel zu viert am Stuhl. Und unterwegs bewarfen uns die Dorfleute vorsorglich mit Steinen, damit wir keine unreifen Pflaumen oder Rebensprosse aus den umzäunten Grundstücken stahlen. Fanúlis gelang es allerdings, einen Salatkopf zu stibitzen.

Auch ich übernahm etliche Male meinen Anteil am Transport des Stuhles, zusammen mit drei anderen Frauen. Ich glaube, im Verlauf dieses Tages, auf diesem Ausflug wurde mir die Ehre zuteil, zur Frau zu werden. Von den übrigen, die alle älter waren als ich, nannte mich keine Kind oder Backfisch, oder hatte Sorge, ich könnte mich überanstrengen, von den erwachsenen Frauen wurde mir nichts geschenkt. Und so war ich, bis wir in Ypínemon angelangt waren, vom Kind zur Erwachsenen und zur Frau geworden.

Am Strand breiteten wir eine Decke aus, ganz dicht an den Wellen wünschte es sich Aphrodhíti. Wir setzten sie ab, es war reichlich kühl und frisch, wir hatten allesamt eine Gänsehaut. Die Wellen bespritzten Aphrodhíti, aber ihre Haut reagierte nicht darauf, sie kräuselte sich nicht. Sie war wie ein herrenloser Besitz, wie ein Gepäckstück, das man angeschleppt hat, damit es das erste Linienschiff mitnimmt, und das nicht abgeholt worden ist. Daran, daß sie keine Gänsehaut bekam, erkannte ich, daß Aphrodhíti sterben würde. Vergebens sprühten die Spritzer und das Salz der Wellen über sie hin, von Aphrodhíti kam keine Antwort. Sie lächelte nur ermattet.

Wir deckten auf und aßen Trauben und zwei gebackene Quitten mit Mostgelee; Aphrodhíti hatte nicht den geringsten Hunger, sie hielt zwei Weintrauben in der offenen Hand, seit einem Monat hat sie keinen Hunger mehr, sagte ihre Mutter. Das ist das einzig Gute an dem häufigen Blutgeschmack in ihrem Mund: daß ihr jeder Hunger vergangen ist. Wir übrigen aßen. Aphrodhíti blickte nur aufs Meer hinaus und hielt die beiden Beeren und ließ sich von der Sonne bescheinen und blickte aufs Meer und deckte ihre Beine, die wieder zu Kinderbeinen geworden waren, mit der Decke zu, und nachmittags rief sie plötzlich hurra, einmal. Und danach verstummte sie.

Und auf dem Rückweg wechselten wir uns noch häufiger am Stuhl ab, denn alle hatten wir Monate ohne richtiges Essen hinter uns, und die Kräfte waren gering. Keine von uns schwitzte, denn keine hatte etwas zum Herausschwitzen.

Als wir in Eriméon haltmachten, um Wildsalat zu pflükken, hatte es sich schon bewölkt. Alle Farben am Berg nebenan wurden zuerst rot und schwanden dann. Fanúlis saß neben Aphrodhíti, der Junge konnte die Kräuter nicht auseinanderhalten, ein Mann eben, und freute sich die ganze Zeit, er hatte vernommen, wir befänden uns auf einem Ausflug und meinte, das sei etwas zum Feiern. Er saß neben Aphrodhíti und fragte sie über das aus, was ihm im Kopf herumging. Aphrodhíti, warum hast du mir gesagt, du hast dich mit der Krankheit angesteckt, Aphrodhíti, was ist die Krankheit? Er hatte immer etwas Naives. Da hatte sich, scheint es, Aphrodhíti innerlich damit abgefunden, daß sie sterben sollte, und sagte zu ihm, die Krankheit, lieber Fanúlis, ist ein kleines blutdürstiges Waisenmädchen, das ständig friert. Und wenn es einen arglosen Menschen findet, der ungeschützt schläft, schmiegt es sich an seine Brust, um sich zu wärmen, saugt ihn aus und geht nicht mehr weg.

Und abends kamen wir wieder zu Hause an. Innerhalb von siebzehn Tagen starb Aphrodhíti, an ihrer schweren Tuberkulose starb sie. Und man legte ihr eine Papierfahne aufs Grab, als Gruß von ihrem Vater. Später befreiten die Partisanen Epálxis, und auch ihr Vater kam wieder zurück und brachte ihr eine richtige Fahne aus Stoff aufs Grab. Ein Jahr darauf verhafteten sie ihn während der sogenannten Dezemberereignisse und brachten ihn um. Doch seine Frau, die Frau Faní, ist wohlauf, die lebt heute auch in Athen.

Jetzt mal ganz unter uns, dieses heroische Zeugs hab ich persönlich nie ganz verstanden. Ich denke immer, was wohl gewesen wäre, wenn wir den Deutschen damals gestattet hätten, durch unseren Staat zu ziehen und ihrer Arbeit nachzugehen, ohne daß wir sie behindert hätten? Wäre das denn nicht besser gewesen? Wären uns dann nicht sowohl die Besatzung als auch die Hungersnot erspart geblieben? Denn was haben wir eigentlich damit gewonnen, daß wir nach Albanien und an die Fronten marschiert sind und so viele Hemden umsonst gestrickt haben, zugunsten der Familien und ebenso auch im Hinblick auf die Nation? Waren denn die anderen Nationen, die den Deutschen keinen Widerstand geleistet haben, bloß Idioten? Nur uns hätte dieser Mistkerl von Churchill beschissen, Fluch über sein Grab? Und außerdem, sage ich immer, was haben wir eigentlich durch die sogenannte Befreiung gewonnen? Nichts als Scheiße haben wir uns damit eingehandelt! Wir haben schlicht mit dem Geld des Marshallplans in Epálxis das Bordell des Mandílas wiederaufgebaut und in Athen ein Tanzcafé in der Syngrú-Straße, das Musiklokal »Tríena«. Man sagt, es sei das erste Gebäude gewesen, das in Griechenland von dem amerikanischen Marshallgeld gebaut wurde, in der Ära Tsaldáris war das.

Das hab ich mal einem Theaterboß erzählt, und er hat mich mitten während der Tournee rausgeschmissen. Nicht genug damit, daß er seinen Hintern schwenkte, war er auch noch Patriot, als wäre ich etwa nichts dergleichen. Klar, wenn ich ein Jüngelchen gewesen wäre, hätte er mich nicht so ohne Federlesens in Ätolien aus dem Ensemble hinausexpediert;

über das letztere konnte ich einfach den Mund nicht halten, und er schäumte vor Wut.

Drei Tage nach der Beerdigung von Aphrodhíti kam Frau Kanéllo mit einem nicht einmal einmonatigen Säugling im Arm zurück. Die Nachbarschaft war starr, Vater Dínos beschimpfte sie, schimpf nicht, sagte sie, tauf ihn mir lieber, Aris soll er heißen. Der Name eines heidnischen Gottes kommt überhaupt nicht in Frage, sagte er wütend, aber schließlich taufte er das Kind zur rechten Zeit und ohne Murren auf den Namen Aris. Und wir hatten geglaubt, sie sei zu ihrer Mutter gegangen, der es nicht gutging. Großartig geht's meiner Mutter, laßt bloß die Unkenrufe, wenn die erst mal die Befreiung erlebt, sagte die Kanéllo. Der Säugling stammt von meiner Schwester. (Ihre Mutter, Frau Maríka, erlebte sowohl die Befreiung als auch die Schönheitswettbewerbe und sogar noch die Militärjunta, die war zäh.)

Letzten Endes war also ihre Schwester, die Partisanin, schwanger geworden und stand kurz vor der Entbindung, das war das ganze Geheimnis. Ihr Mann hielt sie in einem Schafspferch versteckt, sie konnten sie ja in der Gruppe nicht gut mit hängender Zunge über die Geröllfelder und zu den Einsätzen mitnehmen, zudem war sie als Kämpferin unbrauchbar. Und außerdem, Kapetánios, sagte einer aus der Gruppe, ist sie dick geworden und gibt ein zu gutes Ziel ab.

So ließen sie Frau Kanéllo bestellen, sie solle kommen. Die polsterte sich, zum Schein schwanger, den Bauch, kam durch die Blockade, stand ihrer Schwester bei, das war die gleiche Spinnerin wie sie. Auf alle Fälle hatte ihr der Mann ein Gewehr und ein paar Handgranaten dagelassen, für den Fall der Not. Frau Kanéllo nabelte ihr das Kind einwandfrei ab, und dann warf sie eine Handgranate auf den Bergsattel vor Glück, daß es ein Junge war, die Schafe kriegten einen Riesenschreck, man hatte Mühe, sie wieder in den Stall zurückzuholen.

Mensch, ich hab in dem Stall Milch gepichelt wie der reinste Saufaus, während mir das Kind an der Brust hing, erzählte uns Frau Kanéllo. Du kleines Hutzelmännchen, trink du mal schön, sagte sie zu ihm; sie knöpfte sich auf und drückte den Säugling an sich, damit er die Brustwarze fand. Frau Kanéllo hatte ständig Milch, offenbar von den vielen Geburten. Jedenfalls stillte sie den Kleinen bis zur Befreiung, der geht jetzt auch schon bald in Rente, von der Handelsmarine kriegt er die, ein gutaussehender Kerl. Aber ein Linker, du lieber Schreck!

Die Frauen damals, die waren das von der Vorkriegszeit her so gewöhnt, die gingen raus und stillten ihre Kinder auf der Außentreppe, mit entblößter Brust, das machte keinem Ehemann etwas aus, natürlich machten das nur die aus dem Volk. Im übrigen waren sie aber sehr moralisch, und wenn ein Fremder ein Auge auf die Ehefrau warf, schlug sie der Ehemann grün und blau, wenn er klein geraten war. War er dagegen groß und stark, dann ging er hin und verprügelte den Mann, der die Frau scharf angeschaut hatte. Aber selbst in der Besatzungszeit warfen die Männer keine Blicke auf Mütter, die stillten, die Einheimischen jedenfalls, soll das heißen. Mich dagegen fraßen sie schon als die Dreizehnjährige, die ich damals war, mit den Augen auf. Zwei oder drei hatten mich sogar in die Tanzschule eingeladen. Geh da bloß nicht hin, meine Beste, sonst zieh ich dir die Hammelbeine lang, war Frau Kanéllos Kommentar, als ich sie um Rat fragte (meine Mutter zog ich bei Themen der Moral nicht zu Rate, denn sie hielt sich für eine Kollaborateurin und für unanständig, weil ihr Italiener Besuche abstatteten).

Die Tanzschule war ein ehemaliges Holzlager. Der Apotheker, Herr Pátris, der im Stockwerk darüber zur Miete wohnte, sah darin eine persönliche Beleidigung, er hatte nämlich eine Französin zur Frau, die die besseren Kreise von Epálxis verschmähte. Die Tanzschule war ausschließlich für Männer da. Die Mütter der guten Häuser schickten ihre Jungen hin, damit sie gesellschaftlich auf Vordermann gebracht wurden. Die Mädchen bekamen ihren Tanzunterricht direkt bei den Müttern, oder man holte den Tanzlehrer zu Privatstunden. Herr Manolítsis, der Tanzlehrer, brachte ihnen hauptsächlich Tango, Foxtrott, Walzer und Rumba bei und langsamen Walzer. Nach der Befreiung unterrichtete er auch Swing. Die Dame mimte er höchstpersönlich, ein verehelichter Mann zwar, aber klein und wendig, mit hohen Absätzen, uns grüßte er, wenn er auf dem Kirchgang vorüberkam, immer aufs freundlichste. Nach zehn Unterrichtsstunden tanzten die Fortgeschrittenen miteinander, und Herr Manolítsis übernahm die neuen Anfänger. So ein Schüler pflegte nicht wegzubleiben, wenn er den Unterricht beendet hatte. Er ging weiter jeden Nachmittag hin, es war wie ein Vergnügungszentrum, und alle da drinnen träumten davon, mit einer richtigen Frau als Dame zu tanzen, nicht mit einem ihrer Mitschüler.

Trotzdem waren ein paar Mädchen dort hineingelangt. Und ihr guter Ruf war für immer dahin, oder zumindest, bis sie verheiratet waren. Deshalb sah man auch keine Frau da drinnen. Spätnachmittags gingen erwachsene Männer hin. Sie tanzten alle miteinander, Männer und Burschen, die Dame mimten sie abwechselnd, und auf diese Weise wurde bei keinem die Männlichkeit geschmälert. Man hörte, daß einige Gymnasiasten dort drinnen sogar rauchten.

Darüber tratschten die erwachsenen Frauen, wenn wir uns bei Frau Kanéllo trafen. Im Winter saßen wir im Kreis herum, die Gewohnheit hatten wir aus der Vorkriegszeit beibehalten, als wir noch rings um das Kohlebecken saßen. Jetzt saßen wir also rings im Kreis, und in der Mitte war ein leerer Platz, mit dem Kohlebecken war es ja nichts mehr. Auch

Aphrodítis Mutter kam dazu. Sie brachte immer ihr Häkelzeug mit, immer Spitzen, Aussteuerware, nach der Befreiung hatte sie allmählich auch Kundinnen, was sie während der Besatzungszeit für ihre Tochter gehäkelt hatte, verkaufte sie günstig, das ging sogar so weit, daß ihr ein Engländer Spitzen abkaufte, der war Offizier.

Wir saßen also im Kreis um den Platz, an dem das Kohlebecken durch Abwesenheit glänzte, jede mit einem Stück Wollzeug über den Beinen zum Wärmen, aber auch, damit man unser Fleisch nicht sieht, witzelte Frau Kanéllo. Doch solche und ähnliche Kalauer unterließ sie, wenn meine Mutter dabei war; Frau Kanéllo war von Haus aus taktvoll, sie brauchte dazu keinen Lehrer. Sie lenkte das Gespräch auf das gesellschaftliche Leben von Epálxis, auf die Politik. Wenigstens, sagte sie, sind wir diese Ungeheuer, die Könige, los. Wenn uns die Engländer die im Fall eines Sieges wieder aufbürden, dann gibt es noch mal einen Partisanenkrieg in ganz Hellas. Da tat meine Mutter den Mund auf und rief aus, ein Hellas ohne König, das geht nicht.

Bei dem Gedenkgottesdienst vierzig Tage nach dem Tod meiner Mutter erfuhr ich von Frau Kanéllo, daß sie damals wegen ihres ersten Italieners, Herrn Alfio, zu Vater Dínos gegangen war, um ihre Sünden zu beichten, und wie der Pope Frau Kanéllo erzählte, drückte der Gedanke an die Königsfamilie meiner Mutter schwer aufs Herz. (Vater Dínos war nämlich auch die größte Tratschtante des Viertels, wenn also einer wollte, daß seine Geheimnisse auf die Gasse getragen wurden, mußte er nur zu ihm zur Beichte gehen, na ja.) Meine Mutter war königstreu. Sie glaubte daran, daß die Alliierten siegen und die Dynastie wieder in Ehren einsetzen würden. Und was ihr so schwer auf dem Herzen lag, sagte der Pope, war ihr sündiges Tun und Treiben mit einem Feind: wo sollte sie, eine ehebrecherische Kollaborateurin, dann den Mut hernehmen, im selben Land zu leben wie die hochanständigen und strahlenden Könige? Mach dir nichts draus, Assimína, hatte ihr der Spinner von einem Popen gesagt, du hattest doch gar keine andere Möglichkeit, deine Kinder am Leben zu erhalten. Ich wäre an deiner Stelle auch eine Dirne geworden wie du. Also wirklich, »Dirne«, von diesem Hurenpriester, von Ritas Freier! Von da an, sagte die Kanéllo, sei meine Mutter endgültig in Verzweiflung geraten. Sie hatte zwar von sich immer als von einer »Kollaborateurin« gesprochen, aber daß sie eine Dirne sein sollte, hatte sie sich nie gedacht. Und als ihr der Pope das sagte, hielt sie überhaupt nichts mehr von sich selbst.

Ich wußte das natürlich damals nicht, als wir so rings im Kreis um das Gespenst des Kohlebeckens über Könige redeten; ich dachte bloß daran, daß wir vor dem Krieg immer Silberpapier auf die Holzkohle gelegt hatten, damit sie nicht so schnell zu glühender Asche wurde. In Sachen Politik wußte ich nicht, wo ich stand.

In den besseren Kreisen von Epálxis schätzte man die Partisanen nicht. Nach dem ersten Besatzungsjahr hatten fast alle guten Häuser der Stadt den Italienern ihre Salons geöffnet. Manche boten ihre Salons auch den Deutschen an, die waren aber ungesellig, sie betraten das Haus eines Unterworfenen nicht. Dagegen die Italiener, was für ein reizendes Volk die waren! Wenn man denen die Tür aufhielt, kamen sie mit tausend Freuden herein. Sie hatten ja sogar unser Haus beehrt, und das, obwohl wir bloß einen Lehmboden hatten. Du wirst vermutlich sagen, daß Herr Alfio und Herr Vittorio eben nicht erste Wahl waren, wie diejenigen, die bei uns die Häuser der höheren Kreise beehrten.

In all diesen Häusern schätzte man die Partisanen überhaupt nicht, das wußte ich mit Sicherheit aus dem Mund der Kanéllo, und später auch von Salome. Denn bei bestimmten

Abendempfängen luden die Gastgeber gelegentlich die Tiritómbas dazu ein, den Italienern einen Sketch vorzuspielen, und die lachten dann unentwegt, obwohl sie die Sprache nicht verstanden, und klatschten, was das Zeug hielt, wirklich ein aufgeschlossenes Volk. Bei einer solchen Gelegenheit nahm Fräulein Salome mich auch einmal mit, um mich daran zu beteiligen. Du hast in dem Sketch keinen Text, meinte sie, du stehst bloß da, und ich gebe dir einen Schubs zu Adriána, und die wirft dich dann wieder in hohem Bogen zu mir, hab nur keine Angst.

Wovor sollte ich Angst haben. Italiener hatte ich ja schon gesehen. Ich machte also bei dem Sketch mit und darf sagen, daß ich von jenem Abend an das Gefühl hatte, ich sei für die Bühne geboren. Ganz zu schweigen davon, daß es dort solche Gerichte gab, wie man sie im Kino zu sehen kriegte. Kaum waren die Gastgeber die Treppe hinunter, um ihre Gäste hinauszubegleiten, stürzte sich schon die Truppe auf die halb leer gegessenen Teller, iß, armes Kind, rief mir Frau Adriána zu, bloß mach keine Fettflecken auf das Kleid, sonst erwürg ich dich. Sie hatte mir eine Robe wie aus dem Mittelalter angezogen, Typ Cavalleria Rusticana, es war ein Theaterkostüm, das hatten sie einem Opernensemble abgekauft. Ich steckte mir das Unterhemd ins Höschen, zog die Hosenschnur stramm (wir benützten damals noch kein Gummiband) und stopfte mir ins Hemdchen, was ich erwischen konnte. Keiner merkte etwas davon, ich brachte es später alles nach Hause, und meine Familie hatte etwas zu essen.

Alle die guten Bürger, die Italiener einluden, verfluchten die Partisanen. Wart's nur ab, denen reißen sie auch noch die Köpfe ab, meinte Frau Kanéllo, die werden schon in die Stadt herunterkommen, die Partisanen. Und die ganze Zeit hörten wir auf den verbotenen Sendern etwas über die Gesundheit der Königsfamilie, die befand sich in Sicherheit, in Afrika, glaube ich. Gibt's denn da unten keinen Kannibalen, der mal ein Christenwerk tut, sagte Frau Kanéllo, und die Haare standen uns zu Berge. Ich persönlich, das muß ich gestehen, bin zwar für die Demokratie, aber die Könige will ich nicht davon ausschließen. Das war doch eine enorme Gemeinheit von denen, daß sie damals die Dynastie durch ein Referendum vertrieben haben. Seit der Zeit, ohne die Könige, fühle ich mich, als wäre ich ohne Unterhose auf die Bühne getreten. Am liebsten würde ich sie immer wählen, bei allen Wahlen, sei es fürs Parlament, sei es für den Stadtrat. Gleich was für Namen auf dem Stimmzettel stehen, ich suche mir einen aus, egal, von welcher Partei, und schreibe mit Tränen in den Augen: »Ich wähle die Könige, Raraú«. Mein Wahlbüchlein habe ich an unseren Abgeordneten weitergegeben, seit damals, als er uns auf seine Kosten nach Athen brachte, er hat auch das von der Mama, die Ärmste wählt immer noch, obwohl sie schon tot ist.

Was zuviel ist, ist zuviel. Die mögen ja gut sein und patriotisch und der letzte Schrei, all diese linken Aktivitäten, Gewerkschaftsgeschichten und Märsche, ich gehe durchaus auch auf Demonstrationen mit und streike sogar, aber ich möchte Könige! Seit sie die vertrieben haben, habe ich Ostern nicht mehr so richtig genießen können, obwohl ich die Osterzulage einkassiert habe. Früher, vor der Demokratie, bin ich immer in die Mitrópolis-Kirche zum Ostergottesdienst gegangen. Ich habe meine Kerze angezündet und mir gesagt, an der gleichen Flamme hat der König seine auch angesteckt! Und der Armeegeneral auch! und bin dann in mein Zweizimmerappartement zurückgekehrt, habe mein Öllämpchen angesteckt und die Flamme bis zum nächsten Osterfest gehütet, obwohl ich gar nicht so fromm bin. Jetzt ist Schluß mit dem Lämpchen. Ich kann nicht einsehen, wie wir den Anspruch haben wollen, uns als Europäer zu betrachten, so ohne Könige.

Jetzt gehe ich an Ostern nicht mehr in die Mitrópolis-Kirche. Also, nicht daß ich besonders fromm wäre, ich bin eben so, wie es angebracht ist. Meine Mutter habe ich immer für fromm gehalten, weil sie nie über religiöse Dinge sprach. Aber als sie uns eines Nachmittags angewiesen hatte, uns in der Kirche unterzustellen, damit wir nicht naß wurden, solange die *Visite* von Herrn Alfio dauerte, und ich gesagt hatte, ich fürchte mich in der Kirche, vor allem abends, wenn sie so dämmrig ist und die Heiligen an der Bilderwand so grimmig schauen, meinte die Mutter, vor Gott mußt du dich nicht fürchten, Rubínilein. Du mußt dich nicht vor ihm fürchten, weil es ihn nämlich gar nicht gibt. Nimm Fanúlis und schlüpf da rein, damit ihr euch keine Erkältung holt. Bloß dazu ist die Kirche gut. Und für die Hostie, die euch der Pope jeden Sonntag zusteckt. Und deshalb, sagte sie, nimmst du jetzt den Jungen und verziehst dich dort hinein, bis ich fertig bin, in der Kirche habt ihr nichts zu fürchten, dort gibt es niemanden. Bei euch zu Hause solltet ihr euch fürchten.

Die einzige Unterweisung in Religionsdingen, die mir die Mutter je gab.

Und als ihr Tod nahte, hier in Athen, als ich begriff, daß es mit ihr zu Ende ging und ich ihr das Abendmahl geben lassen, ihr das aber schonend beibringen wollte, damit sie nicht argwöhnisch wurde, sagte ich zu ihr, Mama, soll ich nicht den Popen holen, damit er Ihnen das Gebet liest, was meinen Sie? Da drehte sie sich einfach zur Seite und blickte auf das Tablettenfläschchen.

Ein einziges Mal habe ich sie »Heilige Mutter Gottes« ausrufen hören. An dem Tag, an dem die Deutschen unserem Fánis das Händchen kaputtmachten. Das war, bevor wir Herrn Alfio kennenlernten. Im Viertel herrschte, wie ich mich entsinne, eine verzweifelte Stimmung wegen des Hungers. Da brachte Aphrodhítis Mutter, Frau Faní, die Nachricht, das

Magazin der Familie Liakópulos sei voll mit Kartoffeln. Wann hatte es sich in der Nachbarschaft herumgesprochen, wir sollten uns alle auf dem kleinen Platz vor dem Magazin versammeln, gleich neben der Kirche? Wir dürften so um die fünfzig Personen gewesen sein, hauptsächlich Frauen und Kinder, Samstag mittag, etliche hatten auch Beile dabei, um die Tür aufzustemmen. Doch die Deutschen rückten noch rechtzeitig an, der Liakópulos hatte sie selbst informiert, sie sollten Ordnung schaffen, der Pöbel bedrohe seinen Besitz. Zurück, bedeutete uns die Kanéllo. Sie umklammerte eine Spitzhacke und wollte schon losstürmen, als man den Laster hörte. Zurück, die Deutschen, schrie sie uns zu, geht zurück, die bremsen nicht, die überrollen uns.

Wir quetschten uns alle an die Wand gegenüber, der Lastwagen hielt vor dem Haus, Herr Liakópulos in Schlips und Filzhut, doch, wirklich wahr, am Fenster über dem Laden. Er fixierte uns, dieser Idiot war einfach zu begriffsstutzig.

Die Deutschen zielten mit dem Maschinengewehr auf uns. Wir hatten keine Angst, warum auch, sie zielten ja jeden Tag mit Maschinengewehren auf uns. Dann sprangen zwei vom Lastwagen herunter, sprengten das Rollgitter und öffneten das Magazin. Da dämmerte es Herrn Liakópulos, daß er sich eigenhändig die Augen ausgekratzt hatte. Sie sprengen also das Gitter, wir spähen hinein, im Magazin stehen stapelweise die Säcke. Die Deutschen beginnen sie auf ihren Laster zu hieven. Als Herr Liakópulos das sah, bekam er Zustände, seine Töchter schleppten ihn nach drinnen, eine besprengte ihn auch noch mit Wasser.

Wir bekommen die nicht zu essen, die Kartoffeln, du Schuft, brüllt Frau Kanéllo los, aber du, du verkaufst sie auch nicht auf dem Schwarzmarkt! Du dreckiger Schwarzhändler!

Paß auf, was du sagst, Madam, schreit die eine Liakópu-

lostochter zurück, sonst verklag ich dich bei der Kommandantur!

Tu's doch, du Miststück, schreit Frau Kanéllo. Einen Tages-
marsch sind die Partisanen entfernt. Ich werd dafür sorgen,
daß sie dir das Haus abbrennen und euch mit, eigenhändig
werd ich's euch abbrennen, ich weiß schon wie! (Und tatsächlich brannte ihr Haus beim Einmarsch der Partisanen
ab, allerdings durch einen Zufall.)

Und die Deutschen räumten das Magazin weiter aus, es
war beschlagnahmt. Wir standen drüben wie versteinert, das
Wasser lief uns im Mund zusammen. Sollen ihnen doch die
Kartoffeln wie Blei im Magen liegen, den Hintern sollen sie
ihnen verstopfen, machte sich Fräulein Salome Luft, wenn
auch zur Sicherheit leise.

Hinüber ging keiner von uns. Vor der Tür von Liakópulos der Lastwagen. Gegenüber wir alle in einer Traube, der
kleine Platz in der Mitte leer. Mit den Deutschen wollten wir
nichts zu schaffen haben. Bloß massakrieren wollten wir sie.
Ich vermeide es, an die Deutschen zu denken, sonst kann ich
nicht schlafen vor Wut, sogar heute noch nicht.

Aus einem Sack, den die beiden Deutschen hochhievten,
kullerten drei Kartoffeln. Uns, der Menge an der Wand, entfuhr ein Stöhnen. Daß sich ja keine von euch rührt, sagte ein
Mann, der Teutone mit dem Maschinengewehr auf dem Laster feixte zu uns herüber und deutete mit dem Lauf auf die
heruntergefallenen Kartoffeln. Daß sich ja keine von euch täu-
schen läßt und nach vorne geht, wiederholte der Mann. Die
übrigen Deutschen hatten das Aufladen unterbrochen und
starrten uns an. Sie lauerten. Mir kam es vor, als hörte ich
unsere Atemzüge. Die zermalmen sie jetzt beim Rückwärts-
fahren, sagte Frau Faní. Die zermalmen sie, diese Schweine.

Die Deutschen standen reglos und grinsten. Wir standen
reglos.

Da löst sich unser armer Fánis aus der Gruppe und bewegt sich auf die Mitte des Platzes zu, tolpatschig wie ein Küken. Der kleine Fanúlis wirft unserer Mutter einen lächelnden Blick zu und geht weiter in Richtung auf die Kartoffeln. Als er sie alle drei aufgehoben hat, die übrigen stehen immer noch reglos, macht der feixende Deutsche einen Satz vom Lastwagen und schlägt ihm den Gewehrkolben auf die Hand. Dem Jungen fallen die Kartoffeln herunter, aber er läßt sich nicht drausbringen! Er bückt sich, um sie aufzuheben. Zumindest eine. Da haut ihm der Gewehrkolben wieder auf die Finger, und wieder, und wieder, bis sie kaputt sind. Ich glaube, daß ich seine kleinen Knochen brechen hörte, aber immer, wenn ich das erzähle, heißt es, ich wäre übergeschnappt. Der Junge stößt einen gellenden Schrei aus, wir sind schon dabei, uns als Gesamtheit vorwärts zu schieben, aber die übrigen Deutschen, drei sind es, haben die Waffen auf uns angelegt, ich höre sogar das Knacken der Hähne, als sie durchladen. Wir versteinern wieder, ein einziger Block. Der Soldat hält jetzt das Maschinengewehr auf uns gerichtet. Der Junge in der Mitte des Platzes hüpft und flattert, er kreiselt wie ein halb abgestochenes Huhn, das man mit dem ersten Messerhieb nicht richtig getroffen hat. Seine Handfläche ist verdreht, als zeigte sie zum Ellbogen. Die Deutschen machen sich nun erneut an die Arbeit. Drei von unseren Männern sind schon auf dem Sprung, das Kind zu holen, wieder zielen die Deutschen auf sie, die Unseren weichen zurück, der Junge kreiselt weiter in der Mitte.

Da löst sich Frau Kanéllo aus der Traube und geht auf unseren Fánis zu. Meine Mutter ist ohnmächtig geworden, die Augen umflort, Heilige Mutter Gottes, sein Händchen, hatte sie aufgeschrien, ich hielt sie fest, halb lag sie auf meinen Beinen, halb auf der Erde, ich tat, was ich konnte, daß sie mir nicht hinunterrutschte, schließlich stürzte sie doch ganz zur

Erde. Die Soldaten nehmen wieder die Waffen auf, legen sie auf uns an, aber Frau Kanéllo geht weiter auf unseren Jungen zu wie der allmächtige Christus. Sie kniet sich hin, schließt ihn in die Arme, schwarze Strümpfe trug sie, »bas roulés« sagten wir damals dazu, vor dem Krieg kauften die Armen sie sich, wenn sie Trauer hatten, aber wer konnte in der Besatzungszeit groß was für die Toten tun, rein in den Sarg und raus aus der Tür, darum gaben die Kaufleute diese Baruléstrümpfe billig ab, als unnütze Ware. Als Frau Kanéllo sich auf den Boden kniete und das Kind in die Arme schloß, zerrissen ihr die Strümpfe, und ich sehe noch vor mir, wie die Laufmaschen bis zu den Knöcheln hinunterliefen. Ein Deutscher geht mit dem Revolver auf sie zu, den Dialog habe ich noch vollständig im Kopf.

Deutscher: Deines Kind?

Frau Kanéllo: Ja, das ist mein Kind.

Deutscher: Das Dieb. Strafe.

Mit einem Hieb zerstampft der Deutsche die Kartoffeln, eine nach der anderen.

Frau Kanéllo kniete mit dem einen Bein im Kies. Das andere hatte sie hochgestellt, um dem Jungen den Kopf abzustützen. Man konnte sogar das Fleisch über dem Strumpfband sehen, wir hatten zu der Zeit noch keine Strapse, diese Errungenschaft erreichte uns erst nach dem Bürgerkrieg. Und der Schenkel über dem Strumpfband blitzte schneeweiß, ich weiß es noch wie heute. Ich wollte meinem kleinen Bruder zu Hilfe kommen, aber ich war total verängstigt, und außerdem hielt ich der Mutter den Kopf.

Unterdessen hatte der Deutsche die dritte Kartoffel zerstampft. Da begann Frau Kanéllo, sich aufzurichten und das Kind zu uns Griechen herüberzuziehen, so gut sie es konnte, ausgehungert, wie sie war, ihre Kinder stillte sie bis zum Alter von fünf Jahren, wenn sie kein Brot für sie hatte.

Jetzt packte sie der Zorn, und sie zeigte dem Feind die Zähne.

Dieb? sagte sie zu dem Fremden. Ich, ich bin auch eine Diebin! Und die da auch, alles Diebe! und deutete auf uns Griechen. Wir Griechen, wir sind lauter Diebe. Und ihr, he, was seid ihr denn? Seid ihr überhaupt ein Volk? Eine Rasse seid ihr! Ich scheiß auf euer Vaterland. Auf eure Fahne spuck ich. Ich tanze auf dem Grab herum, in dem eure Kinder mal liegen werden, Mensch! Diebe sind wir, ja klar, was willst du? Aber wir, wir haben kein Dachau geschaffen! Und auch kein Belsen!

Frau Kanéllo hatte eine Aufklärungskampagne hinter sich. Die wußte über diese Dinge Bescheid. Der Deutsche wird kein Griechisch gekonnt haben außer dem, was er von sich gegeben hatte.

Schließlich gelang es der Frau, das Kind auf die Arme hochzunehmen und sich, getrieben von einer kolossalen Wut, auf uns zu zu bewegen. Dem Deutschen drehte sie wie erschöpft den Rücken, da hob er die Waffe und schrie laut: Halt! Frau Kanéllo drehte sich nicht einmal nach ihm um. Sie sprach lediglich mit ihm, wobei sie uns ansah.

Auf mich schießen willst du? sagt sie. Du imponierst mir vielleicht. Die Frauen prügeln, das könnt ihr. Aber sie vögeln, das könnt ihr *nicht*.

Und wartet regungslos. Die Deutschen warten auch. Wir warten ebenfalls. Darauf dreht sie sich kühn zu dem Deutschen um (Mensch, ich hab mir in die Hose gemacht vor Angst, erzählte sie mir Jahrzehnte später) und läßt eine Schimpfkanonade los.

Du schießt nicht? Na los, schieß doch! Damit einmal Schluß ist! Drei Tage hab ich nichts mehr gegessen, und meine Kinder gehen schon auf mich los, weil ich ihnen nichts zu essen gebe. Und was uns dieser Churchill immer im Radio erzählt, kann man in der Pfeife rauchen! Schießt doch, damit ich Ruhe habe, ich hab endgültig die Schnauze voll. Drei Tage ohne Essen im Haus. Ja, eure Frauen, die haben zu Hause zu essen, und dabei seid ihr es nicht mal wert, daß man euch auf euren eigenen Friedhöfen begräbt, eure Eingeweide sollen die Geier fressen! Eure Frauen, die machen Lampenschirme aus Menschenhaut! Schieß doch, du Mistkerl! Schießt ihr ruhig auch, wandte sie sich an die übrigen Deutschen, die alle die Hand an der Waffe hatten, schießt doch! Ihr Arschficker! Bespringt euch gegenseitig, damit ihr euch bloß nicht schmutzig macht an den Griechinnen! Schießt doch! Aber ihr werdet es eines Tages noch teuer bezahlen! »Der Moskoviter ist im Anmarsch« – kennt ihr das Lied? Alles werdet ihr wieder rausspucken!

Leider, liebe Frau Kanéllo, sagte ich am Gedenktag für meine Mutter zu ihr, als wir über die Vergangenheit redeten, leider haben die Deutschen nie dafür bezahlt. Damals nicht und später auch nicht. Und wir verlangen ja nicht einmal von ihnen, daß sie dafür zahlen. Man sieht doch, wie sie heute bei uns als teure Bündnispartner gelten, wie sie unsere Männer voller Herablassung als Arbeiter aufnehmen, und in der UNO halten sie uns auch immer klein. *Sie* sind uns überlegen. Auch wenn wir gesiegt haben.

Wo haben wir denn gesiegt, liebe Rubíni, wo denn, wir Ärmsten? Und die Tränen schossen ihr in die Augen. Über den Tod meiner Mutter hatte sie nicht eine Träne vergossen. Bloß bei der Beerdigung ihres Mannes hatte sie geweint, na ja, darüber kann ich hinwegsehen.

Frau Kanéllo drehte also dem Teutonen den Rücken zu und begann, sich zu uns herüber zu bewegen.

Der Deutsche schoß nicht. Unterdessen hatte Vater Dínos irgendwie davon Wind bekommen und rauschte im Festgewand an, mitten aus einer Hochzeit weggelaufen, mit flatterndem Velum. Er blieb stehen, sagte kein einziges Wort. Frau Kanéllo kam bei mir an, steh auf, Assimína, sagte sie zu meiner Mutter, laß uns einen Blick auf die Hand von dem Jungen werfen, das ist jetzt nicht die Zeit dafür, aus den Latschen zu kippen. Und sie nahm uns mit zu sich. Ich immer hinter ihnen her, um die kaputte Hand des Jungen zu halten, wir gingen hoch, rissen ein paar alte Tücher in Streifen und verbanden das Händchen von Fanúlis, der arme Junge, mein Gott, der konnte gar nicht reden.

Was draußen passierte, ging völlig an mir vorbei, ich hielt die Waschschüssel, und wir badeten das Händchen in Borwasser und Kamille. Offenbar hatten sich die Deutschen dank des Popen zurückgezogen. Mit den Kartoffeln. Vielen Dank, sagte Frau Faní, Aphrodhítis Mutter, zu ihm, scheiß doch drauf, Frau Faní, antwortete dieser unmögliche Pope. Und gab Anweisung, wir sollten uns am Sonntag alle zum Gottesdienst einfinden. Und da las er eine Bußrede und exkommunizierte die Familie von Herrn Liakópulos. Wenn sich während der Diktatur beim Polytechnikum bloß so ein einziger Scheißmetropolit an die Spitze gesetzt hätte, sagte später Frau Faní in Athen zu mir, dann wären die Panzer nicht ins Polytechnikum eingedrungen. Aber ich, ich kenne mich mit der Politik nicht aus.

Schließlich kam der Junge wieder zu sich, ab mit dir, hol den Doktor, sagte Frau Kanéllo zu mir. Bis ich hinunterging, sah ich Herrn Manólaros, den Arzt, schon die Treppe heraufkommen, er wußte Bescheid. Er machte den provisorischen Verband ab und untersuchte die Hand, davon stirbt man nicht, sagte er, Flennen hilft auch nichts. Zwei Knöchelchen sind gebrochen. Er hatte Verbandmull dabei. Meine Mutter brach ein Stück Schilfrohr von unsrem Zaun unten ab, das nahm er als Schiene. Jetzt gebt ihm was zu essen, sagte der Arzt, und er soll die Hand eine Woche lang nicht bewegen, beim Pinkeln darfst du nur die andere benützen, sagte er zu Fanúlis, und der Junge wurde rot. Er wird die Hand nicht verlieren, aber sie bleibt geschädigt.

Er gab ihm noch eine Spritze, das machte er immer, er hatte einen Vorrat davon vom Roten Kreuz, damit pikste er in die Ärsche von Gerechten und Ungerechten. Er grüßte uns zum Abschied und ging.

Wir nahmen uns unseren Jungen und wollten endlich mit ihm nach Hause. Meiner Mutter war es peinlich, Frau Kanéllo in die Augen zu schauen, Entschuldigung, daß wir Ihnen Unannehmlichkeiten bereitet haben, sagte sie, unseretwegen sind jetzt Ihre Strümpfe ruiniert.

Und alle Welt hat deine Schenkel sehen können, rief ihr Mann von nebenan, als sei er entehrt. Er hatte alles aus dem Klofenster mit angesehen. Aber die Kanéllo erwiderte ihm darauf nicht ein Wort, sie hatte vor ihm stets Respekt.

Wir brachten den Jungen nach Hause.

Die Hand heilte nach und nach, aber sie blieb verkrüppelt. Er konnte die Finger nicht schließen. Nach dem Bürgerkrieg oder auch kurz vorher nahm ihn Herr Manólaros, der Arzt, als Handlanger auf sein Landgut auf einer Insel, da war er aber schon Abgeordneter. Dort arbeitet unser Fánis auch heute noch als Aufseher, es ist ein riesiger Besitz, ich behalte dich lebenslang bei mir, hatte ihm Manólaros versprochen, und er hatte Wort gehalten. Bestens geht es ihm, unserem Fánis, wenn ich ihn auch nicht sehe. Zum Namenstag schicke ich ihm eine Karte, die gebe ich im Parteibüro von Herrn Manólaros ab, um die Briefmarke zu sparen. Er kann mir nicht schreiben, denn die kaputte Hand ist seine Rechte, aber ich erfahre durch Herrn Manólaros, wie es ihm geht, der ist unser Familienabgeordneter seit damals, ebenfalls lebenslang. Wenn es doch der Zufall wollte, dachte ich immer, daß ich bei einer Tournee auf seine Insel käme und mich der Junge auf der Bühne

sehen könnte, bevor er stirbt. Was heißt überhaupt Junge, er
ist schon über Sechzig. Und der Schelm ließ mir doch kürzlich ausrichten, ob ich mich eigentlich noch an die Kartoffeln
erinnerte? Und wie er auf den Schenkel von Frau Kanéllo ge-
spitzt hätte, als er zu sich kam. Ein echter Grieche, unver-
besserlich!

Wenn ich an die Geschichte mit den Kartoffeln und den
Strumpfbändern zurückdenke und meinen Strapsgürtel auf
dem Wäscheseil über der Badewanne hängen sehe (ich hab
sogar noch ein zweites Paar), dann denke ich, Menschenskind, was wir Sirenen von heute doch für einen Komfort haben, um die Herzen der Männer im Sturm zu nehmen. Allein
das Toilettenpapier! Zu meiner Zeit hatte man nur Zeitungen, um sich abzuputzen, und auch die nur spärlich, und
bloß diejenigen von uns, die auf sich und ihre Schönheit ach-
teten. In Epálxis sah man nicht einmal in den Toiletten der
besseren Familien Toilettenpapier. Auch da gab es Zeitungen,
das weiß ich, weil ich nach der sogenannten Befreiung in ein
paar solchen Häusern gearbeitet habe. Zu Vierecken geschnit-
tene Zeitungen, mit der Schere, fein säuberlich (ich schnitt
sie zu), aber eben immer noch Zeitungspapier. Und die Er-
folge, die man damals bei einem Mann hatte, das reinste
Wunder, wenn man bedenkt, daß man sich ihm hingab, aber
vorher Jungfrau geblieben war. Was für Serenaden gab es damals, bevor das Toilettenpapier erfunden wurde! Ganz zu
schweigen von den Deodorants für unter die Achseln. Wie ist
es einem bloß damals gelungen, einen Mann mit so wenigen
Waffen der Verführung herumzukriegen? Und da erzählen
dir die Mädchen von heute von Einsamkeit und von Angst,
wo es gleichzeitig Deodorants und Cremes gibt, ich rede erst
gar nicht von den anderen Produkten, denen für den Intim-
gebrauch. Dafür hatte man Baumwolltücher, die man T-för-
mig zusammennähte und immer wieder benützte, bis sie aus-

einanderfielen. Und obendrein hängte man die gewaschenen Dinger auf den Balkon oder auf den Hof, und die ganze Nachbarschaft kannte unseren Kalender. Und Tratsch und noch mal Tratsch, denn manche Nachbarinnen rechneten nach. Mensch, sagten sie zum Beispiel, bei der Nítsa vom Karatsoliás wird es aber höchste Zeit, daß sich was tut, ich habe nichts auf der Wäscheleine gesehen, was ist da los, eine Verspätung, oder hat sie sich verlobt? Heute kriegt ja davon niemand mehr etwas mit. Du wirst sagen, daß in meinem Fall freilich die Frühlingsblüte endgültig der Vergangenheit angehören dürfte. Trotzdem kaufe ich mir noch Binden, nur so zum Possen, damit sich ein paar Dämchen grün und blau ärgern. Und die trage ich mit mir in der Handtasche spazieren, obwohl ich sie gar nicht mehr brauche.

Wir Sirenen von heute sind undankbar, wir wissen nichts zu schätzen, so viele Gesichtscremes haben wir zur Verfügung, ich gehe in unser Geschäft an der Ecke und habe die Auswahl zwischen zehn Marken. Ganz zu schweigen davon, daß es auch europäisches Klopapier gibt, davon kostet jede einzelne Rolle soviel wie ein Billett in einem erstklassigen Kino. Das habe ich in einem noblen Supermarkt in Kifissia gesehen. Nicht etwa, daß ich dort einkaufen würde, aber jedesmal, wenn meine Krise wieder vorbei ist, hole ich eine Nachbarin ab und gehe mit ihr in den Supermarkt, um mich abzulenken, der ist nämlich wirklich sehenswert. Wir tun einfach so, als ob wir einkaufen, wir laden den Einkaufswagen voll und lassen ihn dann stehen und gehen raus.

Und außerdem sieht man im Supermarkt lauter bessere Leute. Bis hin zu Stars. Allerdings bloß vom Fernsehen, nicht vom Theater, aber Stars sind sie schon. Und außerdem kann man sich noch an den exotischen Lebensmitteln satt sehen, es gibt sogar Konserven aus Japan, so ein Ekelzeugs. Von außen erinnern sie mich an die Konserven, die die Engländer im Gymnasium an uns verteilt hatten, ich war ja wieder in die Schule gegangen, zwei, drei Klassen lang. Die Engländer kamen selbst auf einem Lastwagen und teilten sie aus, denn die erste Ration hatte der Herr Präfekt vollständig an sich genommen, damals, bei der sogenannten Befreiung.

Von diesen Konserven stammten die einen von der UNRRA, die anderen waren für Soldaten gedacht. Wenn man Glück hatte, kriegte man die von der UNRRA mit lauter Essen drin. In denen für die Soldaten war eine Tafel Schokolade, ein Keks, eine Rasierklinge und ein Präservativ. In der Pause kamen die kleinen Tommys mit ihrem Laster und teilten sie an uns aus, blond und vergnügt, aber mit einem Hängearsch wie die Griechen. Und wir bliesen die Präservative auf, das Gymnasium füllte sich mit lustigen Ballons. Ein ungebrauchtes schnappte mir die Musiklehrerin gerade noch rechtzeitig weg, bevor ich es aufgeblasen hatte. Manchmal bliesen wir sie auch im Klassenraum auf, vor allem im Mathematik-, Physik- und Chemieunterricht. Einmal ging ich nach Hause und wedelte dabei mit dem aufgeblasenen Kondom herum, voller Stolz, auf dem Weg hatte ich nämlich aufgepaßt, daß sie es mir nicht zerstachen, und kaum erblickte mich meine Mutter, verpaßte sie mir eine Tracht Prügel.

Jedenfalls ist der Ausflug zum Supermarkt heilsamer als ein Spaziergang im Park, wo es lauter Kleinkinder gibt, die lauter schmutzige Wörter sagen und einem auch noch Tantchen nachrufen. Im Supermarkt kriegt man gesellschaftlich etwas mit; wenn ich da drin herumlaufe, halte ich für mich die Illusion aufrecht, daß unsere Könige immer noch auf ihrem Thron sitzen, es erinnert mich auch ein bißchen an die deutschen Operetten im Kino mit dem vielen Essen, während der Besatzungszeit. Und diese Streifzüge durch den Supermarkt haben bei mir eine bessere Wirkung als die Beruhigungspillen,

die ziemlich teuer sind, aber gottlob gibt es ja die Kranken-
versicherung.

Einmal habe ich im Supermarkt auch die Frau von unserem Abgeordneten, Herrn Manólaros, getroffen, der mir die
Rente vom Vater verschafft hat. Eine ausgesprochen hübsche
Frau. Ich habe ihr die Hand geküßt, ich bin nämlich dankbar, aber sie wurde rot, was machen Sie da, Fräulein Rubíni,
sagte sie zu mir, ich könnte doch Ihre Tochter sein! Also so
eine Pute, meine Tochter! Jedenfalls habe ich meine guten
Manieren nicht vergessen. Denn wenn ihr Mann nicht gewesen wäre, wäre Fanúlis nicht lebenslänglich abgesichert
und ich hätte auch nicht meine Rente als Waise eines in Albanien Gefallenen.

Ich erinnere mich noch an ihren Gatten, als er in den Vier-
zigern und in Epálxis Arzt war, in meiner Jugendzeit. Der
Herr Manólaros. Seit der Zeit vor dem Krieg hatte er einen
Hang zur Politik gehabt. Und trotzdem ein Herz für die Armen. Von einem bedürftigen Patienten nahm er kein Geld,
aber daß du mich dann auch wählst, wenn ich als Abgeordneter kandidiere, mein Lieber, pflegte er zu sagen. Bis in die
besseren Kreise hinauf war er beliebt. Er sagte immer, ich bin
der einzige Mann in Epálxis, der sämtliche Ärsche gesehen hat,
die männlichen wie die weiblichen, aus allen Gesellschaftsschichten der Provinzmetropole. Weil er einfach jedem Patienten eine Spritze gab, sobald er bei ihm einen Hausbesuch
machte, präventiv, noch bevor er einen untersucht hatte, ob
man nun Durchfall hatte oder Bauchfellentzündung oder
Mumps. Einmal hatte er auch meine Patin gepikst, laß mich
los, du gottlose Kreatur, schrie die, ich hab den Rotlauf, weg
da! Nicht einmal mein seliger Mann hat mich nackt von hinten gesehen, und jetzt willst du mich auf meine alten Tage
um meinen ehrlichen Namen bringen!

Selbst den Unheilbaren gab er als erstes eine Spritze, um

ihre Moral zu heben, damit sie das Gefühl hätten, die Wissenschaft sei auf ihrer Seite, meinte er. Ohne Bezahlung. Du zahlst es mir dann mit deiner Stimme, wenn ich fürs Parlament kandidiere, alter Gauner, sagte er dann zu dem Sterbenskranken.

Die Armen besuchte er an ihrem Namenstag, und statt ihnen Kataífi mit Sirup zu bringen, stach er sie in den Hintern. Das war vor dem Krieg. Als man dann nach dem Krieg die ersten Wahlen abhielt, kandidierte er und wurde einstimmig gewählt, triumphal, zum Abgeordneten des Bezirks. Und Minister auch noch, johlten wir ihm zu. Mensch, Abgeordneter reicht mir ja schon, rief er von seinem Balkon aus herunter, es reicht dafür, daß ich nach Athen komme, dort warten nämlich noch ungestochene Ärsche auf mich.

Mir selbst verhalf er dazu, daß meine Rentenbewilligung in Gang kam, denn er hatte die gefüllten Därme und Darmspieße, die ihm mein Vater als Innereienmetzger gemacht hatte, durchaus noch in Erinnerung. Der war ein Schlemmer, der Herr Manólaros, und wohlbeleibt. Kaum hatte man das offizielle Ergebnis, daß er Abgeordneter geworden war, hoben ihn alle die, die er mit eigener Hand gepikst hatte, in den Himmel, man erblickte eine Menschenmenge und hoch darüber den Doktor, der wie eine Fahne auf den Schultern des Pöbels hin- und herwogte. Und dazu schrien sie: Manólaros, Manólaros. Du bist ein fettes Riesenroß, brüllten ein paar politische Gegner und bezogen Prügel, die für drei Generationen gereicht hätten.

Herrn Manólaros im Akkord oben auf seinen Schultern herumzuschleppen, hatte der Lastenträger Bútsikas übernommen, ein stämmiger Kerl, wenn auch etwas kurz geraten, der entlud einem einen Doppelkarren in einer halben Stunde. Bútsikas hatte eine große Familie und war ein absolut glühender Anhänger unseres Abgeordneten. Er vertrat zwar eine andere

Richtung als Herr Manólaros, aber das spielte keine Rolle, er hatte ihn mit seinem gesamten Anhang gewählt, weil er ihn dermaßen schätzte.

Auch dem Bútsikas verschaffte Herr Manólaros eine Rente, denn der Mensch hatte sich einen Bruch geholt, als er den Abgeordneten quer durch alle Stadtteile von Epálxis gestemmt hatte, und war nicht mehr imstande, als Lastenträger zu arbeiten. Einen haarigen Bruch, alles war ihm bis zu den Knien hinuntergerutscht, wenn man ihn von der Taille abwärts betrachtete, versündigte man sich regelrecht, seine Hose bauschte sich bis zum Knie, man dachte sich, Mensch, mit was für einer Mitgift hat der liebe Gott den denn da ausgestattet! Alle weiblichen Wesen, denen nicht bekannt war, daß er ein Leiden hatte, meinten, seine Frau hat vielleicht ein Glück! Durch die Rente kam er ebenfalls nach Athen, mit Kind und Kegel, und sämtliche Bútsikassprößlinge, acht oder neun an der Zahl, arbeiten als Losverkäufer an guten Plätzen und ohne polizeiliche Genehmigung, ihre Mutter putzt die Treppen in zwei Finanzämtern, sie haben sich sogar ohne Bauerlaubnis ein Haus hingestellt, zwar am Ende der Welt, aber sie haben ihr Auskommen, was sie verdienen, vertrinken sie jeden Abend gemeinsam mit ihrer Mutter, gelobt sei der Bruch, der sie alle versorgt hat, und die ganze Zeit trinken sie auf die Gesundheit von Herrn Manólaros, das sind Menschen, die an etwas festhalten, die erinnern sich an das Gute, das man ihnen getan hat.

Mensch, Assimína, pflegte der Manólaros zu meiner Mutter zu sagen (der einzigen Frau, bei der er es nicht geschafft hatte, sie zu piksen), du bist die Frau eines Helden. Und ihr habt vier Stimmen, er rechnete ja auch Sotíris mit, unseren Großen. Plus die von deinen Eltern.

Einige Tage nachdem sie meine Mutter abgeholt hatten, um sie öffentlich anzuprangern, trat er in Aktion. Deine Mutter, sagte er zu mir, hat ein Recht auf eine Rente, als Witwe eines im Feld Gefallenen mit drei Waisen. Meine Mutter wollte nicht akzeptieren, daß sie Witwe war, aber der Doktor blieb eisern. Ihr habt ihn in Albanien verloren, sagte er zu mir. Ich besorge euch eine Rente, und ihr haltet alle den Mund.

Eins war richtig: den Vater hatten wir verloren, buchstäblich. Denn nach vier Monaten mit Postkarten gab er kein einziges Lebenszeichen mehr von sich. Und auch keins, das auf seinen Tod schließen ließ. Offiziell war er weder als tot gemeldet noch als verschollen, und er kehrte auch beim Rückzug nicht heim. Als Kriegsgefangener der Italiener war er ebenfalls nicht registriert. Meine Mutter hatte sich bei der Polizei erkundigt, bei Herrn Manólaros, sogar Herrn Vittorio hatte sie gefragt, ob er vielleicht an der Front irgend jemand getroffen hätte, der ... und so weiter. Schließlich wußte nicht einmal das Heeresministerium Rat.

Während der Besatzung antwortete meine Mutter, wenn man sie fragte, wo ihr Mann abgeblieben sei, er ist im Ausland. Sie konnte nicht antworten, er ist gestorben, denn zum einen hätte das Unglück gebracht und zum anderen wäre sie gesellschaftlich und religiös verpflichtet gewesen, Trauer zu tragen. So sagte sie, er ist im Ausland. Denn auch Albanien ist ja Ausland. Es ist natürlich nicht direkt Paris, aber doch Ausland. Und meine Mutter sagte es auch mit einer Spur von Stolz. Denn zu der Zeit ging ja nicht jeder Dahergelaufene ins Ausland.

Seit damals hatte es sich Herr Manólaros in den Kopf gesetzt. Du, Assimína, sagte er zu ihr, ist dir denn überhaupt nicht klar, daß du ein Recht auf ein Ehrenkreuz hast? Ich verschaffe dir eines Tages eine Rente, bloß so, für die Kutteln, die mir der Selige gebracht hat.

Meine Mutter bedankte sich bei ihm, nicht daß sie ihm

etwa glaubte, aber gleichzeitig bat sie ihn, er solle zu meinem Vater nicht »der Selige« sagen.

Nach der öffentlichen Demütigung meiner Mutter hatte Herr Manólaros den Mumm, uns zu besuchen. Für drei Wählerstimmen hat er sich über die Empörung der Gesellschaft hinweggesetzt, sagte Frau Kanéllo. Am Ende wurde die Rente gewährt, vier Jahre waren dazu nötig, wir waren unterdessen nach Athen gezogen, aber sie wurde gewährt. Und nach dem Tod der Mama blieb sie auf meinen Namen bestehen, als ledige weibliche Waise eines in Albanien verschollenen Helden. Seit damals bewahrte Herr Manólaros unsere Wahlpässe in seiner Schreibtischschublade auf, sechs im ganzen, zwei von Mamas Eltern und vier von uns (er hatte auch für Sotíris einen ausgestellt). Sobald Wahlen stattfanden, ging ich hin und holte die Wahlpässe ab, meinen und den von Mama, zusammen mit den ausgefüllten und angekreuzten Stimmzetteln. Den Stimmzettel, den er für mich präpariert hatte, warf ich allerdings weg und füllte einen anderen aus, auf den ich schrieb: »Ich wähle die Könige, Raraú«. Um die Wahlpässe unserer Jungs kümmerte er sich höchstpersönlich.

Im Lauf der Jahre erlaubte ich ihm, sich auch um unsere zu kümmern, Mama war schwerfällig geworden, wie sollten wir uns alle vier Jahre mit dem ganzen Pöbel darum herum in der Schlange anstellen. Als ich die Mama begraben hatte, bat ich ihn um ihren Wahlpaß, ich wollte ihn zur Erinnerung, aber er gab ihn mir nicht zurück, laß ihn da, Raraú, sagte er zu mir (er hatte sich schließlich auch an meinen Künstlernamen gewöhnt), laß ihn mir, die Selige wird uns auch nach ihrem Tod noch nützlich sein. Und deshalb beharrte ich nicht darauf, wenn ich auch traurig war, das Foto von der Mama in dem Büchlein war recht schmeichelhaft.

Jedenfalls hatte auch Frau Kanéllo meiner Mutter von

Trauerkleidung abgeraten. Verschollen ist eine Sache, Assimína, meinte sie, tot eine andere. Laß doch die Trauer sein, meine Gute, wozu die Herzchen deiner Kinder so schwer machen! Ganz abgesehen von den Ausgaben!

Denn Trauer, das bedeutete damals ziemliche Ausgaben, nicht bloß ein schwarzes Kleidchen und dann Schluß. Man machte ein schwarzes Band an die Fenstergardinen, ein schwarzes Band schräg übers Tischtuch, man verhing den Spiegel oder machte eine Bordüre aus schwarzem Tüll darum, ganze zwei Jahre lang. Und obendrein noch die Totenspeise bei jeder Gelegenheit. Wenn auch während der Besatzungszeit diese Mode mit der Kólliva nur noch in den höheren Kreisen beibehalten wurde, wo hätten wir denn den Weizen hernehmen sollen!

Und so beschloß unsere Mutter, keine Trauer zu tragen. Es gab in der Besatzungszeit sowieso kein Geld für schwarzen Stoff, wir hatten doch sogar aus der Fahne Unterwäsche gemacht. Es wäre auch nicht besonders nett für Herrn Alfio gewesen, wenn er beim Hereinkommen Trauerflor an den Gardinen erblickt hätte, das hätte ja keinen besonders gastlichen Eindruck gemacht! Mag sein, daß er ein Feind des Vaterlands war, aber die griechische Gastfreundschaft ist in diesen Dingen strikt, man darf einem Gast keinen Kummer machen, selbst wenn er Eroberer ist. Und für wen das alles, fürs Vaterland? Wer ist das überhaupt? Das Vaterland ist unsichtbar. Herr Alfio dagegen war aus Fleisch und Blut, unser Haus war aus Fleisch und Blut, das Vaterland nicht.

In unserem Viertel blickten manche auf die Italiener herunter, weil sie die Mädchen nicht in Ruhe ließen, und sie begannen zu verbreiten, daß die Italiener angeblich Frösche äßen. Die besseren Kreise von Epálxis wollten davon nichts hören, darin war ich mit ihnen einig. Verleumdungen! sagten sie. Heute ist das etwas anderes, wo uns der Fortschritt

erreicht hat und man tiefgekühlte Froschschenkel in den no-
belsten Supermärkten findet. Damals war das Essen von Fröschen eine Schande.

Etliche sagten, die Italiener gingen zur Diavolojánnis-
Brücke ein Stück draußen vor der Stadt und fingen sie mit
Käschern. Wir spielten als Kinder sehr oft an der Diavolojánnis-Brücke, und es gab dort auch tatsächlich große und fette
Frösche, aber wir konnten es nicht bestätigen. Denn schau
mal, in den ersten Besatzungsjahren gab es doch die Ausgangssperre nach sechs Uhr abends. Die Feinde der Italiener sagten, sie gingen nach sechs auf Froschjagd, aber mach das mal
ausfindig. Schließlich geriet die Sache in Vergessenheit. Doch
damals schwirrten einem davon die Ohren: »Die Italiener essen Frösche.« Als hätten sie nicht alle erdenklichen Speisen
in ihren Kantinen gehabt. Es wurde sogar getratscht, einige
Familien, die Italiener bewirteten, hätten Froschgulasch aus-
probiert. Das können allerdings auch Gerüchte von seiten der
Linken gewesen sein.

Jedenfalls versuchte Vater Dínos meiner Mutter einen Wink
zu geben. Das erfuhr ich unter Plastíras* von Frau Faní,
Aphrodhítis Mutter. Eines Morgens, erzählte sie mir, war
Vater Dínos gekommen, hatte hinter dem Chor gepinkelt,
abgeschüttelt, die Kutte wieder heruntergelassen und meiner
Mutter zugerufen, Assimína, komm um fünf zu mir in die
Kirche herüber, ich nehm dir die Beichte ab. Meine Mutter
hatte ihm die Hand geküßt und war wieder ins Haus gegangen, das war noch in der Ära Alfio.

Assimína, sagte er am Nachmittag hinter der Opferbank
zu ihr, das »andere« lasse ich jetzt mal beiseite; dafür hab ich
für meine Person dir Absolution erteilt, auf eigene Verant-

---

* General Nikolaos Plastíras war während der Regentschaft von
Erzbischof Damaskinos von 1945-46 Premierminister. In dieser Zeit
wird Athen durch englische Truppen besetzt. (A. d. Ü.)

wortung. Es *ist* eine Sünde, aber das nehme ich auf mich. Doch wie kannst du dich von Leuten küssen lassen, die Frösche essen, meine Liebe!

Meine Mutter ärgerte sich schwarz, hör mir mal zu, mein Vater, sagte sie mit allem Respekt zu ihm (auch wenn er jünger war als sie). Erstens einmal glaube ich nicht, daß sie Frösche essen, denn sie sind ebenfalls Christen. Und außerdem, und das ist die Hauptsache, hat mich bisher außer meinem Mann weder ein Italiener noch irgendwer sonst geküßt. All das »andere«, zugegeben, das macht er schon mit mir. Aber einen Kuß werde ich erst dem Mann wieder geben, der mich geheiratet hat. Sobald er zurückkommt.

Von wo soll er denn zurückkommen, du Ärmste?

Sobald er zurückkommt.

Von dort, wo er ist? Was ist er denn, ein Vampir vielleicht, ein Lamm Gottes war er, soll er da zum Vampir verkommen?

Soll er machen, was er will, er ist ein Mann, wird er mir Rede und Antwort stehen? Ich für meinen Teil gewähre ein für allemal niemandem einen Kuß. Das schwör ich dir. Bei meiner Ehe.

Damit rückte Frau Faní unter der Regierung Plastíras heraus, denn weißt du, der Pfaffe hielt ja seinen Mund nicht, du gingst hin, um die Beichte abzulegen, und dann nahmst du ihm selbst die Beichte ab. Na ja, Gott hab ihn selig (er ist noch am Leben). Frau Faní jedenfalls, die erzählt keine Lügen. Die ist auch nach Athen gezogen. Mit ihrem Mann, dem ehemaligen Partisanen, aber alles, was sie gemacht hat, hat sie mit ihren eigenen kleinen Händchen gemacht, denn kaum daß sie in Athen angekommen waren, hatte ihr schlauer Mann nichts Besseres zu tun, als sich Anno 44 in gewisse Dezemberereignisse einzulassen, die Faschos haben ihn abgemurkst. Absolut umsonst die ganzen Kosten für die Fahrt Epálxis–Athen. Hätten sie ihn nicht in den Partisanenkämpfen umbringen und in Frieden ruhen lassen können, wenn er schon für den Tod vorgemerkt war? Was soll's. Jedenfalls ließ das Frau Faní bereits völlig kalt, ich habe meine Tochter begraben, ich weiß, wie es geht, sagte sie. Und fuhr fort mit ihrer Spitzenfabrikation. Das Haus in Epálxis wollte sie nicht verkaufen, sie nagelte zwei Bretter vor die Haustür und fuhr weg. In dem Zustand ist es immer noch. Jedesmal, wenn die zwei Bretter verfault sind, holt Frau Kanéllo neue und nagelt sie dran, so bleibt das Haus verbarrikadiert. Ich verkaufe es nicht, sagte Frau Faní. Wenn ich sterbe, soll es zerfallen, die Krähen sollen hineinkommen und darinnen nisten, damit ich Vergebung finde.

Nach Athen kamen sie auf einem Lastwagen, und kurz bevor er in die Stadt hineinfuhr, sagte sie, laßt uns hier herunter. Der Laster war von Herrn Manólaros. Der Fahrer setzte sie also an einem einsamen Hügel ab, es gab nur Brachland und auf der Kuppe einen Gefechtsstand für Maschinengewehre. Frau Faní hatte ihn schon von weitem erspäht, sie stieg mit ihrem Mann hinauf, ihre Habseligkeiten schleppte sie ganz allein nach oben. Ihr Mann war nach Athen hinuntergegangen, auf der Suche nach Parteigenossen, sie brachten ihn ihr gemeuchelt zurück, in den letzten Zügen liegend. Sie beerdigte ihn ohne Umschweife, machte sich einen Besen aus Reisig, kehrte auf, verschloß die Schießscharten mit Pappe, machte aus dem Bunker eine Behausung. Seit sie Witwe geworden war, schob sie nachts eine Kommode vor die Tür. Wie sie das nur alles bewältigte, sie begann handgemachte Spitzen zu verkaufen, Klöppel- und Okkispitzen fertigte sie an, in einer Vielzahl von Mustern.

Langsam, aber sicher nahm sie den Gefechtsstand in Beschlag, setzte Fenster ein, eine Tür, zwei Blumenkübel davor, zog ein Mäuerchen hoch und baute Toilette und Küche, ein richtiger Hausstand. Nach und nach wurde sie in der Periode

vor den Wahlen als Hausbesetzerin in den Stadtbebauungs-
plan einbezogen, bekam Wasser und Licht, alles bestens. Sie
häkelt immer noch. Sogar ein Lädchen hat sie aufgemacht,
das heißt, eigentlich ist es nicht viel mehr als eine Tür. Erst
kürzlich hat sie mir erzählt, daß sie auch ein Telefon bean-
tragt hat, aber das steht noch aus, das ist ihr einziger Kummer.

Der Mensch ist unglaublich. Am Ende hat sie doch ge-
lebt. Und vergessen. Aber vielleicht hat sie auch nicht vergessen, wer weiß das schon. Wir in Epálxis hatten sie bereits
abgeschrieben, allein und so blauäugig, wie sie war, über
Herrn Manólaros fanden wir ihre Spur wieder. Nach dem
Tod ihrer Tochter hatte sie sich eingeschlossen, kein Licht
angezündet, nur zu den Abenden bei Frau Kanéllo fand sie
sich mit der Häkelnadel und der in die Schürze gerollten
Spitze ein, sie häkelte, um die Aussteuer ihrer lieben Toten
zu vervollständigen, die Gewohnheit kann man nicht abstellen.

In unser Haus hatte sie nie einen Fuß gesetzt. Nur an einem Abend hatte sie, als Herr Vittorio gerade gegangen war,
bei uns an die Tür geklopft. Assimína, hatte sie gerufen, mach
schnell auf. Wir öffnen die Tür, fünf Minuten vor Einsetzen
der Ausgangssperre ist sie mit einer fremden Frau unterwegs.
Eine Fremde, die sucht jemanden, sagt sie. Geht weg und läßt
uns die Unbekannte einfach da. Kommen Sie doch herein,
sagt meine Mutter zu der Fremden, was sollte sie denn sonst
machen? Sie trat ein, irgendwie war ihr nicht gut. Sie sah aber
aus wie eine Dame. Wer bist du, fragt meine Mutter sie, von
ihr kein Mucks. Setzen Sie sich, bedeute ich ihr, was wir zum
Essen auf dem Tisch hatten, *Pagnotta* und Kichererbsen mit
Öl, hatte Herr Vittorio mitgebracht. Die Frau setzt sich, wirft
aber nicht einen Blick aufs Essen, nichts. Wer bist du, sagt
meine Mutter wieder, möchtest du etwas essen? Sie bleibt

stumm, steht vom Stuhl auf und geht zum Bett hinüber, legt sich hin und stirbt. Einfach so. Mit der Tasche in der Hand. Wir Kinder merkten es sofort, Tote bekamen wir ja jeden Tag zu sehen. Meine Mutter rückt sie auf dem Bett gerade, schließt ihr die Augen, bindet ihr das Kinn hoch, husch rüber zu Frau Kanéllo, meint sie zu mir, es herrschte schon Ausgangssperre. Aber Frau Kanéllo war bei der Arbeit, Abendschicht, und wir warteten zu dritt am Fenster, bis sie aus hatte. Die Tote hatten wir mit einem Kleidungsstück zugedeckt.

Kurz vor Mitternacht hörten wir die Pantinen von Frau Kanéllo, wie eine Gewehrsalve, sie kam angeschritten wie ein Evzone. Bei aller Wertschätzung, die ich für sie empfinde, sie hat nicht einen Funken Weiblichkeit an sich, du wirst mir sagen, ich vergleiche sie eben mit mir, na wenn schon. Meine Mutter ruft sie her, sie kommt, schaut hin, die ist nicht aus Epálxis, sagt sie. Worauf ich zu ihnen sage (wie kam ich nur darauf, so als Kind), vielleicht ist es ja eine Verbindungsperson der Partisanen. Morgen früh weiß ich es, sagt die Kanéllo. Und geht.

Wir hielten Totenwache bei der Fremden, das heißt, gegen Morgen nickten wir ein bißchen ein, Fanúlis schlief sowieso die ganze Nacht wie ein Klotz. Damit mir nicht die Augen zufielen, fing ich an, ein paar Keimlinge aus dem Fußboden zu rupfen, in der Ecke, aber meine Mutter rief mir zu, laß das jetzt und bring die Lampe her. Also hörte ich mit dem Jäten auf.

Morgens gingen wir hinaus, fragten herum, allerdings in aller Heimlichkeit. Nichts. Mittags kam Frau Kanéllo von der Arbeit zurück, nichts, sagte sie zu uns, keiner erwartet sie, alle Verbindungsleute haben ihre Bestimmungsorte erreicht. Sie hatte herumtelefoniert, ich fragte lieber nicht, wo, jedenfalls war das Ergebnis gleich Null.

In der Zwischenzeit waren die Nachbarinnen zum Popen gegangen, um die Beerdigung zu organisieren. Unser Fanúlis rannte zur Polizei, wir wissen von nichts, sagten sie ihm, geh mal zur Kommandantur. Der Junge konnte doch nicht zu den Teutonen gehen. Schließlich kam Vater Dínos mit seinem Küster Theophílis, sie legten sie in den Kirchensarg, sie hatten immer einen zur Reserve da, für die Besitzlosen. Den Beerdigungszug ließen wir absichtlich durch die ganze Stadt gehen, womöglich erkannte ja jemand den Leichnam, unterwegs fragten wir auch verstohlen herum, ohne Ergebnis. Wahrscheinlich ist sie aus der Hauptstadt, sagten die Leute. Schließlich begruben wir sie in aller Eile, denn wir hatten kaum noch genug Zeit, um rechtzeitig wieder zu Hause zu sein. Einen Namen setzten wir nicht aufs Grab, was hätten wir schreiben sollen?

Den Vorfall hatte ich völlig vergessen, jahrelang. Seit der Zeit von Özal, ich trat erneut im Theater auf, eine spezielle Koproduktion bei so einem Jugendfestival, kommt mir die Fremde wieder oft in den Sinn, wenn auch nicht ihr Gesicht, sondern nur ihr grünlicher Mantel. Wenn ich jetzt an unser Grab gehe, zünde ich das Lämpchen an und verbrenne Weihrauch, wie immer, und danach werfe ich noch ein Körnchen mehr ins Weihrauchfaß, das ist für die Unbekannte, sage ich mir. So hab ich sie genannt, die Unbekannte. Mittlerweile hatte ich nämlich auf Tournee »Die Unbekannte« gespielt. Das heißt, ich hatte *in* der »Unbekannten« gespielt, nicht die Unbekannte selbst, zwei Zeilen hatte ich zu sagen, aber immerhin Text, das ist echtes Theater, während sie mich in der Revue immer in die Gruppenszenen stecken, in den Chor.

Die arme Unbekannte.

Ich pflege die Erinnerung an sie aus eigenem Interesse, damit sich jemand findet, der die Erinnerung an mich pflegt, wenn … Was soll's, ich bin doch immer noch ganz jung und in der Blüte meiner Jahre, denn wenn ich einen Besuch hinter den Kulissen mache, meinen sie immer zu mir, wie geht's, Raraú, du dummes Stück, lauter Vertraulichkeiten, nicht wie man im allgemeinen mit älteren Menschen und Rentnern umgeht. Du wirst vermutlich sagen, ich sehe jünger aus. Ach, das weiß ich. Schon als junges Ding habe ich jünger ausgesehen, mit Siebzehn hätte ich eigentlich auch den Ansatz eines Busens haben müssen. Denn wenn wir im Sommer zum Planschen an die Diavolojánnis-Brücke gingen, dann ließ ich nur das Höschen an, kein Hemd, genau wie unser Fanúlis und die anderen Jungs. Meine zwei Mitschülerinnen zogen bloß die Pantinen aus. Ehemalige Mitschülerinnen, müßte es heißen, ich hatte nämlich in der Zwischenzeit den Schulbesuch eingestellt und fing erst in der Zeit der sogenannten Befreiung wieder damit an, allerdings auch nur dann und wann.

Trotzdem besuchte ich viele Mädchen zu Hause. Am späten Nachmittag. Und ging früh genug wieder weg, du weißt schon, wegen der Ausgangssperre, damit ich rechtzeitig heimkam, denn von seiten der Besatzungsmächte war es verboten, jemanden bei sich zu beherbergen. Damit jemand in einem Haus übernachten durfte, mußte man eine schriftliche Erklärung abgeben und sie abstempeln lassen. Sie hatten ihre Kontrollmöglichkeiten; an die Innenseite jeder Haustür war immer eine gedruckte Liste geklebt, die die dort ständig wohnenden Haushaltsmitglieder auswies, mit Namen und Alter. Frau Kanéllo, die trotz ihres Hungers und ihrer Sorgen immer etwas zu lachen fand, erzählte uns an ihren geselligen Abenden, daß in den meisten Häusern guter Familien, in die sie kam (an ihren freien Tagen ging sie noch als Zugehfrau, was sollte sie machen mit den vielen Mäulern, die sie zu stopfen hatte), das Alter der Frauen abgeändert war. Das heißt aufgebessert. Aus achtundvierzig wurde erst zweiundvierzig, dann zweiunddreißig. Und Frau Kanéllo wußte sich nicht zu halten vor Lachen, bis es ihr eines Tages im Hals steckenblieb. Sie war in ihr Geburtshaus gegangen und hatte gesehen, daß die Altersangabe ihrer Mutter, der Frau Maríka, siebenunddreißig Jahre betrug. Mensch, Mama, sind Sie übergeschnappt, hatte sie ausgestoßen, wieso siebenunddreißig, ich selber bin doch schon siebenundzwanzig. Aber ihre Mutter blieb eisern dabei. Ich bin nicht übergeschnappt, sagte sie. Was soll ich denn machen, wenn ich eine unverheiratete Tochter habe!

Frau Kanéllo hatte eine sitzengebliebene Schwester, die Jannítsa. Sie war ihr wunder Punkt. Aber die kriegten sie schließlich doch noch unter die Haube, über die Partei. Der Mann ihrer anderen Schwester, der Partisanin, brachte einen Mitpartisanen dazu, die Gattenlose zu freien. Das gebieten dir die Partei und deine Gesinnung, sagte er zu ihm. Was sollte der Mensch tun, er heiratete sie, und sie war acht Jahre älter als er. Sie führten aber ein wunderbares Leben, sogar ein Kind hat sie ihm noch geboren.

Aber auch im Haushalt von Frau Tiritómba gab es Heulen und Zähneklappern wegen der Altersrubrik. Frau Adriána trug ihr eigenes Alter ein und hatte damit ihren Frieden, sie besaß eine achtzehnjährige Tochter, war eine Witwe von einundvierzig, was gab es da noch zu verbergen. Aber Fräulein Salome, die mindestens vierunddreißig war, die rebellierte. Ich gebe doch mein Alter nicht an, sagte sie zu ihnen. Lieber laß ich mich erschießen. Und schrieb neben ihren Namen: fünfzehn Jahre alt, bloß so, um ihren Widerstand zu demonstrieren.

Aphrodhítis Mutter strich den Namen der Toten nicht aus der Liste. Nur in die Rubrik »Alter« schrieb sie »null Jahre«.

Fräulein Salome hatte allerdings auch ihre Gründe: sie hatte sich schon vor dem Krieg unter die alten Jungfern einreihen müssen, hager, dunkelhäutig und knochig, wie sie war, mit einer Negerkrause und mit Knopfaugen wie ein Hühnerpopo (ach, hätte ich doch bloß deine Augensterne, mein Mädchen, sagte sie ständig zu mir) und einer schrillen Stimme, als hätte sie es mit Schwerhörigen zu tun. Aber sie besaß doch immerhin ein gutes Herz. Freilich fuhren die ganzen Tiritómbas kurz darauf zu einer Theatertournee ab. »Abfahren« ist leicht untertrieben, sie machten sich schließlich wegen einer einzigen Ziege aus dem Staub. Mitten in der großen Hungersnot brachen sie auf, als das Jahr 1943 heraufzog.

Wir hatten keine Gelegenheit, ihnen das Geleit zu geben, sie verdrückten sich nämlich Knall auf Fall. Wenn ich es gewußt hätte, hätte ich sie gebeten, mich in der Truppe mitzunehmen, ich war zwar noch ziemlich jung, aber sie hatten doch bestimmt auch Kinderrollen im Repertoire. Auch Jungen hätte ich spielen können, von Weiblichkeit war ja damals bei mir noch keine Spur.

An jenem Tag waren wir Kinder schon vor Tau und Tag Schnecken sammeln gegangen. Die Schnecken kommen zeitig heraus, wir mußten zusehen, daß andere sie uns nicht vor der Nase wegschnappten. Wir aßen sie gekocht und mit Salz bestreut, im Kafenío servierte man sie auch als Häppchen zum Ouzo. Und später verkauften wir sie auch körbchenweise im Kino, als Knabberzeugí.

Wir sammelten also an der Brücke in der Kälte des frühen Morgens unsere Schnecken, als wir plötzlich den Holzvergaser von Tássis vorbeirasen sahen, das war der Bruder von Frau Adriána, der Tássis. »Rasen« allerdings an den damaligen Geschwindigkeitsnormen gemessen, er dürfte mit fünfzehn Stundenkilometern gefahren sein. Innen konnte ich für einen kurzen Moment Fräulein Salome, Frau Adriána, ihre Tochter Marina und einen Erzengel erkennen. Der war gemalt, ein Bühnendekor, eine Statue, genau kann ich's nicht sagen. Daneben wehten Fustanéllas* und ein paar mittelalterliche Toiletten im Fahrtwind. La Traviata und dergleichen. Bevor ich es richtig kapiert hatte, waren sie schon auf dem Weg zu den Bergdörfern. Kaum war die Ratterkiste verschwunden, wandten wir uns wieder den Schnecken zu. Wir froren. Die Sonne war nicht draußen, aber wir froren sowieso die ganze Zeit, die Unterernährung, verstehst du. Doch unsere Lust am Spiel, die verdarb uns das Frieren nicht. Die Lust zum Spielen verdarben uns gegen Mittag die Haustiere der Stadt.

Neben dem Fluß lauerten zwei Katzen darauf, daß ein Frosch aus dem Wasser auftauchte, damit sie ihn fingen. Oder sie standen da und hatten den Kopf zum Himmel erhoben, die Dussel erwarteten wohl, daß ein Vogel ohnmächtig würde und herunterfiele, damit sie ihn fressen könnten, so ein blödes Viehzeug.

In unseren Behausungen waren die Katzen nicht mehr von Nutzen, denn eine Maus geht ja nicht in ein Hungerhaus. Nicht einmal mehr streicheln ließen sie sich, sie nahmen es uns übel, daß wir sie nicht fütterten. Frau Kanéllo hatte eine Katze, aber sie sagte zu ihr, was soll ich dir geben, du armes Tier, wie wär's, wenn du auch in die Berge gingst**, damit du was zu futtern kriegst?

Eines Tages sahen wir eine Maus bei uns zu Hause. Die war wohl auf der Durchreise oder hatte die falsche Tür erwischt. Meine Mutter fühlte sich fast geschmeichelt, sie war richtig stolz darauf. Mäuse gingen doch bloß in die Häuser von Reichen. Vor dem Krieg hatten wir auch etliche gehabt, obwohl meine Mutter damals eine Maus im Haus fast für eine Schmach hielt, sie war eine Frau, die sehr auf Sauber-

* Weiter weißer Männerrock, die Traditionskleidung der griechischen Freiheitskämpfer. (A. d. Ü.)
** Anspielung auf die Partisanenbewegung. (A. d. Ü.)

keit hielt. Wir hatten immer eine Falle, als Köder steckte ein in Öl gebratenes Brotstück drin. Seit dem Zusammenbruch der Albanienfront hatte die Falle kein Brot mehr zu sehen gekriegt.

Wir hatten auch eine Katze gehabt, aber keine eigene. Immer nur besuchsweise. Sie kam an den Tagen, an denen mein Vater Kutteln mitbrachte und sie im Hof ausspülte. Wem sie gehörte, erfuhr ich nie, wir haben eine Halbkatze, pflegte mein Vater zu sagen. Draußen vor der Tür hatten wir ein Tellerchen und ein Wassernäpfchen für sie hingestellt. Nach dem Verlust der Freiheit blieb ihr Teller leer. Aber wir wechselten ihr das Wasser, denn sie sollte wenigstens keinen Durst leiden. Sie hatte ursprünglich nicht die Absicht, uns aufzugeben. Sie kletterte auf die Hofmauer, sah auf ihren Teller, nichts drauf, dann sprang die Närrin herunter, um sich aus der Nähe zu vergewissern, ob sie auch richtig gesehen hatte. Ihr Teller war jetzt schon ganz eingestaubt, sogar eine Kalkkruste hatte sich darauf abgesetzt, von der Erde und den Regentropfen. Als sie das letzte Mal auf der Mauer erschien, blickte sie auf den Teller, dann drehte sie sich um, schaute uns an, als wollte sie uns ein Unrecht vorwerfen, genau wie der Erzengel auf der Wandmalerei unserer Kathedrale die Eva anschaut, auf der, bei der »Ausweisung aus dem Paradies« darunter steht. Schaute uns an, und mit einem Satz war sie verschwunden. Sie hatte uns abgeschrieben.

Ich suchte nicht nach ihr. Erstens gehörte sie uns ja gar nicht, und zweitens, was hätte ich ihr sagen sollen, komm heim zum Fressen? Ich empfand ihr gegenüber eine Art Scham. Sie hatte sich mit dem gleichen Gesichtsausdruck von uns abgewendet wie mein großer Bruder damals wegen Herrn Alfio. Ich habe vorhin gelogen, als ich erzählte, mein großer Bruder Sotíris hätte meine Mutter eine Hure genannt. Als er Herrn Alfio hinausgehen sah und die Schüssel mit dem Schmutzwasser unter dem Bett der Mutter und Essen auf dem Tisch, äußerte er kein böses Wort. Er setzte sich hin, aß mit uns und sagte dann, ich geh mal spazieren, das war es, was er sagte. Obwohl die legale Ausgehzeit schon vorbei war, hinderten wir ihn nicht daran. Und er ging fort. Für immer. Jetzt muß er schon über Siebzig sein.

Genauso ging auch die Halbkatze fort. Ich sah sie nicht einmal an der Brücke wieder, wo die Katzen auf Frösche lauerten.

Doch an jenem Tag an der Diavolojánnis-Brücke hörten wir Kinder alle nach dem Verschwinden des Tiritómbawagens von der Stadt her so etwas wie ein gedämpftes Geräusch, wie den Schrei eines Taubstummen. Wir hörten zu spielen auf, blickten uns um, die Straße war leer. Das Geräusch kam näher. Leise, wie im Traum. Und da sahen wir die Haustiere.

Viele waren es. Sie nahmen die ganze Landstraße ein, wie eine stumme Demonstration, Hunde und Katzen vereint. Voller Entschiedenheit rückten sie aus. Wir waren ihnen nicht einen Blick wert. Die Haustiere von Epálxis verließen die Stadt. Sie hatten den Weg eingeschlagen, der in die Dörfer und in die Ebene führte, sie zogen an uns vorüber. Mit einem Ausdruck in den Augen wie bei einer Mutter, die sich aufgemacht hat, um ihr Kind zu retten. Und die keiner aufhalten wird. Sie flüchteten in die Dörfer, um etwas zu fressen zu finden. Es waren auch ein paar Welpen dabei, die blieben immer wieder ein bißchen zurück und trödelten, aber dann liefen sie ihren Eltern nach. Die zwei Katzen, die den Fröschen aufgelauert hatten, schlossen sich dem Zug an, Seite an Seite mit zwei Hunden. Und keines der Tiere kehrte je zurück.

Fanúlis und ich hörten auf zu spielen, wir kehrten mit den Schnecken, die wir in der Zeit hatten sammeln können, nach Hause zurück. Wir erzählten es unserer Mutter, und ich wurde von Furcht ergriffen, denn sie sagte, die Tiere haben sich von unserer Stadt abgewandt, die Tiere kennen die Gefahr. Jetzt erwarten uns die großen Heimsuchungen, meinte die Mutter, und ich bekam Angst, ich wußte nicht, was das Wort bedeutete, deshalb war die Angst noch größer.

Nach Hause zu gelangen war uns unmöglich, denn die Deutschen hatten unser Viertel abgeriegelt. Das Theaterensemble der Familie Tiritómba war gerade noch rechtzeitig mit dem Holzvergaser weggekommen, allerdings aus einem Mißverständnis heraus, sie glaubten nämlich, die Blockade fände ihretwegen statt, Fräulein Salome tat sich ja immer so groß. Weil sie am vergangenen Nachmittag von einem Kollaborateur eine Ziege geklaut hatte, dachte sie, die machen die Blockade unseretwegen, und sie taten so, als starteten sie zu einer Tournee. Aber die Deutschen wußten schon, was sie machten, die hätten nicht ein gesamtes Wohnviertel wegen einem griechischen Ziegenbock abgesperrt, der sich dann auch noch als Geiß herausstellte. Sie blockierten das Viertel, weil sie wußten, daß der Sohn der Frau Chrysáfis kommen sollte. Ich weiß heute, wer ihn denunziert hat, aber ich sage es nicht, weil ich wegen meiner Rente Angst habe, der Betreffende hat einen hohen Posten, bei zwei Parteien im Wechsel.

Die Chrysáfena wohnte an dem kleinen Platz gegenüber vom Haus des Liakópulos, des Kollaborateurs mit den Kartoffeln, in einem schmalbrüstigen zweistöckigen Haus, und hatte einen Sohn bei den Partisanen, Málamas mit Namen. Ein leichtsinniger Kerl, soundso oft hatte ihm Frau Kanéllo eingeschärft, er sollte sich mehr in acht nehmen; er kam ab und zu, um seine Mutter zu sehen, sie war eine Witwe, er brachte ihr auch Sachen zum Essen. Dieser Sohn, Málamas war nur sein Deckname, war zu den Partisanen gegangen, er war Gendarm und der schönste Mann, den ich in meinem Leben je gesehen habe und je wieder sehen werde, und wenn man ihn zu Gesicht bekam, sagte man, Heilige Mutter Gottes, ich brauch keinen anderen Mann mehr anzuschauen, erlöse mich. Und wenn nur für Männer ein Paradies hätte errichtet werden können, so hätte man dies Paradies nur für ihn errichtet, aufgrund seiner vollkommenen Schönheit. Nun ist es auch durchaus möglich, daß er häßlich war, ich ihn aber für schön hielt, heute weiß ich nicht mehr, wie er war, und selbst wenn man mir ein Foto von ihm zeigen würde, würde ich ihn nicht mehr erkennen. Hochgewachsen, wie eine schlanke Stahlklinge, goldschimmerndes Haar, man hatte den Eindruck, sein Leib vibrierte wie eine Wassersäule in seiner Uniform. Das herrlichste Geschöpf, schon der bloße Gedanke an ihn ließ jede Träne und jede Trauer versiegen. Er war Gendarm. Kaum hatte sich die Partisanenbewegung formiert, machte er als einer der ersten mit. Verpfiffen hat ihn ein ehemaliger Amtskollege, dessen Namen sage ich nicht, bin ich denn scharf darauf, mich selbst um mein täglich Brot zu bringen wegen eines Menschen, dessen Gesicht ich nicht mal mehr im Kopf habe, durch das, was ich erzähle, habe ich mich ja schon genug exponiert.

Er pflegte sich als Priester zu verkleiden, um in die Stadt zu gelangen. In jener Nacht hatten sie ihn abgepaßt, und gegen Morgengrauen brachten sie ihn in einer kleinen Seitenstraße um, und dann nahmen sie ihn und warfen ihn vor die Markthalle, dort waren die ganzen Fischhändler und alle möglichen Lädchen.

Die Chrysáfena hatte auf ihn gewartet, sie hatte sich schon zwei Tage lang nur noch von Wildkräutern ohne einen Tropfen Öl ernährt und gedacht, wann kommt denn mein Kapetános, damit ich etwas essen und mich wieder stärken kann. Die Augen offen, weggeworfen zwischen Fischkästen voller Aale, so fand ihn Frau Kanéllo. Sie war auf dem Heimweg von der Nachtschicht im Telegrafenamt, aufgrund ihrer Arbeit hatte sie einen Passierschein.

Und so schreitest du durch die Blockade, meine liebe Ka-néllo, läufst zu dir nach Hause, nimmst dir einen Leiterwagen und einen Teller voll Kichererbsen mit Öl, gehst zur Chrysá-fena, iß, Chrysáfena, sagst du zu ihr. Die braust auf. Ich will nicht, mein Sohn bringt's mir ja, dann dämmert ihr etwas, und sie ißt doch davon. Dann komm jetzt, Chrysáfena, sagst du, meine liebe Kanéllo, zu ihr, nimm den Leiterwagen, du Unglückselige, und laß uns deinen Sohn nach Hause holen.

An der Markthalle luden sie ihn ganz allein auf den Leiter-wagen, Arme und Beine ragten darüber hinaus, ein Riesen-körper, nicht zusammenzuraffen. Es hatten sich auch ein paar kleine Schwarzhändler gesammelt, denen die Aale gehörten, die beschränkten sich aufs Zuschauen, damit man sie nicht für Komplizen hielt. Die Chrysáfena zog vorne, Frau Kanéllo war hinten beschäftigt, die Soutane des Ermordeten hochzu-nehmen, die sich in den Rädern verfing. An seinem Körper hatte sich sogar ein Aal verfangen, einer der Schwarzhändler machte ihn los und warf ihn wieder in die Fischkiste. Frau Kanéllo hatte ständig zu tun, die Beine des Jungen heranzu-ziehen, und sie arbeiteten sich voran, bis die Chrysáfena auf die Erde schlug. Da traten ein paar Leute aus einem Geschäft, besprengten sie mit Wasser, sie kam wieder zu sich, und so brachten sie den wunderschönen Jüngling nach Hause, um ihn für die Beerdigung herzurichten. Die Deutschen, die das Viertel umstellt hielten, ließen sie ohne Schwierigkeiten durch.

Zu Hause angelangt, zog die Chrysáfena den Riegel an ihrer Haustür auf und begann die Kanéllo mit Faustschlägen und Steinwürfen zu traktieren, schau, daß du wegkommst, ich werd ihn alleine aufbahren, fort mit dir nach Hause. Sie lud ihn sich über die Schulter und brachte ihn in den oberen Stock. Die Blockade dauerte immer noch an, aus Furcht, die Ordnung könnte erschüttert werden. Aber wir protestierten nicht, wir sahen nur zu.

Sie beweinte ihn zwei Tage und zwei Nächte lang. Nicht mit Worten: sie stieß Geräusche aus wie die See.

An Balkontür und Fenstern hatte sie die Scheiben geschlossen, die Läden offengelassen, und führte uns ihre Trauer vor. Zwei Tage und zwei Nächte lang. Eine Totenklage mit Gelächter. Worte waren nicht zu vernehmen, nur dieses Geräusch wie die brandende See. Wir sahen sie aber. Sie hatte schwarze Kleider gefunden, sich ein Tuch um den Kopf gebunden, in den Händen hielt sie wie eine Fahne die Kutte des ermordeten Sohnes. Und sie schlug sich auf den Körper. Oder warf sich gegen die Wände. Durch die Fenster und die Balkontür sahen wir die Chrysáfena bald auftauchen, bald wieder verschwinden, wie im Vorübergehen. Sie stieg auf ihre Truhen und ihren Tisch, als wolle sie die Zimmerdecke durchstoßen und zum Himmel auffahren.

Das Innere ihres Hauses war weiß gekalkt, und die Fenster waren schmal.

So sahen wir sie deutlich, aber niemals ganz. Nur Fragmente einer riesigen schwarzen Fledermaus, die gefangen war und hinaus wollte. Sie schlug gegen die Wände, um sich einen Weg ins Freie zu bahnen. Ein mächtiger, ungelenker Vogel, und blind. Der, statt sich aufs Fenster zu stürzen, gegen die weiße Wand prallte.

In den Nächten wurde sie größer, wegen der Schatten, die die brennende Acetylenlampe anwachsen ließ. Draußen war das Haus unbeleuchtet, drinnen gleißend hell, offenbar hatte sie außer der Acetylenlampe auch einen Leuchter und Kerzen angezündet, damit ihr Toter besser sehen konnte. Sie hatte ihm nicht die Augen schließen wollen. Wir konnten sie sehen. Einen entfesselten schwarzen Raben, der die Glasscheiben nicht erkennen konnte und gegen die Wände schlug, wieder zurückwich und seinen Kampf, ins Freie zu gelangen, wieder aufnahm, und von neuem prallte ihr Körper gegen die Wand, danach stieg sie auf einen Tisch oder Stuhl, um abzuheben. Dann stieg ihr Schatten bis an die Decke, und hinterher war es, als sei ihr schwindelig geworden und sie sei gefallen, wir warteten, sie kam zu sich, wir hatten sie wieder. Zwei Tage und Nächte leisteten wir ihr Gesellschaft.

Am ersten Tag standen wir alle auf dem gegenüberliegenden Gehsteig. Und in der ersten Nacht alle an unseren Fenstern. In der zweiten Nacht vergaßen wir, daß es die Ausgangssperre gab, gingen auf die Straße hinunter und hielten alle die Totenwache für den Tausendschönen, als Trauergemeinde vor ihrer Tür. Und sie flatterte ununterbrochen drinnen herum und stieß hoch zum Licht. Das Haus innen festlich beleuchtet und die Fassade pechschwarz. Und keiner hielt uns vor, daß wir im Freien geblieben waren.

Am zweiten Tag kam sie bei Tagesanbruch nach unten, machte die Tür auf und bettelte um Essen, damit sie wieder zu Kräften kam und ihre Totenklage fortsetzen konnte. Man fütterte sie, sie aß, schob den Riegel vor und ging hinauf, um ihr Kind zu beweinen. Wir, wir leisteten ihr Gesellschaft. Immer wieder ging einer von uns weg, genötigt durch die Arbeit, wegen der Notdurft, um zu essen. Und ein anderer nahm seinen Platz ein. Frau Kanéllo hatte ihre gesamte Kinderschar auf den Gehsteig herausgebracht und ging ihrer Arbeit nach. Bewegt euch ja nicht von hier fort, sagte sie zu ihnen, selbst wenn sich die Deutschen bemerkbar machen.

Die Deutschen kamen abends vorbei. Sie warfen einen fragenden Blick auf uns. Einer von ihnen blieb vor meiner Mutter stehen, und bevor er sie ansprechen konnte, sagte sie ganz ruhig zu ihm, wir leisten ihr Gesellschaft. Und zeigte auf die Fledermaus, die oben auftauchte und verschwand, in den erleuchteten Fenstern, das war ja auch ein Verstoß, es war Verdunkelung angeordnet. Ob er es nun verstand oder nicht, der Deutsche lachte kurz auf und entfernte sich.

Und am dritten Morgen kommt strengblickend wie eine Ikone Vater Dínos aus der Kirche, eingekleidet in seine besten Gewänder, und ruft, Chrysáfena! Hier endet deine Befugnis! Und bricht die Tür auf und nimmt ihr den Leichnam fort, um ihn zu bestatten. Und sie folgt ihm stillschweigend nach wie ein kleines Mädchen.

Wir gingen in großer Zahl zur Beerdigung. Vorn der Tote, im offenen Sarg, die Züge entspannt, mit aufgeschlagenen Augen, wie ein gleichgültiges Boot, das die Wellen durchpflügt und keine Gelegenheit findet, das Wort an uns zu richten. Und nach der Beerdigung küßte ihr meine Mutter die Hand, der Chrysáfena, und sagte zu ihr, du weinst vergebens, Trost wirst du nie finden. Bis zu deinem Tod nicht. Und eine rief, was will denn die Hure hier, darauf sagte meine Mutter, verzeiht mir alle miteinander, und nahm mich an der Hand und verließ mit mir den Friedhof. Aufs Grab setzten sie ihm kein Kreuz, nur ein provisorisches Papierfähnchen aus einer weißen Heftseite, auf die man in der Mitte ein blaues Kreuz gemalt hatte, wo man zu der Zeit Farbstifte hernahm, ist mir schleierhaft.

Die Chrysáfena ging Tag für Tag auf den Friedhof und aß ein kleines bißchen Erde vom Grab ihres Sohnes. Das erfuhren wir über Thanassákis, den Sohn des Lehrers Anagnóstos aus dem Dorf Vúnaxos. Dieser Schlingel ging doch immer auf den Friedhof zum Spielen. Später wurde es uns auch von Theofílis, dem Küster der Ajía-Kyriakí-Kirche, bestätigt, er hatte es mit eigenen Augen gesehen, dieser Denunziant, er steckte es Vater Dínos, damit er sie nicht zur Kommunion zuließ. Aber der Pope war damit nicht einverstanden. Ich an ihrer Stelle, Theofílis, sagte er zu ihm, ich würde auch Erde essen, und jetzt geh zum Teufel, marsch, feg die Kirche sauber, morgen ist schon Sonntag.

Zu späterer Zeit, nach der sogenannten Befreiung, wollte

eine Abordnung von Partisanen ihm eine Grabplatte anfertigen lassen, als Heldendenkmal. Aber die Chrysáfena ließ es nicht zu. Damit sie weiter Erde vom Grab ihres Toten essen konnte. Nur ganz wenig aß sie, bloß einen Krümel. Als ob sie das Abendmahl feierte, meinte Frau Kanéllo. Sie machte das auch noch, als die UNRRA kam. Ich weiß nicht, was aus ihr geworden ist, zu Juntazeiten jedenfalls lebte sie noch und ging jeden dritten Tag auf den Friedhof, nach Athen war die Chrysáfena nicht gezogen. Danach verlor ich sie aus den Augen. Mich hatte nämlich, bitte sehr, Fräulein Salome diesbezüglich gefragt, Jahre später, als wir uns während einer meiner Tourneen in der Kleinstadt Sfirá bei Grevená wiedergetroffen hatten, wenn sie da auch kein Fräulein mehr war, sondern die Frau des ersten Metzgers am Platze. Ich sage »meine Tournee«, als wäre ich die Hauptdarstellerin gewesen. Ich hatte aber auf dieser Tournee auch ein paar Worte zu sprechen, eine halbe Seite Dialog. Diejenige, die die Rolle zuerst gespielt hatte, war unterwegs schwanger geworden, und so wandten sie sich an mich, zum Komparsengehalt setzten sie mich ein, aus Sparsamkeit, aber das war eine Gelegenheit, ich wäre verrückt gewesen, wenn ich mich irgendwie angestellt hätte. Noch dazu war es Sommer, ich erzählte in dem Haus, in dem ich zur Miete wohnte, ich ginge in die Sommerfrische.

Wir hielten also in Grevená Vorstellungen ab und nahmen im Vorübergehen auch noch das nahegelegene Städtchen Sfirá mit. Ich begab mich ins Kafenío, schön ist euer Städtchen, sagte ich zu dem Inhaber (was heißt hier Städtchen, eine elendes Nest war es, aber ich mußte den Leuten mein Leben lang um den Bart gehen, um zu überleben, und ich habe überlebt), der Wirt war geschmeichelt, eine Schauspielerin aus Athen richtet das Wort an ihn, er wollte mir einen Vanillesirup ausgeben, aber ich händigte ihm meinen Lippenstift zur Aufbewahrung im Kühlschrank aus, es war doch Sommer, und dieses Mistzeug zerrann. Ich ließ mich stets von den Kneipenwirten in den Dörfern belagern, von wegen des Lippenstiftes.

In Sfirá bei Grevená jedenfalls, unter der Regierung Papágos und Purefoy, gerade als ich auf einen Sprung ins Kafenío gehuscht war, um mir den Lippenstift wiederzuholen, gegen Mittag war das, da dachte ich mir, ich werfe mal einen kleinen Blick auf die Metzgerei nebenan, das ist so ein Überbleibsel aus der Besatzungszeit, für Metzgereien schwärme ich wie für romantische Landschaften. Von der anderen Seite riefen mir ein paar Männer höchst anzügliche Bemerkungen zu, aber ich sagte mir, laß sie doch. Ich werde im Gegenteil lieber ein bißchen herumtrödeln, sollen sie mich nur anpöbeln, das läßt meine Aktien im Ensemble steigen. Ich drehte ihnen den Rücken zu, von hinten war ich schon immer sehenswerter, und sie johlten herüber, Mensch, die Raraú, sie hatten den Namen auf dem Plakat unter meiner Fotografie gelesen. Ich tat so, als bewunderte ich ein paar Rindslebern. Da höre ich plötzlich von drinnen eine weibliche Stimme:

Hallo! Mensch, Rubíni! Bist du es etwa? Rubíni?

Es war Fräulein Salome. Ich hatte sie seit jenem Tag in der Besatzungszeit nicht mehr gesehen, seit damals, als wir an der Diavolojánnis-Brücke Schnecken gesammelt hatten und sie in ihrem Holzvergaser mit einer Karyatide im Arm vorbeigerauscht war.

Sie saß an der Kasse der Metzgerei wie Kleopatra auf der Sphinx, über ihr hingen Bilder des Königspaares (derzeit schon verstorben und abgesetzt) sowie die Christus-Ikone. Daneben noch ein Gemälde, eine Alpenlandschaft mit Merinoschafen, zur Reklame.

Endlich war sie knackig und drall, das Fräulein Salome, ich erkannte sie auf den ersten Blick. Was für Umarmungen,

Küsse, Tränen, sogar ein Pfund Hackfleisch schenkte sie mir noch, abgesehen davon, daß sie sofort ins Kafenío rannte, meinen Lippenstift holte und ihn zum Fleisch in den Kühlschrank legte.

Damals waren sie wegen der Blockade aus Epálxis abgehauen. Sie hatte höchstpersönlich eine Ziege geklaut, und sie waren im Glauben, man habe deshalb die Blockade errichtet. Wie hätten sie sich auch sonst in Sicherheit bringen sollen, sie traten Hals über Kopf eine Tournee an. Fräulein Salome allerdings streckte die Waffen, sobald sie Sfirá erreicht hatten, acht Monate nach der Premiere. In Sfirá hatte sie der Metzger um ihre Hand gebeten, er hat mich mit seinen Keulen verführt, erklärte sie mir, deshalb bin ich der Kunst untreu geworden. Und zeigte auf die Keulen, die um sie herum hingen.

Es ging ihr großartig, auch wenn sie Krampfadern hatte, ihr Metzger hatte sich als Prachtkerl erwiesen, er behandelte sie wie eine Göttin, auch zwei Kinder zeugte er noch mit ihr, ich hab's gerade so hinbekommen, mein Schätzchen, sagte sie zu mir, ich war ja schon über achtunddreißig, aber in der Klinik hab ich vierunddreißig angegeben; das ist zwar gefährlich, dachte ich mir, aber ich habe dem Besatzer mein Alter nicht preisgegeben, soll ich da etwa jetzt weich werden? Lieber bleibe ich bei der Geburt auf der Strecke. Und ich hab es geschafft. Mit Vierzig hatte ich zwei Kinder. Und während sie mir das erzählte, knetete sie mir das Hackfleisch durch, ihre Finger überladen mit Ringen, ihr Metzger, der hielt sie wirklich wie eine Königin. Und am Abend kamen sie auch noch zur Vorstellung. Du warst schon immer für die Bretter geboren, mein Lämmchen, sagte sie mir hinterher, weißt du noch, wie ich es dir vor dem Krieg gesagt habe? Ich hab dich damals in Epálxis zum ersten Mal auf die Bühne gebracht, weißt du das noch? Erinnerst du dich an die Hungersnot?

Ich muß dir gestehen, ich hab ein bißchen Sehnsucht danach, ich hatte eine richtige Wespentaille, weißt du das noch?

Die ist gut, die Salome, hat Sehnsucht nach der Hungersnot. Ich fragte sie nach den übrigen Tiritómbas.

Tatsächlich hießen die Menschen gar nicht Tiritómba mit Nachnamen. Und waren auch keine Theaterleute. Salome stammte von väterlicher Seite her aus Epálxis, das Haus gegenüber von unserem war ihr Vaterhaus, sie war sogar vor dem Krieg verlobt gewesen. Es hatte sich ergeben, daß ihre Schwester, Frau Adriána, einen Theatermenschen heiratete, obwohl sie ein richtiges Hausmütterchen war. Einer aus Saloniki war es, mit Namen Sambákis Karakapitsalás. Eine beiderseitige Liebesheirat. Er unterhielt eine Truppe von Wanderschauspielern und trat auch selbst auf. Es ging das Gerücht, er habe in früheren Zeiten auch einen Bären in seinem Ensemble gehabt, allerdings vor Adriána.

Dieser Sambákis Karakapitsalás hatte die kostbarsten Bühnendekors und Kostüme von allen herumreisenden Komödiantengrüppchen.

Eine sizilianische Operntruppe war in Saloniki pleite gegangen, und Sambákis, er war damals noch ein blutjunges Bürschchen, hatte das Glück gehabt, die gesamte künstlerische Ausstattung der sizilianischen Kollegen aufzukaufen, wenn sie auch eigentlich für die Oper bestimmt war. Er führte »Cavalleria« oder »Fóto, die junge Epirotin« vor denselben Bühnenbildern auf, und in der »Unbekannten« trat angeblich deren Kammerfrau in Trachtenwestchen und Spitzenhemd auf die Bühne, du wirst vermutlich sagen, ein Auftritt von zwei Minuten, das macht doch nichts. Und die Hauptdarstellerin des Stückes »Die Schäferin von Granada« erschien in der griechischen Nationaltracht im Stil der Königin Amalia und mit Netzhandschuhen und dem Schirmchen aus der »Kameliendame« (bei diesem Werk hatte er sogar den Titel abgeändert, in »Schwindsucht aus Liebe«). Und wennschon.

Als er Frau Adriána geheiratet hatte, gaben sie ein harmonisches Paar ab, er war allerdings sehr eifersüchtig, ließ sie nicht alleine zurück, nahm sie mit auf die Tourneen, und obendrein war er heißblütig, wenn du nicht an meiner Seite bist, setze ich dir Hörner auf, hatte er ihr anvertraut. Und sie lebten sehr glücklich miteinander, denn Frau Adriána war gleichfalls eine Herumtreiberin, es machte ihr Spaß, neue Orte kennenzulernen. Bis zum Albanienkrieg (was für ein Volk haben wir uns da als Kriegsgegner ausgesucht!) hatte sie, wie sie sagte, fünfhundertachtundsiebzig kleine Städte und Dörfer auf den Tourneen kennengelernt. So hatte sie auch unzählige Rezepte für hausgemachte Süßigkeiten gesammelt, sie schwärmte fürs Kochen, die Frau Adriána, ich auf der Bühne und du am Herd, sagte Sambákis immer ganz zärtlich zu ihr. Sie hatten auch eine Tochter zusammen. Ein Glück, daß es ein Mädchen wurde, denn in zwei Werken ihres Repertoires gab es je eine Rolle für ein kleines Waisenmädchen, Frau Adriána schlug immer ein Kreuz über dem Kind, bevor es hinaustrat, um die Waise zu spielen.

Sie selbst ließ ihr Ehemann nicht auf die Bühne hinaus, es sei denn zum Ausfegen, ich will eine anständige Frau behalten, sagte der arme Kerl zu ihr. Und sie hatte die Garderobe übernommen: sie stopfte die Toilette der Tosca oder der schwindsüchtigen Margarita, flickte das Schloß des Nero mit Klebstreifen wieder zusammen, wenn es bei den Transporten Risse bekommen hatte, und kümmerte sich um ihren Mann, speziell wenn er in einem Werk mit der Fustanélla auftrat, sie vertrieb schon im voraus den bösen Blick und überwachte, ob er eine Unterhose trug. Denn einmal war ihr der Schlawiner entwischt und hatte da draußen mit der Fustanélla ohne Hose darunter den Tsamiko getanzt, offenbar wollte er eine aus dem Publikum verführen. Da bekam er zum ersten Mal Schläge von Frau Adriána. Sie tat es zum ersten Mal, sie legte danach keine Hand mehr an ihn. Du wirst sagen, er hat ihr eben keinen Anlaß mehr dazu gegeben, ist nicht mehr hosenlos aufgetreten.

Nach Epálxis kamen sie im Oktober 1940, kurz vor dem berühmt-berüchtigten »Nein«*. Sie hatten nur ein Werk im Repertoire, »Die Tochter der Waise«. Diese Tochter mußte fünf, sechs Jahre alt sein, und sie veranstalteten einen Wettbewerb: jede Familie, die ein Mädchen vorzuweisen hatte, sollte es zu ihnen bringen.

Die Mamas der besseren Kreise, die Töchter besaßen, nahmen sich sofort eine Schneiderin, um sie fürs Vorspielen herauszuputzen. Aber es ergab sich, daß Fräulein Salome bei uns vorstellig wurde, sie wollte eine Portion Kutteln für ihren Verlobten bestellen, bekam mich zu Gesicht, he, Diomídis, sagte sie zu meinem Vater, deine Tochter ist für die Rolle geeignet, laß das Kind kommen, es verdient dabei auch ein paar Heller.

Am nächsten Tag holte sie mich selbst zum Lichtspieltheater »Pantheon« ab, und ich bekam einstimmig den Zuschlag, ihr hab ich es zu verdanken, dem Fräulein Salome, sie hat meine Berufung als erste erkannt. Nicht als die Tochter ihres Metzgers, über Beziehungen also, wählten sie mich aus, die sahen in mir einen echten Funken, und auf die Weise öffnete sich für mich der Weg zu meiner späteren Karriere.

Ich spielte in dem Stück mit, die Mamas der besseren Kreise schäumten vor Wut, daß die Tochter des Gedärmemetzgers ihre Sprößlinge verdrängt hatte, obwohl sie doch so viel für

---

* Ioannis Metaxás, seit 1936 autoritär regierender Ministerpräsident, lehnte am 28. 10. 1940 ab, auf griechischem Boden italienische Stützpunkte zuzulassen. Griechenland wurde daraufhin besetzt. (A. d. Ü.)

die Schneiderin ausgegeben hatten. Meine Rolle dauerte zwei Minuten, ich hatte dabei auch keinen Text, ich spielte ein kleines Mädchen, dessen verwaiste Mutter es schlug und ihrer unehelichen Schwiegermutter in die Arme warf, die es ihr wieder zurückwarf, kurz gesagt machten sie mich zum Schleuderball bis zum Schlußvorhang.

Bei der Premiere am 26. Oktober 1940 feierte ich Triumphe. Das Publikum, ausschließlich aus der gehobenen Gesellschaft, atmete auf, als es sah, daß das Kind geohrfeigt wurde und man es wie einen Sack herumstieß, denn darin bestand meine Rolle. Und weil man damals nicht expressionistisch spielte, klatschten die Ohrfeigen naturalistisch, ich sah bloß noch Sterne, und dazu noch das Hin- und Hergewerfe, wobei die Hauptdarstellerin keine Kraft in den Armen hatte und mich wie eine Melone auf den Boden aufschlagen ließ, und das war ein Zementboden. Trotz alledem schrie oder weinte ich nicht, denn von da an war ich in den Ruhm verliebt. Und bekam Geld, drei Drachmen für die Premiere, das war mehr ein Köder, damit ich nicht beleidigt war und sie am zweiten Abend im Stich ließ. Ich spielte natürlich auch am zweiten Abend, das waren noch einmal drei Drachmen, die brachte ich meiner Mutter, und so fand ich Zugang zur Welt des Theaters.

Am 26. haben wir Premiere, ich kann meinen persönlichen Triumph als Tochter der Waise verzeichnen, am 28. bricht der Krieg aus, fast, als wollte man mich sabotieren, Menschenskind. Auch Sambákis wird sofort eingezogen, er kommt um, noch bevor er die Front erreicht, ein Tritt von einem Maultier, Schluß mit den Vorstellungen, meine Karriere ist vertagt. Da haben wir, als Nation, ja gerade den richtigen Moment gewählt, das verdammte »Nein« auszusprechen, damit mir mein Glück in die Brüche geht. In Gottes Namen, die Heimat hat Vorrang, auch wenn sie unsichtbar ist.

Auch Fräulein Salomes Glück ging durch das »Nein« des Herrn Metaxás in die Binsen, verflucht sei die Erde, die ihn bedeckt, und das sage ich, obwohl ich Nationalistin bin. Denn ihr Verlobter ging als Freiwilliger an die Front. Mickrig und dürftig, aber doch ein Verlobter. Und er war auch gar nicht hinter ihr hergewesen; Frau Kanéllo hatte diese Partie arrangiert, am 15. August, dem Tag, an dem sie uns unser Panzerschiff »Elli« torpediert hatten. Die Hochzeit war für den 28. Oktober vorgesehen, nach dem Ende der Vorstellungen. Frau Kanéllo hat einfach diesen Abscheu vor dem Ledigendasein: auch mir liegt sie bis heute mit dem Thema in den Ohren, aber für mich selbst kommt eine Kuppelei nicht in Frage, nein danke.

Kaum hatte der Verlobte im Radio des Kafeníos die Kriegsankündigung vernommen, raste er los und meldete sich als Freiwilliger, eigentlich desertierte er damit vor der Liebe. Heimlich rückte er aus, nicht einmal seiner Verlobten wollte er unter die Augen kommen. Das heißt, in der Hauptsache hatte er Angst vor Frau Kanéllo, daß die ihn verdreschen und an Ort und Stelle verheiraten könnte, noch auf der Bahnstation.

Schon kurze Zeit später erhielt Fräulein Salome eine Feldpostkarte von der Front, die zeigte sie voller Stolz überall herum, ich hab ihn an die Heimat ausgeliehen, sagte sie. Was soll der Stolz, das bringt dir noch Unglück, sagte Frau Kanéllo zu ihr, ich leg mich hier total krumm, damit ich ihn für dich auftreibe, und du leihst ihn aus, ist denn die Heimat mehr wert als du?

Fräulein Salome hatte sein Foto auf der Kommode stehen, während der Besatzungszeit fixierte sie es immer wieder und sagte zu uns, Mensch, an wen erinnert er mich bloß, an irgend jemand erinnert mich mein Verlobter. Auch uns erinnerte er an jemanden, aber es war unmöglich festzustellen, an wen.

Bis sich eines Tages während der Besatzung Marina, Frau Adriánas Tochter, das Foto des Verlobten schnappt und es mit Bleistift bekritzelt, nur so, um Salome eins auszuwischen, und dem Verlobten einen Schnurrbart hinmalt. Das sieht Frau Adriána, Jesus Maria! sagt sie. Sie nimmt das bekritzelte Foto und zeigt es Frau Kanéllo, Jesus Maria, sagt die ebenfalls, und wir haben das die ganze Zeit nicht bemerkt! Darauf nehmen sie ihr Herz in beide Hände und zeigen das Foto Salome. Die schaut hin, will schon voller Sehnsucht aufseufzen, da bleibt ihr der Seufzer im Halse stecken, o Jesus Maria, stöhnt sie, der sieht ja aus wie der Hitler, glatt zum Verwechseln!

Und erst auf diese Weise wurde uns klar, an wen uns der Verlobte erinnert hatte. Ach so, deshalb behandeln euch die Deutschen jedesmal so rücksichtsvoll, wenn sie bei euch Haussuchung machen, sagte Frau Kanéllo.

Seitdem hatte Fräulein Salome sich ihn restlos aus dem Herzen gerissen, glühende Patriotin, die sie war, und hatte auch keine Komplexe mehr, weil ihr der Verlobte nach der ersten Postkarte nicht mehr geschrieben hatte (und wir erfuhren auch nie, ob er zurückkam, er ist bis heute verschollen). Sie ging nur zu Frau Kanéllo und sagte, bezahl du mir die Ringe, meine Liebe. Auf diese Weise erfuhren wir, daß sie die Ringe für ihre Verlobung aus eigenen Mitteln bestritten hatte, die gute Salome. Und sie wandte sich wieder dem Stricken zu, dem »Partisanenhemd«.

Kaum war Frau Adriána verwitwet, die Besatzung hatte sich unterdessen endgültig installiert, entschied sie, Schluß mit Kunst und Tourneen, hier in Epálxis und im elterlichen Haus leben wir weiter, hier enden wir. Als vierzigjährige Hausfrau mit einer Tochter von Achtzehn, mit Salome, die noch zu haben und schlecht zu haben war, hatte sie jetzt nur noch eines im Sinn, wie sie überleben und wovon sie sich ernähren konnten. Frau Adriána versammelte ihre gesamte Sippe bei sich zu Hause, das heißt, ihren Bruder Tássis. Besagter Tássis besaß einen Kleinbus, vor dem Krieg hatte er die Strecke Epálxis–Lámbia/Dorf befahren, das war ein sehr hoch gelegener Gebirgsort voller Steineichen, Ziegen und, in letzter Zeit, Partisanen. Den Bus hatte er in einen Holzvergaser umgemodelt. Aber die Arbeit war rar.

Was Kleidung betraf, da hatten sie nichts zu leiden, sie konnten auf die Theatergarderobe des seligen Sambákis zurückgreifen. Den ganzen Theaterfundus hatten sie im Erdgeschoß gelagert, sie hoben ihn auf, um sein Andenken zu ehren, und wohnten im ersten Stock. Mit den abgelegten Klamotten der Heldinnen des Repertoires behalfen sie sich glänzend, vor allem Fräulein Salome, die immer im Wechsel die verschiedenen Hütchen, Fächer und Toguen trug. Frau Adriána, die dafür ein Händchen hatte, änderte sich die Roben geringfügig ab, Butterfly, Kyra-Frossíni, die Unbekannte, alles. Fräulein Salome dagegen brachte es fertig, die Toiletten im Urzustand zu tragen, sie kürzte sie bloß ein Stück. Wo doch selbst die deutschen Patrouillen anhielten, um hinter ihr herzustarren, als sie einmal im dreiviertellangen Cape ausgegangen war, wie Errol Flynn in »Günstling einer Königin«.

Einmal nahm sie auf ihren Spaziergang auch ihren Papagei mit. Den hatte ihr ihr Verflossener zur Verlobung geschenkt, und er war ihr als Unterpfand übriggeblieben. Als Korytsá von unseren Leuten erobert wurde, hatte ihm Frau Kanéllo beigebracht, »Du Witzfigur Mussolini« zu singen, haargenau wie die Vémbo, die Sängerin, allerdings hatte er nur eine Strophe gelernt. Während der Besatzung sperrten sie ihn dann ein und banden ihm den Schnabel zu, denn ihm war das Lied wieder in den Sinn gekommen, selbst die Papageien in unserem Viertel nehmen am Widerstand teil, hatte

Fräulein Salome uns gegenüber einmal fallenlassen, als Herr Alfio gerade aktuell war.

Im zweiten Besatzungswinter bekam Frau Adriána Mitleid mit mir, weil ich einen so spärlichen Baumwollfetzen trug, sie nahm mich mit zu sich hoch und ließ mich eine Fustanélla anprobieren. Dabei entdeckte sie, daß ich ein Höschen aus Fahnenstoff trug. Viel Glück damit, sagte sie zu mir. Sie ist dir ja ein bißchen zu lang, aber es wird dir damit wärmer werden, du Armes. Trag sie, und sobald wir befreit sind, gibst du sie mir zurück.

Ich freute mich, auch wenn die Fustanélla ein Männerrock war, und reichlich groß. Mit Hosenband zurrte ich sie mir unter den Achseln fest, und sie reichte mir bis übers Knie, meine Mutter war zwar dagegen, aber ich war nicht bereit, sie wieder auszuziehen, so wurde doch mein Hintern ein klein bißchen warm.

Was allerdings Schuhe betraf, so waren auch die Tiritómbas in dieser Hinsicht leidgeprüft. Holzpantinen, das galt auch für sie. In der Garderobe gab es nur Pomponpantöffelchen. Anfangs verkauften sie ein paar Sachen gegen etwas zu essen, danach blieb Frau Adriána hart, es ist eine Blasphemie unserem Verblichenen gegenüber, meinte sie.

Damals gingen wir Frauen alle über die Dörfer und verkauften Aussteuerware an die Bäuerinnen, vor allem an die vom flachen Land. Ich war zu dämlich, um etwas zu verkaufen, aber ich begleitete Adriána, als Beistand. Sie kauften sie uns für ein Pfund Weizen ab, Stickereien, Trikotunterwäsche, sogar Priestergewänder gelang es der Angetrauten von Vater Dínos zu verkaufen. Auf dem Rückweg sammelten wir Holz für den Herd. Diese Ausflüge wurden organisiert unternommen, von vielen Frauen gemeinsam, denn wenn eine alleine herumzog, dann nahmen die Leute vom Land sie beiseite und jagten ihr alles Eßbare, das sie sich beschafft hatte, wieder ab, aber wenigstens *ohne* uns zu vergewaltigen, witzelte Fräulein Salome einmal. Wem stand damals schon der Sinn nach Vergewaltigungen.

Wir machten aber auch die anderen Ausflüge, die verkappten. Frau Kanéllo, Frau Adriána, ihre Tochter Marina, Fräulein Salome und ich mit unserem Fanúlis, uns beide nahmen sie zur Tarnung mit, kleine Kinder, wer konnte die schon verdächtigen. Und außerdem gelang es uns mit unserem kleinen Wuchs auch leichter, durch Löcher im Zaun zu schlüpfen. Schwerbeladen zogen wir los. Diese Spinnerin von Madam Kanéllo lud uns Handgranaten und generell Munition auf, wir taten, als holten wir Löwenzahn, und übergaben sie einer Verbindungsperson, diesem Knirps Thanassákis vom Lehrer aus dem Dorf Vúnaxos. Derjenige, der die Munition übernahm, um sie an die Partisanen weiterzuleiten, hat heute eine bedeutende Position im Lager der Nationalisten, ich gebe aber keinen Namen preis, den Menschen will ich nicht bloßstellen.

Frau Kanéllo zog uns dann beide in ihren Keller hinunter, stopfte uns die Hemdchen in die Hosen, die aus der Nationalfahne, zog uns das Hosenband stramm, so daß die Hemdchen sich bauschten, und füllte sie mit Handgranaten. Vorher ließ sie uns für alle Fälle noch einmal pinkeln, damit wir das Hosenband unterwegs nicht aufbinden mußten. Und auf dem Weg schimpfte sie mich aus, geh doch nicht so nach vorne gebeugt, verflixt noch mal!

Fräulein Salome stopfte sich Gewehrkugeln in ihren Turban, außerdem steckte sie sich je eine Handgranate in jede Seite ihres Büstenhalters (die war ja auch flach wie ein Brett, sie trug immer Blusen mit Waffelsmok). Daß man ihr Munition ins Höschen steckte, erlaubte sie nicht, es kitzelt mich, sagte sie, und ich verrate mich durch die Bewegungen. Geh ja mit erhobenem Kopf, oder ich dreh dir die Gurgel um, zischte ihr die Kanéllo zu, als sie die Absperrung passierten. Wenn dir eine Patrone runterfällt und uns die Deutschen erwischen, dann entgräte ich dich wie eine Sardine, keine vier Mannsbilder können dich meinen Klauen entreißen!

Schon immer hat sich Frau Kanéllo so provinzlerisch ausgedrückt. Und mich verführt sie auch jedesmal dazu, wenn wir uns treffen. Dieses Provinzlerische hat sie nicht abgelegt, obwohl ihre Kinder inzwischen in Athen und Europa leben. Ich hingegen spreche in Gesellschaft stets sehr athenerisch.

Und Salome schritt wohl oder übel in stolzer Haltung fürbaß. Die Brust heraus und den Turban kerzengerade, wie bei Ali Pascha in dem Stück »Ali Pascha und die entehrte Kyra-Frossíni«. Das hab ich auch schon auf einer Tournee gespielt, ich habe die zweite Ertränkte gegeben.

Madam Kanéllo, leichtsinnig trotz ihrer zahlreichen Nachkommenschaft, transportierte die Handgranaten im Korb. Wir kamen an, trafen uns mit diesem anderen Geisteskranken, dem Thanassákis vom Anágnos, und lieferten die Ware an den Zuständigen ab, wir gingen in irgendein Kapellchen und zogen die Hosen herunter. Danach sammelten wir wilde Kräuter und Zwiebeln und gingen wieder nach Hause.

Wenn wir irgendwo eine Ikone sahen, liefen wir um die Wette hin. Und wenn wir zufällig ein brennendes Öllämpchen fanden, löschten wir den Docht und holten uns das Öl heraus, wir hatten immer ein Fläschchen dabei, Frau Adriána, die ziemlich religiös war, bat die Ikone um Verzeihung. Ich hab gesündigt, heilige Barbara, sagte sie zum Beispiel; sei gnädig und schau mich nicht so streng an, du bist doch eine große Märtyrerin, du hältst auch den Hunger aus, zeig dich großmütig. Ich nehm dir das Öl weg und bring dir Schafsbutter dafür, sobald wir als Nation wieder auf festen Füßen stehen, sagte sie.

Und genauso psalmodierte auch Fräulein Salome, nur

rüder. Sie sagte etwa zur betreffenden Ikone, ihr Heiligen habt das doch gar nicht nötig, ihr lebt auch ohne Öl, besonders du, liebe heilige Paraskeví, so etwa, du bist schließlich ein hohes Tier und ein Star im Himmel (immer so voller Komplimente, die Salome). Aber unsere Kinder können ohne Öl nicht leben. Außerdem muß man den Heiligen auf die Zehen treten, sekundierte ihr Frau Kanéllo. Zeig ihnen die Zähne, und sie nehmen dich ernst. Das sagte sie allerdings etwas zaghaft und schielte aus den Augenwinkeln auf die Ikone.

Das alles, wenn wir das Glück hatten, auf eine Ikone mit einem brennenden Lämpchen zu treffen. Das Öl teilten wir uns. Und abends aßen wir dann einmal kein Fastengericht, Gemüse, Grütze, egal was, alles mit Öl. Das Essen roch nach dem Lampendocht, um so besser, behauptete Fräulein Salome, wir essen eben ein geheiligtes Mahl. Obgleich Kommunistin, wurde sie auch ab und zu fromm, für alle Fälle.

Und wennschon. Die schwimmt jetzt in Keulen dort in ihrem Kaff, Sfirá bei Grevená, mit ihrem Metzger. Sie hat mir auch zwei Wurstketten zur Gedenkmesse für meine Mutter geschickt, woher wußte sie das? Möge es ihr wohl ergehen.

Frau Kanéllo hatte auf jeden Fall auch Ehrfurcht vor den heiligen Dingen, wenn sie auch bekennende Linke war. Nach dem Essen mit dem geklauten Öl pflegte sie einen Bußgesang anzustimmen oder »das in eine Vielzahl von Sünden gefallene Weib«.

Einmal hatten wir auch Eier aus einem Nest gestohlen, da wurde die Henne wild und wehrte sich, es setzte Schnabelhiebe, aber schließlich gab sie auf. Zum Glück war das Gelege gerade ganz neu und die Eier noch frisch. Am Abend, als jeder zu Hause sein Ei aß, hörten wir bei den Tiritómbas einen Krach, der sich gewaschen hatte. Frau Adriána hatte Salome mit Schönheitscreme im Gesicht ertappt. Statt sich ihr Ei zu kochen, hatte sie sich damit ihren Teint gesalbt. Hier überhaupt von Teint zu sprechen, o weia! Na ja, ich will nicht so sein. Weil mich die Natur mit einem Teint und anderen Vorzügen ausgestattet hat, muß ich ja nicht arrogant über die Mängel herziehen, die mein Nächster hat.

Im wesentlichen machten wir diese Munitionsexpeditionen sonntags, wenn Frau Kanéllo frei hatte und auch das kränkliche Lehrersbürschchen aus Vúnaxos keine Schule hatte. Wie es dieses Unglückswurm bloß hingekriegt hat, sagte Frau Kanéllo in ihrer provinzlerischen Art, daß sie bei den Partisanen so große Stücke auf ihn halten. Eine ehrgeizige Frau! Stell dir vor, sie träumte tatsächlich davon, daß die Besatzung andauern würde, bis ihr Sohn groß wäre und seinerseits Verbindungsmann würde.

Ein zwölfjähriger Hüpfer war der kleine Thanássis. Du wirst sagen, klar, er hatte auch einen Esel zur Verfügung. In der Volksschule von Vúnaxos hatte ihn sein Vater als Lehrer unterrichtet. Kaum hatte er die Volksschule abgeschlossen, schon damals machte sich sein Hang zur Bildung bemerkbar, mietete ihm sein Vater ein Zimmer in Epálxis, etwas hinter der Bahnstation zum Hafen Ypímenos, was heißt da Zimmer, es war eine Hütte mit einem Bett, einem Fenster ohne Scheiben, bloß mit Fensterläden, und außen ein Waschbecken und ein Wasserkrug. Es war dazu da, daß er über Mittag ausruhen und lernen konnte, bis zum Nachmittagsunterricht. Damals ging man vormittags und nachmittags in die Schule.

Außer der Munition hatte Thanassákis auch den Transport von allerlei Notizzetteln übernommen, die gaben ihm zwei Gymnasiallehrer, Herr Pavlópulos, der mich mochte, und ein hübscher Großer, Vassilópulos war das, in der Klasse nannten wir ihn Alexander den Großen, er starb ganz jung, leider. Zu Thanássis hatten alle Vertrauen, erstens, weil er keinen Verstand hatte und daher auch keine Angst, zweitens, weil er über das Transportmittel verfügte. Und das alles mit vollem Wissen seines Vaters. Und außerdem, weil er ein kleiner Junge war und unschuldige blaue Augen hatte, wer kann denn einen blauäugigen Menschen verdächtigen? Er kannte sämtliche Minenfelder, sein Vater hatte sie ihm gezeigt, obwohl er ein Heiliger von einem Menschen war.

Außerhalb von Epálxis hatten die Deutschen eine Menge Minenfelder, aber bei uns gab es zum Glück keine Opfer durch Minen. Denn die deutschen Rüpel hatten die Italiener darüber in Kenntnis gesetzt, und jeder Italiener, der eine Verbindung zu einer griechischen Familie hatte, ließ die Leute wissen, welche Plätze sie beim Kräutersammeln meiden sollten. Ich habe den Verdacht, daß die Italiener das taten, weil durchgesickert war, daß die Deutschen sie als Verbündete zweiter Klasse betrachteten, und so sagten sie es uns weiter, um sich galant zu erweisen und um den Deutschen einen Denkzettel zu verpassen.

Herr Alfio hatte meine Mutter genau instruiert, an welchen Plätzen sie »unter keinen Umständen« Wildkräuter sammeln dürfte. Thanassákis hatte völlig allein zwei Minenfelder entdeckt. Wenn der Vormittagsunterricht zu Ende war, zog er sich immer zum Lernen in sein Zimmer zurück. Sobald der Nachmittagsunterricht vorbei war, ging er mit den anderen Kindern aus seinem Dorf nach Hause, es war nur eine dreiviertel Stunde Weg, und sie mußten sich beeilen, rechtzeitig dazusein, denn nach sieben Uhr war es nicht mehr erlaubt, die deutsche Absperrung vor der Diavolojánnis-Brücke zu passieren. Aber die ließen sich davon doch nicht beeindrucken! Unterwegs fingen sie mit Ballspielen an. Als Ball diente ihnen eine englische Handgranate, eine leere. Und wenn sie zu spät an die Absperrung kamen, war die Schranke heruntergelassen. Im Winter schlüpften die Kinder einfach unter der Schranke durch und waren weg, denn bei Kälte verkrochen die Deutschen sich in eine Lehmhütte, die ihnen als Wachhaus diente. (Die sprengte Thanássis zum Schluß mit einer Handgranate weg, kurz bevor die Engländer kamen, einfach so, um seinen Groll loszuwerden.) Aber wenn dieser blöde Frühling kam, standen die Teutonen stocksteif an der Schranke und eröffneten das Feuer, sobald sie von ferne Schritte hörten.

Thanássis hatte beobachtet, an welche Stellen die Besatzer normalerweise zur Verrichtung ihrer Notdurft gingen, und welche Stellen sie mieden. Auf diese Weise entdeckte er die zwei Minenfelder, die er freilich »Scheißfelder« nannte, und so hatten sie freien Zugang zum Dorf, wann immer sie wollten.

Im angrenzenden Minenfeld gab es etliche Tellerminen, wir pflegten sie »Rundbleche« zu nennen. Dieser Spinner von Thanássis tanzte auf den Minen herum, er war ja auch ein Kind von allenfalls zwanzig Kilo, wirst du sagen, und diese Minen waren für schwere Fahrzeuge vorgesehen, für die Kinder bestand keine Gefahr. Nur einmal ging eine hoch, als eine Kuh darauf trat, die Bäume ringsum hingen voller Schnitzel, unser Fanúlis ergatterte auch noch eine Portion davon, zwei Tage hatten wir daran zu essen.

Zwar ging noch ein weiteres Mal eine Mine hoch, und Thanássis wurde zum Himmel hinaufgesprengt, aber mein Thema ist ja die Familie Tiritómba und aus welchem Grund sie zur Tournee aufbrach, der Not gehorchend.

Frau Adriána mochte kämpfen, sosehr sie wollte, der Hunger suchte sie heim, und wenn sie noch so viele Ikonen plünderte. Eines Sonntags fiel sie uns sogar auf unserem Ausflug in Ohnmacht, und wir bekamen Schiß, denn sie war über und über mit Handgranaten bestückt. Wir mußten sie zurückschleifen.

Ihr Bruder Tássis war in seinen Bus vernarrt, wann kommen endlich die Engländer, war ständig seine Rede, damit man wieder Ersatzteile und Benzin zu Gesicht kriegt. In der Zwischenzeit betrieb er ihn mit Holzkohle, als Holzvergaser. Und wo sollte man nun wieder Holz auftreiben, in den Bergen ringsum waren doch die Partisanen, wohin sich wenden? Er ließ ein paar Rebstöcke aus den Weingärten im Tal mitgehen. Seine Schwester hatte ihn losgeschickt, um eventuell ein paar Maiskolben zur Seite zu schaffen, und er kam mit Rebholz beladen zurück. Marina, ihre Tochter, die noch ein kleines Mädchen war, allerdings älter als ich, die war von Frau Kanéllo, dieser Geisteskranken, in Widerstandsaktivitäten verwickelt worden. Und erst Fräulein Salome. Aus Opposition ihrem Verlobten gegenüber, der lieber nach Albanien gegangen war, dieser bedeutende Mensch, um von der Ehe verschont zu bleiben, und zum guten Schluß auch noch Hitler gleich sah wie ein Ei dem anderen, putzte sich Fräulein Salome heraus oder sie strickte »Die Unterhose des Partisanen«. Manchmal gingen wir zu einer Abendgesellschaft zu ihnen, was heißt Abendgesellschaft, wir blieben die Nacht über dort, weil wir uns verschwatzt hatten und die Sperrstunde anfing, also dösten wir alle gemeinsam vor uns hin. Ein anderes Mal wiederum mußten wir notgedrungen übernachten, wenn wir über Thanássis die Information bekommen hatten, daß vielleicht eine Blockade stattfand, damit wir dem Málamas der Chrysáfena noch rechtzeitig durch Vater Dínos die Warnung übermitteln konnten, er solle nicht nach Hause kommen, das war natürlich, bevor ihn seine Mutter als Leichnam auf dem Leiterwagen anbrachte, dadurch entfiel diese Last dann für uns. Vater Dínos benützte als Nachrichtenüberbringer die Glocke. Die Glocke von Ajía Kyriakí schlug zu den unwahrscheinlichsten Stunden, mal ein Trauer-, mal ein Freudengeläut, am Anfang waren wir verblüfft, jetzt hat es den Popen endgültig erwischt, schließlich wurde uns klar, daß er die Glocke benützte wie wir heute das Telefon, manche behaupteten, er hätte sogar ein spezielles Glockengeläut gehabt, wenn er Frau Rita, die Hure, benachrichtigen wollte, daß sie sich für den Abend waschen und ihn erwarten sollte.

Während dieser Nachtwachen kochte uns Frau Adriána siedendheißen Bergkräutertee und tat entweder einen Kranz getrockneter Feigen hinein oder Mostgelee, wenn sie welches dahatte, um das Gebräu etwas zu süßen. Mir brachte sie bei, wie man Flickenteppiche macht. Man schnitt Flicken in kurze schmale Streifen, faltete sie zusammen und nähte sie mit einer Sacknadel auf Sackleinen auf, die roten an eine Stelle, die grünen an eine andere, das Muster war Fräulein Salomes Domäne.

Bei uns zu Hause stellten die Flickenteppiche eine Notwendigkeit dar, denn der Erdboden gab ständig Feuchtigkeit ab, er schwitzte, ganz zu schweigen von den Keimlingen, die ewig in den Ecken und unter dem Bett hervortrieben, über dem Grab meines Hinkelchens, das sich immer tiefer absenkte, jetzt hat das Huhn endgültig die Tiefe erreicht, in der sich auch die toten Menschen befinden, sagte ich zu Fanúlis. Unser Hinkelchen, antwortete er, zählt damit also schon soviel wie ein Mensch. Und uns wurde warm ums Herz.

Die Wolle für die Hemden, die die erwachsenen Frauen während der Nachtwachen strickten, lieferte Frau Kanéllo, eine eigenartige Frau. Außer natürlich die von den alten, abgelegten Stricksachen, die wir aufgeribbelt hatten. Frau Kanéllo hatte auch eine Unterrichtsmethode ohne Lehrer fürs Italienische gefunden und lernte eifrig, um die Telefongespräche der Italiener besser abzuhören, dafür bekam sie auch unter der Republik ihren Orden. Sie kann auch heute noch ein paar Brocken Italienisch.

Fräulein Salome strickte Unterhosen, jede, worauf sie

versessen ist, ließ Frau Kanéllo verlauten. Und was für Riesenunterhosen sie machte: sie ließ sie ihren Bruder anprobieren, dem gingen sie bis zu den Ohren. Du unersättliches Stück, wieso machst du die denn so überdimensional, so eine Wollverschwendung, rief ihr ihre Schwester zu. Und diese Ausbuchtung hier im Schritt, was sollen die denn da reinstecken, Bomben? Was versteht ihr schon davon, beharrte Fräulein Salome. Ich mag ja monarchistisch sein, aber von den Partisanen hab ich eine hohe Meinung. Wofür hältst du sie eigentlich, für solche Mißgeburten und halben Portionen wie den König von England? (Sie war auch Lokalpatriotin, sie wollte auf nichts Griechisches etwas kommen lassen.) Die sind hochgewachsen wie der Kapitän Apéthantos. Aber mir, mir war schon bekannt, daß die Partisanen meistens kleinwüchsig und schlecht ernährt waren, das wußte ich seit damals, als die Deutschen sie tot auf den Platz geworfen hatten.

Die Tiritómbas waren vom Hunger ganz geschwächt, und wir waren ja auch nicht in der Lage, ihnen etwas anzubieten, wir konnten ja selbst kaum leben von dem, was uns Herr Vittorio brachte, außerdem hätte Frau Adriána von Kollaborateuren sowieso nichts angenommen. Eines Tages wird Fräulein Salome auf Männerarmen nach Hause getragen, und zwar von drei Italienern. Wir bekamen alle Schiß, aus ist es, sie haben uns entdeckt. Doch falscher Alarm. Fräulein Salome war zur üblichen Promenade ausgegangen (beim Promenieren hatte sie sich verausgabt), eine mondäne Gepflogenheit, die feinen Kreise von Epálxis zogen jeden Nachmittag auf die Hauptstraße zum Promenieren, und wenn die Welt unterging. Wie ich mir habe sagen lassen, haben sie diesen Brauch auch bis heute aufrechterhalten. Mochte der Hunger noch so wüten, die Promenade war ihnen heilig, auch Mädchen aus niedrigeren Gesellschaftsschichten nahmen daran teil, und alle taten immer so, als ob sie einer belästigt hätte oder ihnen jeden Nachmittag nachstieg. Wie dem auch sei. Fräulein Salome ging zur Promenade, um zu demonstrieren, daß sie zur feinen Gesellschaft gehörte, und da oben auf ihren hohen Holzstöckeln und so ausgehungert, wie sie war, wurde ihr übel, schwindelig von der Höhe, und sie verstauchte sich den Knöchel und stürzte vor der *Carabineria* nieder. Drei italienische Soldaten brachten sie an, steif wie ein Osterlamm auf dem Spieß, gänzlich ohne Bewußtsein. Das heißt, sie war auf dem Weg wieder aus der Ohnmacht erwacht, so gestand sie mir damals in der Kleinstadt Sfirá, kaum hatte sie aber entdeckt, daß sie sich in den Armen dreier Männer befand, wäre sie doch, wie sie meinte, verrückt gewesen, wenn sie zu sich gekommen wäre. Sie hätte natürlich Offiziere bevorzugt, aber in Zeiten des Mangels haben auch die einfachen Soldaten ihr Gutes.

Die ausländischen Jungs brachten sie also nach Hause, ich hab bloß Wasser, um sie aufzupäppeln, sagte Madam Adriána zu uns. Und darüber hinaus platzte in dem Moment, als die Italiener gerade zur Tür hinaustraten, Frau Kanéllo mit einem Einkaufskorb voller Kräuter und Wurzeln herein. Marina war schon ganz wild darauf, daß ihnen die Kanéllo etwas Eßbares brächte, und sobald ihr Blick auf den Korb gefallen war, war sie im Bild und sagte vor den Italienern, ach du lieber Gott, schon wieder Handgranaten! Gibt's etwa gar kein Maisbrot mehr? Halt doch den Mund, du Unglücksrabe, zischte ihr ihre Mutter zu. Zum Glück machten die Italiener der Kleinen schöne Augen und hatten nichts mitbekommen. Tássis war zum Hamstern auf die Felder im Tal gegangen und kam mit Rebholz und einem Schlauch für die Reifen zurück, den hatte er von einem abgestellten italienischen Laster geklaut.

Unterdessen stand das neue Jahr vor der Tür. Soll heißen,

das Mistjahr. Das grandiose Jahr 1943 stellte sich ein. Im Haus befand sich ein Blumenkohl, im Eisschrank zehn Handgranaten und zusätzlich noch die drei Mauserpistolen über der Zimmerdecke. Nur Mut, sagte Fräulein Salome, vielleicht kommen ja zwischenzeitlich die Engländer, und wir kriegen Pudding zu essen. Sie hatte keine Ahnung, was Pudding war, aber sie war sehr anglophil, weil ihr nämlich der englische König gefiel, ja, das ist ein Mann, pflegte sie zu sagen. Wenn der mich bestürmen würde, würde ich doch glatt ja sagen.

Sie schlug sich einen Zimmermannsnagel in den Absatz, um ihn zu stabilisieren, und startete erneut durch zur Promenade, aus Prestigegründen.

Das Neujahr zieht schon herauf, stichelte Frau Adriána. Meinst du, deine Engländer kommen noch rechtzeitig mit ihrem Pudding? Du erwartest sie doch seit einundvierzig?

Und trotzdem. Am Neujahrsmittag hatten sie Fleisch auf dem Tisch. Gekochtes, auch nur wenig, aber Fleisch, in reichlich Brühe.

Das ist ja nicht zu kauen, mosert Fräulein Salome, was ist das überhaupt für ein lila Fleisch, ist das ein Marder?

Wunderbar zart ist es, ruft ihre Schwester grimmig, kau ordentlich, deine Zähne sind bloß nicht mehr an Fleisch gewöhnt, und iß gefälligst auch die Brühe, damit du den Besatzern nicht ohnmächtig in die Arme fällst!

Fräulein Salome ist pikiert und steht vom Tisch auf, ohne auch nur das Kreuz zu schlagen, nicht einmal die Serviette nimmt sie vom Hals. Wenn sie pikiert war, ging sie immer zu ihrem Papagei, um ihm ihr Leid zu klagen. Sie tritt in ihr Zimmer, der Papagei ist verschwunden. Da geht ihr ein Licht auf, fast wie eine Offenbarung. Sie läuft zurück ins Eßzimmer, die Serviette hängt ihr noch um den Hals, Kannibalen! stößt sie aus. Zum Glück hatten die anderen da den Papagei schon verdrückt, Marina hatte sich sogar noch die restliche Portion ihrer Tante genommen.

Salome gebrauchte äußerst harte Worte, ihre Schwester hörte sie schweigend und mit gesenktem Kopf an, das heißt, sie konnte gar nichts sagen, denn sie kaute noch auf dem letzten Bissen des Papageienschenkels herum. Zutiefst getroffen ging Fräulein Salome mit ihr ins Gericht. Sie habe das Unterpfand einer Verlobung mißachtet, habe die Liebe ihrer kleinen Schwester in den Kochtopf gesteckt, und was der bitteren Äußerungen noch mehr war. Als sie sie allerdings persönlich als Medea und Menschenfresserin apostrophierte, erhob Frau Adriána die Stimme.

Jetzt hör mir mal gut zu, meine Beste, sagte sie zu ihr, hab ich denn nicht schon genügend Gewissensbisse, weil ich dem unschuldigen Vogel den Hals umgedreht habe? Ganz abgesehen davon, daß er mich heftig gebissen hat! Was hätte ich denn sonst tun sollen? Meine Kinder haben doch gehungert!

Du hast nur *ein* Kind! Und auch das nur mit Ach und Krach, rieb ihr Salome unter die Nase, offenbar hatte Frau Adriána kein zweites bekommen können, das hatte Vater Dínos in der Nachbarschaft herumerzählt.

Aber Frau Adriána war nicht zu halten.

Drei Kinder hab ich, sagte sie. Meine unnütze Tochter, die bloß für Proklamationen taugt, meinen unnützen Bruder, den ich um Weizen über die Dörfer schicke, und der mir dann Schläuche für ein Auto anbringt, das nicht funktioniert …

Entschuldige mal, unterbrach sie Tássis indigniert. Stehlen gehn tu ich ja gerne, wenn ich was finde. Aber daß ich auch noch zur Ährenleserin werden soll, als Mann von Einunddreißig, nein danke!

Aber Adriána fuhr unbeirrt fort.

Und das dritte Kind, das bist du selbst, meine Beste! Meine nutzlose Schwester. Als wir die Razzia in einem Magazin gemacht haben, da hast du dich einen Teufel darum geschert, etwas zum Essen mitzubringen, um auch mal einen Beitrag zu leisten! Bloß Tokalonpuder! Und Lippenstift, für deinen Mund, der wie ein Hühnerarsch aussieht. Wenn wir noch nicht vergessen haben, welche Form ein Hühnerarschloch hat, dann deshalb, weil wir deinen Mund anschauen dürfen! Du Egoistin! Scheißanglophile!

Sie hatte durchaus Grund, so herumzugeifern. Zu jener Zeit machten die kleinen Leute Übergriffe, Razzien nannte man sie, auf Bäckereien, auf Magazine, keinerlei Anstand hielt uns mehr zurück, sobald wir hörten, daß irgendwo Lebensmittel versteckt waren. Selbst Frau Adriána, die vor dem Krieg und während des Albanienfeldzugs so anständig gewesen war, hatte endgültig die Zurückhaltung aufgegeben, sie fehlte bei keinem Übergriff. Beim letzten Mal hatte sie auch Fräulein Salome mitgeschleppt, mit ihren Stöckelschuhen und ihrem Turban, allerdings ungeschminkt. In dem Tohuwabohu verloren sie sich aus den Augen. Sie kamen jedenfalls wieder nach Hause, Frau Adriána mit zwei Brotlaiben, Marina mit einem halben Sack Rosinen, Tássis mit Feta in den Hosentaschen und einem Vergaser. In vollem Triumph, wie Frau Bonaparte, kehrte auch Fräulein Salome zurück, mit einem Lippenstift, Rouge und Puder, allerdings eine griechische Marke. Und mit abgebrochenem Absatz.

Fräulein Salome hätte sich lieber erschießen lassen, als ungeschminkt aus dem Haus zu gehen, das hielt sie für unschicklich. Kaum war im Radio gesendet worden, daß wir vor den Deutschen kapituliert hatten, rannte sie sofort los und kaufte zehn Lippenstifte, fünf Dosen Rouge und ein Kilo Puder, den für die Babypopos, nur dazu reichten ihre Mittel. Und auf diese Weise gewappnet bot sie der Besatzung die Stirn. Wie lang wird die wohl anhalten, meinte sie, fünf Monate? Die Engländer sind Gentlemen, die befreien uns so schnell wie möglich. Ihre Anglophilie machte sie blind, und die kosmetische Munition ging ihr aus, darum hatte sie sich jetzt aufs Räubern verlegt. Aber nur von Kosmetika. Und darum hatte ihre Schwester sie jetzt so heftig herunterge-putzt.

Fräulein Salome gestand ihrer Schwester zu, daß es der englische König bei seinem Rendezvous mit Griechenland nicht so sehr mit der englischen Pünktlichkeit hatte. Doch sie verlangte, daß ihr wenigstens die Federn ihres Papageis ausgehändigt wurden. Sie wusch sie, hängte sie einzeln mit Wäscheklammern auf den Balkon (das machte sie absicht-lich, damit alle Nachbarn sehen konnten, was für einen ab-scheulichen Verrat ihre Angehörigen an ihr begangen hatten), danach nähte sie die Federn an den Turban und trug sie von da an auch auf der Bühne, wenn sie »des Priesters kleine Angélo« spielte, die Rolle einer Siebzehnjährigen, Gott be-wahre.

Seit dem Tag, an dem sie ihren Papagei verspeist hatte, hatte Salome auf sein Angedenken einen Eid geschworen, daß sie ihre Schwester, die sie vor der ganzen Familie als nutzlose Anglophile bezichtigt hatte, Lügen strafen wollte. Auf dem Land der Familie Sáriphos in der Nähe des ersten Minen-felds von Thanássis hatte sie ein paar Hausschafe ausgemacht. Die Sáriphäer hatten keine Angst vor Diebstählen, sie waren Kollaborateure der Deutschen, ihre Haustiere weideten un-bewacht. Nachts allerdings brachten sie sie nach drinnen, in ihren unteren Raum.

Bei uns, das heißt der Kanéllogruppe, hatten sie nicht den Eindruck, daß sie sich vorsehen mußten, denn wegen unserer Zaghaftigkeit und unserem Anstand wurden wir nie als ver-dächtig eingestuft, sie ließen uns auf ihrem Land Wildkräu-ter sammeln, ohne uns mit Steinen zu bewerfen.

An dem Mittag also, der auf das Kochen des Papageis folgte, gab mir Fräulein Salome einen Wink, los, Rubínichen, laß uns wilde Zwiebeln holen, damit wir ein bißchen an die Luft kommen. In schickster Aufmachung, sie hatte nämlich noch die Schulterpolster ihrer Nichte entwendet, die waren damals sehr in Mode, die Polster, sogar Mussolini habe welche getragen, hieß es, jedenfalls trugen in den Filmen alle deutschen Femmes fatales Schulterpolster, speziell Jenny Hugo und Marika Rökk. Frau Kanéllo favorisierte die Polster nie, vor allem wegen der Deutschen.

He, wo gehst du denn hin, mit Wattepolstern am hellichten Mittag, sagte sie zu Salome. Du siehst ja aus wie diese ledige Braut von dem Hitler!

Ist mir doch egal, ob's dir gefällt, gab ihr Fräulein Salome heraus. Sie zog mich mit sich fort. Sie war total eingeschnappt, denn von Hitler hielt sie nicht das geringste, sie wußte, daß er schon jahrelang eine Beziehung aufrechterhielt und nicht heiratete, also wirklich, so ein Schuft, sagte sie immer, das Mädchen über so viele Jahre hin zu kompromittieren, wann ehelicht er sie denn endlich mal? Wenn ich das wäre, ich hätte ihm längst die Stiefel in die Hand gedrückt.

Wir gingen also Zwiebeln suchen, das Wetter war sonnig, die Sonne produziert Kalorien, sagte man uns immer. Ich hatte auch meine Hacke dabei, die wilden Zwiebeln gehen ja nur durch Hacken heraus.

Je mehr wir uns dem ersten Minenfeld von Thanássis näherten, desto mehr schlotterten mir die Knie. Fräulein Salome, sage ich, gehen wir etwa wieder zu den Partisanen? Nein, bedeutet sie mir, du wartest hier und tust so, als ob du Zwiebeln rausholst, und keinen Mucks, egal, was du siehst.

Siehst du die Schafe dort? fragt sie mich.

Ziegen sind es, sage ich. Vom Sáriphos.

Aber nicht einmal das konnte ihren Elan dämpfen. Sie trug einen Sack und ein Handtäschchen in der Hand. Ich sah ihr

nach, wie sie durchs Minenfeld ging, sie machte Hüpfer wie
Iberio Argentina, als sie vor dem Krieg auf der Leinwand
Antonio Vargas Heredia sang.

Das Vieh weidete stillvergnügt vor sich hin. Sie scheuchte
es tückisch zu einem großen Graben. Sie selbst sprang wie
eine wahre Suliotin* auch mit hinunter, ich verlor sie aus den
Augen. Ich tat weiter so, als ob ich nach Zwiebeln suchte. Kurz
danach sah ich sie aus dem Graben auftauchen, den Sack
prallvoll hinter sich herschleifend. Wie sie ihn durch das
Minenfeld schleppte, auf Stöckelschuhen, mit Turban und
Handtäschchen, das ist mir heute noch schleierhaft. Sie
kommt auf mich zu, komm, leg auch ein Händchen mit an,
sagt sie zu mir, und ja kein Gekreisch, wenn Blut raustropft.
Ich folge ihr, aus dem Handtäschchen ragt ein blutiges Messer.
Im Sack hat sie eine abgestochene Ziege. Los, nach Hause,
sagt sie zu mir, locker weitergehen, lächeln, rasch, mach
voran.

Ja, wie denn, »rasch« weitergehen, wir zwei ausgehungerten Frauen, mit so einer Last. Ziehen mußten wir es, das
Schlachtvieh.

Als wir endlich die Diavolojánnis-Brücke erreicht hatten,
sagte sie, du kannst jetzt gehen, damit wir keinen Verdacht
erregen. Sie hatte die anderen Kinder gesehen, die mir zu-
winkten, die Sperrstunde stand auch demnächst bevor, ich
mußte unseren Fanúlis mit heimnehmen. Und tatsächlich
fand ich Fanúlis, Fräulein Salome machte sich ebenfalls auf
den Weg nach Hause und schleppte dabei die Ziege hinter
sich her, von hier aus war die Straße jetzt außerdem asphal-
tiert.

Als wir zu Hause ankamen, ließ das Fräulein noch auf sich

* Die Einwohner der epirotischen Bergdörfer von Suli gelten in Griechenland als Paradebeispiel für Kampfbereitschaft und Mut im Widerstand gegen die Türken. (A. d. Ü.)

warten. Adriána trat schon ständig auf den Balkon hinaus, um voller Unruhe Ausschau zu halten, was muß die Frau da sehen: auf Aphrodhítis Hauswand bringt Frau Kanéllo Marina Italienisch bei. Sie benützen die Wand als Tafel, und Marina hat ungelenk hingeschrieben: REDICOLO MUSSOLINI. Und darunter HITLER EPILEPTIK, das haben sie noch nicht dran gehabt. Als sie sie wie versteinert anstarrt, wie sie die Schreibfehler verbessern, sieht sie an der Ecke einen zierlichen Italiener vorbeikommen, der ist wohl zu einem Liebchen unterwegs, das Gewehr umgehängt, ein Lächeln auf den Lippen. Er will schon mit ihnen schäkern, erblickt die Schrift an der Mauer, bleibt stehen. Frau Adriána rennt Hals über Kopf nach unten, um festzustellen, daß der Italiener das Gewehr abgelegt hat und Marina mitzieht, ritterlich zwar und galant, dabei aber auch Patriot: er will sie zur *Carabineria* bringen. Gerade ist die Kanéllo darum bemüht, die Sache gütlich zu bereinigen, Marina brüllt, nimm deine Pfoten weg, Mensch, Frau Adriána sinkt ohnmächtig nieder, das war ja auch genau der richtige Augenblick, als so etwas wie eine Gewehrsalve zu hören ist. Sie drehen sich um, Salomes Holzabsätze knallen über das Kopfsteinpflaster. Wie im Traum, ohnmächtig vor Angst und Unterernährung, sieht Adriána, wie ihre Schwester den Sack fahrenläßt und den Italiener zur Rede stellt. Wutschnaubend.

He du, Hände weg von der Griechin! herrscht sie ihn an.

Der Italiener sagt etwas, weiß Gott, was er sagt, nicht einmal die Kanéllo versteht es, jedenfalls schleift er Marina hartnäckig weiter in Richtung *Carabineria*.

Unterdessen ist die Ausgangssperre in Kraft getreten, Frau Adriána ist wieder zu sich gekommen, als sie aber sieht, daß Blut aus dem Sack tropft, ist sie fast soweit, ein zweites Mal umzufallen, doch zum Glück hören wir gerade in dem Moment einen Schuß, und zwar von einer Patrouille. Frau Kanéllo stürzt los, um ihre fünf Kinder einzusammeln, die waren zum Gaffen herausgekommen. Fräulein Salome zieht Marina am anderen Arm, laß meine Nichte los, du Mißgeburt, du reißt ihr ja sonst den Arm ab! sagt sie zu dem Italiener, der es allmählich mit der Angst zu tun bekommt, der Ärmste. Da hört man einen zweiten Schuß, und Salome sieht rot.

Verduftet endlich mit eurem Geknalle! krakeelt sie in die Richtung, wo die Schüsse gefallen sind, gleich Leonidas bei den Thermopylen.

Mit aller Kraft zerrt sie an ihrer Nichte, es hilft nichts: der italienische Knirps lockert den Griff nicht. Voll Tücke läßt Fräulein Salome Marinas Arm wieder frei, die verliert das Gleichgewicht, der unselige Italiener ebenfalls, Salome ergreift die Gelegenheit und versetzt ihm mit der Pantine einen Tritt ans Schienbein, der Fremdling ist völlig perplex, fängt an zu wimmern und ruft ihr *no, no, signorina* zu. Kaum hört Salome dieses »signorina« (was hätte sie dafür gegeben, daß man sie »Madam« Salome nennt), hebt sie den Karabiner vom Boden auf, der Italiener jammert und hält sich das Schienbein, Frau Kanéllo brüllt vom Balkon herunter, Adriána, Mensch, Tássis, haltet das Mannweib auf, die macht sonst dem Fremden den Garaus!

Unterdessen versetzt Marina ihrer Mutter Klapse, damit sie zu sich kommt, die erwacht aus der Ohnmacht, erblickt ihre Schwester mit der Waffe in der Hand und den fremden Besatzer, wie er wimmert und wie ein Storch auf einem Bein steht, und geht auf sie los.

Du entartetes Weib, laß den fremden Jungen zufrieden, gib ihm seinen Karabiner zurück, was willst du damit, wir haben doch schon drei Dinger da oben über der Balkendecke, ruft Adriána. Marina kreischt, Mama, halt die Klappe, du Judas! Du bringst uns ins Unglück!

Glücklicherweise verstand der Italiener kein Griechisch, abgesehen davon, daß sie ihm das Schienbein ramponiert hatten, unter solchen Schmerzen hätte er nicht einmal seine eigene Muttersprache verstanden.

Im selben Moment waren wieder Schüsse zu hören, diesmal aus einem Maschinengewehr, und das Krr-Krr-Krr von Panzerketten. Ein deutscher Panzerwagen war auf dem Weg. Es blieb ihnen nicht mehr die Zeit, nach oben zu gehen, alle schlüpften zu uns mit ins Haus, das war ja zu ebener Erde, zuallererst Salome mit der Waffe, die Kanéllokinder verkrochen sich hinter einem Bettüberwurf, der auf ihrem Balkon hing. Kaum waren wir in Sicherheit, hörten wir ein Klopfen an der Tür und ein Gewinsel: *aprite, aprite per pietà, belle signore!*

Die Kanéllo machte schleunigst auf, wir zogen den Italiener herein, gerade noch rechtzeitig, kannst du dir denken, was die Deutschen mit dem angestellt hätten, wenn sie ihn ohne Gewehr erwischt hätten? Der Panzer drehte sich wütend um seine eigene Achse, nahm die Häuser der Reihe nach mit der Rohrmündung aufs Korn, ich lugte dabei durchs Schlüsselloch. Schließlich verzog er sich, zum Glück ohne den Sack mit der Ziege zu überrollen.

Fahr zur Hölle, rief Frau Kanéllo hinter ihm her, allerdings aus sicherem Abstand, die Deutschen waren schon um die Ecke. Wir vergewisserten uns, daß die Luft rein war, ließen auch das fremde Bürschchen hinaus, gaben ihm sein Gewehr zurück, staubten ihm die Hosen ab, er erging sich in Dankesbezeugungen, *grazie, mille grazie, belle signore*. Er trat hinaus, wischte noch mit dem Ärmel die Parolen von der Wand und ging seines Wegs.

Danach gingen auch die Tiritómbas. Du, sagte Salome zu Adriána, du siehst zu, daß du die Trophäe nach oben holst. Und stieg die Treppe hinauf wie Aida (in dem Stück hab ich nie mitgespielt).

Frau Adriána hatte unterdessen den Sack aufgemacht, schaute wie geblendet auf die Beute, Mensch, rief sie aus, wo hast du denn das geklaut?

Den Bock hab ich ganz alleine getötet. Das soll dich lehren, mich als Drückebergerin und Anglomanin zu beschimpfen, meinte die andere und ging weiter nach oben, ohne sich auch nur umzudrehen. Eine Keule ist für Sie, liebe Frau Assimína, rief sie meiner Mutter zu, für das Rubínichen, weil es mir geholfen hat. Und Frau Kanéllo verfolgte wie gebannt alles von ihrer Holzveranda aus, vermutlich war sie neidisch.

Du Unglücksweib! schrie Frau Adriána. Wenn die dich erwischen, Mensch, dann fressen die uns auf!

Einen Scheiß fressen die uns auf! ließ sich Fräulein Salome hochmütig vernehmen, diesmal vom Balkon aus.

Keine Schimpfwörter vor meinen Kindern, tönte Frau Kanéllo von ihrer Veranda herüber.

Laß Tássis den Bock abhäuten, meinte Salome von oben herunter, als sich Marina den Sack auflud.

Es ist kein Bock, es ist eine Geiß, bemerkte Frau Adriána, die das Diebesgut in Augenschein genommen hatte.

An diesem Punkt setzte Fräulein Salomes Moral aus.

Du bist auch mit nichts zufrieden! Die ganze Zeit mußt du mir das Leben schwermachen! sagte sie tief getroffen und ging vor Schmerz aufheulend nach drinnen.

Am Ende hatte Adriána doch recht, es war eine Geiß.

Jedenfalls schleppten sie die Beute nach oben, und wir schlossen unser Fenster voller Hoffnung, morgen gibt es gekochte Ziege, ich hab auch noch ein paar Graupen vorrätig, sagte die Mutter zu uns. Es war das erste Mal, daß sie eine Anspielung auf die Geschenke von Herrn Vittorio machte.

Aber in jener Nacht fand die Blockade statt, sie brachten Málamas um. Zu guter Letzt exekutierten sie ihn vor dem Haus seiner Mutter und warfen ihn hinterher vor die Markt-

halle (ich weiß, wer ihn denunziert hat, er ist heute Groß-
händler für Tiefkühlprodukte, laß mal, mehr verrate ich nicht,
die Zeiten sind immer noch heikel). Die ganze Nacht lang
waren die Deutschen überall im Viertel unterwegs, selbst in
die Kirche drangen sie ein, die ganze Nacht lang taten wir
kein Auge zu, wir horchten nur. Von Zeit zu Zeit fiel auch
ein Schuß. Meine Mutter hüllte uns bis obenhin in die Bett-
decken ein, schlaft, meinte sie, morgen essen wir Ziegenfleisch. Und uns trieb die Unsicherheit um, ob wir morgens
hinauskönnten zum Schneckensammeln an der Diavolojánnis-Brücke.

Herr Tássis wollte eigentlich die Geiß unten im Gärtchen
häuten, aber seine Schwestern zerrten ihn mit nach oben, die
Nachbarschaft wird über uns herziehen, sagte Salome, ganz
abgesehen vom bösen Blick. Schließlich war er gezwungen,
das geschlachtete Tier im Eßzimmer zu häuten und auszu-
nehmen, er hängte es an den Lüster, stellte ein Blech für die
Unreinheiten darunter, während Frau Adriána voller Unruhe
zu den Schlitzen in der Balkontür hinausspähte und die Deutschen verfolgte. Sie schwitzte Blut und Wasser. Salome tran-
chierte unerschrocken das Fleisch, sie hatte auch den großen
Kessel auf den Herd gesetzt, um zu kochen. Gegen drei Uhr
morgens zogen sich die Deutschen zurück, wir beruhigten uns
wieder etwas.

Doch bei Tagesanbruch, als sie gerade mitten im Kochen
waren, hörten sie die Kanéllo bei der Chrysáfena an die Tür
schlagen, etwas brüllen, sahen sie die beiden blitzartig mit
einem Wägelchen losziehen, und Salome mißverstand das:
die Kanéllo haut ab und will sich in Sicherheit bringen, sogar ihre Kinder läßt sie im Stich. Unterdessen tauchten die
Deutschen wieder auf.

So hat sich aus einem Mißverständnis mein Glück ergeben, und ich hab den Metzger meines Lebens kennengelernt,

erzählte mir Jahre später in Sfirá bei Grevená Fräulein Salome, damals, als ich auf der Tournee dort vorbeikam. Sie hatten mich zum Essen eingeladen, eine Ehre für eine Kleinstadtmetzgerin, eine Künstlerin zu bewirten. Aber sie mochte mich auch schon damals, als sie noch ein Fräulein war. Als wir aufgegessen hatten und ihr Metzger wieder in seinen Laden hinuntergegangen war, erzählte sie mir alles oben Erwähnte, bei Kaffee und Mandelplätzchen.

Die Tiritómbas wußten nichts von Málamas und errieten auch nicht, weshalb die Kanéllo und die Chrysáfena weggegangen waren. In der Nacht hatten sie Gewehrsalven gehört, im Morgengrauen sahen sie Panzer, Salome kam gleich ihr eigenes Verbrechen in den Sinn. Sie gestand ihren Geschwistern, daß die Ziege, die sie getötet hatte, den Sáriphosleuten gehört hätte, die Lieferanten und Spitzel der Besatzer waren. Demnach, sagte Tássis, und das mit gutem Recht, findet die Blockade unseretwegen statt. Wie ziehen wir jetzt unseren Kopf wieder aus der Schlinge? Wir sollten verduften, die brillante Idee kam von Frau Adriána.

Und sie beschlossen, auf Theatertournee zu gehen, um sich zu retten.

Die ganze Nacht über packten sie im Untergeschoß die Kostüme vom Ensemble des Verblichenen zusammen, verschnürten die Bühnenbilder, die mit Ölfarbe auf Sackleinen gemalt waren, ein Schloß nach sizilianischer Manier. Salome überwachte das Abkochen der Ziege. Schauspielerin war keine von ihnen, Adriána ein geborenes Hausmütterchen, doch war sie bei allen Tourneen mit dabeigewesen, hatte die Kasse geführt und kannte die Reiserouten. Und überhaupt, was hieß schon »Tourneen«, einen wilden Haufen hatte der Verblichene unterhalten, das hab ich aus inoffizieller Quelle erfahren, erst nach dem Krieg. Na wennschon.

Als Interpreten kamen alle Familienmitglieder zum Einsatz, Tássis, Marina und die beiden Schwestern. Was das Repertoire anbetraf, da spielte Tássis eine entscheidende Rolle: er hatte die alte Truhe geöffnet, in der der Theaterdirektor Sambákis Karakapitsalás die Werke aufzubewahren pflegte, manche gedruckt, andere handschriftlich mit Bleistift abgeschrieben. Alles auf losen Blättern. Und in seiner fliegenden Hast klebte Tássis das Finale des einen Werks an den Anfang des anderen. Die Tosca zum Beispiel fand ein glückliches Ende auf Kap Maléa. Aber ihr Problem war doch, dem Tod zu entrinnen, was bedeutete ihnen denn da Maléa, zuerst das eigene Leben, und danach wollten sie die Kunst schon irgendwie schaukeln, der passierte doch nichts, meinte Frau Salome über dem zweiten Mandelplätzchen.

Um den frühen Nachmittag herum waren die gesamten Habseligkeiten der Truppe im Holzvergaser verstaut, zusammen mit den Kleinodien von Salome, die glückselig abfuhr, denn beim Suchen war sie auch auf eine ganze Reihe von Schminkutensilien gestoßen.

Und so sahen wir sie bei der Brücke um die Ecke biegen wie eine Postkutsche in einem Cowboyfilm, die freilich weder von Indianern noch von Deutschen verfolgt wurde. Großherzig waren sie allemal. Sie hatten je eine Suppenschüssel mit gekochtem Ziegenfleisch zurückgelassen, eine auf unserer Schwelle und eine auf Frau Kanéllos Treppe, mit der schlugen sich ihre fünf Kinder die Bäuche voll, bevor die Mutter von der Arbeit zurück war. Für mich war die Flucht ein harter Schlag, denn Tássis war zu uns gekommen und hatte von meiner Mutter die Fustanélla zurückverlangt, die mir Frau Adriána geschenkt hatte.

Nach einer Fahrt von sechs Stunden kamen wir im Dorf Pelópion an, erzählt mir Frau Salome. (Heute ist man in einer Stunde dort.) Und tupft sich den Puderzucker des Plätzchens vom Lippenstift, die Frau Salome, endlich Frau. Wir waren gerettet. Drei Tage blieben wir dort, um uns wieder vorzubereiten. Das Dorf lag sehr hoch, es war voller Partisanen, und was für Mordskerle. Wir erklärten, die Besatzungsmacht sei hinter uns her, wir seien Opfer der Deutschen. Auch aus dem Namen von Frau Kanéllo zogen wir Nutzen, falls du dich noch an sie erinnerst. (Die ist gut, falls *ich* mich an die Kanéllo erinnere!) Jeder anständige Mensch im Widerstand kannte sie. Sie gewährten uns Unterkunft in der Schule, wir legten unser Programm fest, die Route, bekamen Empfehlungsschreiben für die anderen Dörfer in Partisanenhand und dazu noch etliche Informationen. Auch Proben hielten wir ab. Wir verzankten uns etwas wegen der Rollen, vertraut mir Frau Salome an (wir verspeisten das dritte Plätzchen, mit Cognac), denn sieh mal, meine Madam Schwester gab alle Jungmädchenrollen ihrer Tochter, und ich bekam die reifen Frauen zu spielen, ganz zu schweigen davon, daß ich in einem Stück sogar einen Mann darstellen mußte, ich weiß gar nicht mehr, in welchem, Javert hieß er – ach nein, den Javert hab ich in einem anderen Stück gespielt, was soll's, nimm dir doch ein Plätzchen.

Ich nahm noch ein viertes Plätzchen, meine Linie war ja nicht so leicht in Gefahr.

Unsere Tournee, die in Pelópion auf dem Peloponnes vom Stapel gegangen war, ist dann fast anderthalb Jahre später zu Ende gegangen, zwischen Epirus und Rumänien, oder war es Jugoslawien? Ich bin mir nicht sicher. Mach ich sie nicht gut, diese Plätzchen? In der Zwischenzeit hatten wir die Schauspielerei gelernt und ganz allgemein, wie man mit einer Truppe umgeht, während wir mal in von Partisanen beherrschten Gebieten, mal in besetztem Gebiet herumzogen. Hier in Sfirá bei Grevená bin ich dann desertiert. Ich war von meinem Metzger sehr heftig bestürmt worden, da dachte ich mir, Fräuleinchen, wann werden sie dich wieder bestürmen? Und ich ergab mich. Du kannst dir nicht vorstellen, was mich das gekostet hat, sagt sie und trinkt einen Cognac, um das Plätzchen hinunterzuspülen, ihr fünftes, glaube ich. Denn mittlerweile hatte ich mehr Theaterflair als alle anderen, sagt sie. Damit wollte sie vielleicht auf meinen eigenen Erfolg anspielen.

Wegen der Rolle der jungen Heldin im jeweiligen Stück hatten wir uns immer in der Wolle, und zwar, wer sie zuerst spielen durfte, das heißt, ich oder Adriána. Denn meine Nichte hatten wir auf ihren Platz verwiesen: sobald sie die Rolle der jungen Heldin (naive oder charmante Jungfer hieß es in den Regieanweisungen) übernehmen wollte, fielen wir regelrecht über sie her. Du bist noch jung, du hast noch genug Zeit, die jungen zu spielen, wenn du älter wirst, hatte ihr ihre Mutter eines Tages erklärt. Aber wir beide, wenn wir die jungen Heldinnen jetzt nicht spielen, wann denn sonst? Weißt du, Adriána hatte in der Zwischenzeit auch Blut geleckt, ganz ungeniert, so als verwitwete Frau. Die Wahrheit ist, daß es mich viel gekostet hat, meine Kunst einfach so zu verhökern für ein Bett und lebenslang gutes Fleisch, Kotelett und Filet und Kalbsbrieschen immerhin.

Doch Frau Salome hatte zu Unrecht ein schlechtes Gewissen, daß die Truppe dezimiert war. Eines Tages, es war vor Anemochóri bei Stájira, sie schoben gerade den Klapperbus eine Steigung hinauf, springt vor ihnen ein Italiener auf, ein ellenlanger hübscher Kerl, mit einem Karabiner. Natürlich haben sie sich alle miteinander ergeben, allerdings hatten sie vorher die Hinterräder mit Steinen blockiert, damit der Wagen nicht wegrollte. Und als sie so mit hocherhobenen Händen im Angesicht des Besatzers dastehen, während die Dunkelheit einfällt, was müssen sie sehen? Der Italiener, bildhübsch und blond, wirft ihnen das Gewehr vor die Füße, bricht in Tränen aus und ergibt sich seinerseits.

Nach einiger Zeit begriffen sie, daß er ein Deserteur war (hier fehlte ihnen Frau Kanéllo mit ihrem Italienisch). Ein Goldjunge, Marcello hieß er. Er hatte irgendwie erfahren, daß die Deutschen sie für die russische Front vorgesehen hatten. Worauf er überlaufen wollte und auf der Suche nach Partisanen war, denen er sich ergeben konnte. Da stieß er auf die Truppe, ergab sich Frau Adriána und in der Folge speziell Marina.

Er erwies sich als äußerst brauchbar. Hatte geschickte Hände für jegliche Arbeit und war immer zum Lachen und zu Späßen aufgelegt. Und dazu tanzte er noch, trat als Imitator auf, konnte singen, sie brachten ihn auf die Bühne. Fräulein Salome zu ersetzen, war er natürlich nicht imstande, aber sie ließen ihn mit der Nummer auftreten: »Hier sehen Sie, meine Herrschaften, wie perfekt Michális die Italiener imitiert«, sie hatten ihn nämlich Michális getauft. Marcello hier, Marcello da, mit Kanzonen und Tarantellas. Daneben lernte er von Marina noch Griechisch. Die Unterrichtsstunden wurden durch höhere Gewalt unterbrochen, eines schönen Morgens, als Frau Adriána die beiden im Bett erwischte. Er splitternackt, sie in der Wäsche, und rauchte! Adriána war wie vom Donner gerührt, den letzten nackten Mann hatte sie vor dem Albanienkrieg zu sehen gekriegt. (Und was für ein Mann, Schwesterchen, vertraute sie nach dem Krieg Madam Kanéllo an, als sie sich beim Totengedächtnis für meine Mutter wiedersahen, der Speichel ist mir bis ins Dekolleté getropft!) Frau Adriána begann, sie anzufauchen, ganz die betroffene Mutter, den Blick wohlgemerkt auf die versteckte Partie des Burschen fixiert. Du Schamlose, fuhr sie Marina an, was machst du da, hast du denn überhaupt keine Gottesfurcht! Du rauchst!

Auf das Geschrei hin kommt auch Tássis angetrabt, was hast du zu kreischen, sagt er zu seiner Schwester, es ist doch ein schönes Paar. Gegen die Raucherei von Marina hatte er allerdings auch etwas einzuwenden. Er nahm ihr die Zigarette aus den Fingern, dem Italiener zogen sie ein paar Kleidungsstücke über und verlobten die beiden an Ort und Stelle. Heute ist Marina in Rimini mit Marcello verheiratet, sie haben drei Kinder, seht zu, daß Ihr werdet wie Euer werter Vater, schreibt Frau Adriána zu jedem Neujahr an ihre Enkel, wie ich von Frau Kanéllo unter der Regierung der Royalisten erfuhr.

Kaum waren sie aus Pelópion aufgebrochen, sie hatten dort ein paar Sketche über den Widerstand aufgeführt und dabei ihr Selbstvertrauen gestärkt, führte Frau Adriána die Truppe zu allen Märkten, auf denen ihr Verflossener geglänzt hatte, sie sagte sich, hier werden sie sich an uns erinnern. Sie malten sich auch ein entsprechendes Schild.

> Theatertruppe von Adriána, Witwe des in Albanien gefallenen Sambákis Karapitsalás
> Jeden Abend ein neues Stück
> Teilnehmer: die stets spritzige Salome Papías (ausgerechnet die wollte einen Künstlernamen!)
> die stets großartige Marina Karás (den Rest des Familiennamens hatte sie weggelassen)
> Theatertrommler: Herr Tássis
> Eintritt gegen Naturalien
> Kostüme und Roben der Truppe können zu Hochzeiten und Taufen ausgeliehen werden

In den Dörfern traten sie normalerweise im Kafenío auf. Die Eintrittskarte bestand aus Naturalien: Eiern, Brot, einem Darmspießchen, Kutteln, was auch immer.

Das Publikum war nicht immer sehr zahlreich. Manchmal spielten sie vor fünf Zuschauern oder auch nur vor dem Wirt. Mit der Aufführung hatten sie keine Probleme, denn innerhalb eines Monats kannten sie alle Stücke und kannten allmählich auch ihr Publikum: ganz egal, was man ihm vorspielte, es stieß auf Wohlgefallen. Auf diese Weise hatten sie keine Probleme mit Kritik und auch keine wegen der vertauschten Seiten der Stücke.

Ihr Erfolgsstück war die »Tosca«. Sie präsentierten es als englisches Stück, in Anspielung auf ihre Sympathie für die Alliierten und für den Widerstand. Sie hatten sogar eine Szene aus der Ballade »Die Brücke von Arta«* hinzugefügt, und statt »ändere deinen Sinn, o Maid« sagte Tássis darin »Tosca, ändere deinen Sinn und nimm den Fluch zurück«.

Ein Wirt hatte Mitleid mit Adriána, weil sie sich als Tosca im Finale von einer Mauer stürzte. Und damit ihr der Hintern nicht bei jedem Sturz wie ein Kürbis auf die Kulissen hinschlug, legte der Wirt eines Abends zwei aufgeblasene Luftschläuche hin, um ihr das zu ersparen. Adriána springt also mit künstlerischem Elan nach unten wie eine Suliotin, fällt ins Weiche, die Schläuche lassen sie wieder nach oben schnellen, und Tosca taucht erneut auf der Bühne auf, rittlings auf der Mauer thronend, und auf die Weise hatten sie dem Stück jählings ein glückliches Ende beschert.

Bezüglich der Beleuchtung gab es keinerlei Probleme, sie hatten Acetylenlampen. Das Problem war der kommerzielle Erfolg, den künstlerischen hatten wir ja in der Tasche, sagte Frau Salome, nun ein für allemal Frau, und verdrückte ihr sechstes Mandelplätzchen (ich tat es ihr nach, allerdings mit einem Cognac). Denn in vielen Dörfern kam nicht einmal eine einzige Aufführung zustande, und wir mußten hungrig im Bus übernachten. Und als sie mir das erzählte, fiel mir wieder ein, daß wir einmal, als wir drei Tage hatten fasten müssen, weil Herr Vittorio Bereitschaftsdienst hatte, nur noch eine einzige Tasse Reis besaßen, und daß die Mutter beim Kochen Sägespäne dazugetan hatte, damit es mehr wurde.

* Nationale Ballade aus der Zeit der Befreiungskriege. (A. d. Ü.)

Während einer Aufführung war Salome wegen der dauernden Unterernährung auf der Bühne umgefallen. Doch Tássis, der sich zu einem Meister der Improvisation entwickelt hatte, schleppte die Bewußtlose hinaus, als sei sie eine vor lauter Empfindung halbtote Verliebte, flößte ihr ein rohes Ei ein, und sie richtete sich wieder auf und spielte ihre Rolle weiter.

In einigen Dörfern verdienten sie etwas mehr, weil sie Kostüme und Roben aus ihrer Garderobe an reiche Dörfler verliehen, für Hochzeiten und Taufen oder auch zu Totenmessen, denn in manchen Dörfern war die Totenmesse wie ein Fest, mit Kólliva und einem Kessel Nudelsuppe mit Fleischstücken darin. Wir aßen Suppe nach Herzenslust und vergaben den armen Seelen aus tiefster Brust, vertraute mir Frau Adriána zur Zeit der ersten griechischen Schönheitswettbewerbe an. Und der Frühling war uns am liebsten, denn da gab es die meisten Zuschauer.

Das Beschwerliche an Adriána war, daß sie sich nicht immer erinnern konnte, zu welchem Stück welche Rolle gehörte, und von Natur aus spontan, ignorierte sie den Souffleur und verließ sich ganz auf ihre Eingebung. In einem mittelalterlichen Stück zum Beispiel ließ sie den Strumpf fahren, an dem sie gerade stopfte, trat auf die Bühne, und statt zu dem Hauptdarsteller zu sagen: »Ich bin die Schuldige!«, schleuderte sie ihm entgegen: »Mein Sohn! Ich bin deine ledige Mutter!« Hier korrigierte das Publikum sie, denn du mußt wissen, das Stück war ein Erfolg, und sie hatten es am Abend davor schon einmal gesehen. In einem anderen Stück, diesmal einem patriotisch gefärbten, kommt ein Türke herein (wir hatten ihn in eine deutsche SS-Uniform gesteckt), um die Kinder zu holen. Da stürmt Adriána wie der Wind auf die Bühne, in der Rolle der Mutter, der sie das Kind wegnehmen, um es zum Janitscharen zu machen. Als sie den Auftritt hat, kocht sie gerade. Sie rufen ihr zu, Adriána, raus mit dir, du bist dran. In der Kulisse fragt sie verwirrt, was sage ich überhaupt? Sie antworten, das mit deinem Kind. Na gut, stößt sie aus, paßt aufs Essen auf, daß es nicht anbrennt. Und prescht mit wogendem Busen auf die Bühne, schließt den SS-Türken in die Arme und sagt zu ihm, mein Kind, ich bin deine verschollene Mutter! Was sollte der Türke machen (Tássis spielte ihn), er fällt vor ihr auf die Knie und ruft, Mama! Und das Publikum bricht in Beifall aus.

Solche kleinen Schrecknisse gab es reichlich, trotzdem feierten wir einen Erfolg nach dem anderen. Wie wär's jetzt mit einem Plätzchen?

Sie erlebten auch Mißgeschicke, wie alle Wanderschauspieler. Einmal kommen sie in ein Dorf, nirgends ein Mensch zu sehen. Sie beginnen ihre Ankündigungslitanei, kein Fenster tut sich auf. Auf dem Platz angekommen erblicken sie fünf Gehenkte. Sie vernehmen ein Poltern, die Gasse herunter kommt ein etwa achtjähriger Junge, auf einem Leiterwagen seine Mutter, wie er sie heruntergenommen hat, der kleine Kerl, ist kaum zu erklären. Die Deutschen hatten sie umgebracht. Unten auf der Landstraße hatten die Partisanen die Deutschen in eine Falle gelockt, und die Deutschen waren ins Dorf hinaufgekommen und hatten Zivilisten gehenkt, um ein Exempel zu statuieren.

Alle, die noch genug Zeit dazu hatten, waren ins Gebirge geflohen und machten keinerlei Anstalten zurückzukommen. Drüben auf den Berggipfeln sahen wir sie stehen, unbeweglich wie Statuen. Dem Kind halfen wir, seine Mutter auf den Friedhof zu bringen, Tássis zog den Leiterwagen, erzählte mir Salome weiter, ohne zu essen. Wir beerdigten sie, der Kleine wußte, wo das Familiengrab war. Darauf nahmen wir auch die anderen ab, luden sie in den Bus und brachten sie ebenfalls auf den Friedhof, uns brach fast das Kreuz vom vielen Schaufeln, aber wir bestatteten sie alle. Der Junge sagte uns die Namen von jedem einzelnen, und wir steckten ein Brettchen mit dem Namen auf jedes Grab, damit die Angehörigen sie wiederfinden konnten, wenn sie nach Hause zurückkehrten. Danach versorgte uns der Junge mit einem Laib Brot, schlachtete uns zwei Hühner, und wir fuhren ab.

In ein anderes Dorf, das auf unserer Route lag, fuhren wir wiederum erst gar nicht hinein: schon aus der Ferne sahen wir es brennen, ringsherum liefen Deutsche. Wir dachten uns, eine Vorstellung kommt nicht in Frage, versteckten den Bus in einem Pferch, bis sie weg waren, und setzten dann unsere Reise fort. Die Einwohner trafen wir auf dem nächsten Bergsattel, mit Ballen beladen, und die jungen Mädchen mit ihrer Mitgift, aber wie hätte man eine Aufführung unter freiem Himmel abhalten können?

Wenn man von derartigen Zwischenfällen absieht, hatten wir eine schöne Zeit, ich kann nicht klagen, meinte Salome und holte sich eine Zigarette. Sie rauchte jetzt sogar, obwohl sie in einer Kleinstadt lebte. Ich gab ihr eine von meinen, eine mit Filter, und das beeindruckte sie tief.

Eigentlich, fuhr sie fort, war ich ja die Hauptdarstellerin, denn ich spielte doch auch Mandoline, schon seit vor dem Krieg. Vor dem Krieg wurde ich in Epálxis immer in bestimmte Salons eingeladen, wenn Namenstage gefeiert wurden, dann trug ich auf der Mandoline Tangos und Foxtrotte vor, und die anderen tanzten. Das heißt, nicht gerade in besonders feudalen Salons, wie feudal waren sie denn, wenn sie nicht einmal Grammophone hatten, Salons von Lehrern und Bankangestellten waren es eben. Jedenfalls nahm ich auf der Tournee, wenn ich den Rollentext vergessen hatte, immer meine Mandoline und spielte eine Barkarole, mein Partner zog sich angeblich ganz verzückt in die Kulissen zurück, man flüsterte ihm meinen Text zu, und so setzten wir dann die Vorstellung fort. Nur in einer monarchistischen Kleinstadt wollte so ein Blödmann aus dem Publikum unbedingt, daß ich das Lied »Des Adlers Sohn« vortrug, während wir »Die sizilianische Ehebrecherin« aufführten. Was sollte ich machen, ich unterbrach die Liebesszene und spielte es eben, aber ich begleitete es mit unflätigen Worten, wie »von hinten und von vorne«.

An einem anderen Ort wiederum hatte ein Kaufmann ein Auge auf Adriána geworfen und ließ ihr in der Pause durch den Wirt ausrichten, wenn sie eine nähere Bekanntschaft mit ihm wünsche und einen halben Sack Mehl, solle sie nach der Vorstellung in seinen Laden kommen. Adriána ließ ihm antworten, wir mögen ja vielleicht schwindsüchtige Kameliendamen spielen, die sich aushalten lassen, aber wir sind ehrbare Hausfrauen, und ich werde es meinem Bruder sagen.

Tássis freilich, der davon nichts mitbekommen hat, platzt mitten ins Gespräch, fragt, was los ist, sie informieren ihn schonend über den unsittlichen Antrag, weißt du, so etwa, der und der aus dem Dorf möchte, daß Adriána bei ihm im Geschäft vorbeikommt, damit er ihr Mehl gibt, aber unsere Adriána hat das abgelehnt.

Tássis war bei anstößigen Themen immer ziemlich begriffsstutzig und generell ein ruhiger Typ, er hatte es nicht richtig verstanden; er geht also raus, findet den Kaufmann, o Heilige Jungfrau, die bringen sich jetzt um, denkt Adriána. Aber Tássis sagt zu dem Kaufmann, wir danken Ihnen zwar sehr, aber meine Schwester ist indisponiert und kann nicht kommen, möchten Sie vielleicht, daß ich selbst bei Ihnen im Geschäft vorbeischaue?

Später erklärten wir ihm, erzählte mir Salome, warum ihn der Kaufmann mit Flüchen überschüttet, ihn als miesen perversen Schmierenkomödianten bezeichnet und ihm sogar einen Tritt gegeben hatte. Aber eigentlich wollte der Kaufmann auch gar nichts von Adriána, stieß Salome gekrümmt vor Lachen aus. Nach mir hatte er sich erkundigt, aber der Wirt hatte die Rollen durcheinandergebracht (der Kaufmann hatte zu ihm gesagt, geh zu der, die die Mutter spielt). Darüber hab ich meine Schwester aber nie aufgeklärt, ich dachte, soll sie ruhig weiter die Illusion haben, daß einer scharf auf sie war.

In einer anderen Gegend, mehr im Norden, als Salome schon desertiert war und sie den Italiener Marcello bei der Truppe hatten, passierte es ihnen einmal, daß sie das ganze Publikum auf die Bühne holten (sechs Personen), denn in der Pause nach dem ersten Akt hatten sie die Information bekommen, daß die Teutonen eine Invasion planten, wegen einer Blockade und als Vergeltungsmaßnahme. Das erzählte mir Frau Adriána während der Regierungszeit der Griechischen Sammlung*.

Der Wirt hatte es erfahren, und sie ließen die Menschen alle mit auf die Bühne hinaufkommen, sozusagen als Chor, sie staffierten sie auch mit ein paar bunten Fetzen aus, und so entkamen sie der Exekution, die Leutchen. Also wirklich, diese unkultivierten Teutonen, einfach eine künstlerische Darbietung zu unterbrechen, meinte Frau Adriána mir gegenüber und gab mir Feuer, inzwischen rauchte sie nämlich auch, die hielt sich für eine altgediente Schauspielerin, ach du liebes bißchen.

Deshalb halte ich nichts von den deutschen Künstlern, die jetzt nach dem Krieg zu unseren Festivals kommen, sagte sie,

---

* 1952 hatte die Partei »Griechische Sammlung« unter Marschall Papágos, dem siegreichen General des Albanienkriegs und des Bürgerkriegs, die Wahlen gewonnen und regierte bis zu dessen Tod 1955. (A. d. Ü.)

die haben vielleicht eine Schnauze! Führen sich auf, als ob sie einen Helm von der *Wehrmacht* aufhätten, Männer wie Frauen. Und überhaupt denke ich, daß sich da, wo Deutschland liegt, nach der Befreiung eigentlich bloß noch ein großer See befinden dürfte, meinte Adriána verbohrt.

Sie hielt vor mir geheim, daß sie einmal einen Deutschen erschossen hatte, als der gerade sein Geschäft verrichtete. Sie waren mit dem Bus am Rand eines Dorfes vorbeigekommen, sie hatte ihn vom Fenster aus gesehen, Marcellos Gewehr genommen und abgedrückt. Sie traf ihn auf Anhieb, auf der Weiterfahrt gratulierten ihr alle dazu, zum ersten Mal im Leben eine Waffe in der Hand und gleich ein Treffer, das hatte mir Frau Maríka verraten, Frau Kanéllos Mutter, als sie schon über neunzig war und nichts mehr ernst nahm, nicht einmal ihre eigene Tochter.

Wie dem auch sei, sie hatte ein weiches Herz, die Frau Adriána, wie oft versteckte sie Partisanen im Bus und brachte sie durch die Blockade, eingepfercht zwischen Bühnenbildern und Kostümen der Wandertruppe.

Der Mensch sollte Geographie lernen, fügte Frau Adriána mir gegenüber hinzu, immer noch zur Zeit der Griechischen Sammlung. Sie hatte mich bei einer Theatertruppe besucht, als ich direkt in Athen spielte, in einer Revue, ich hatte damals gerade mein Zweizimmerappartement abbezahlt. Sie unterstützte die Geographie, weil sie während ihrer Tournee eines Tages, etwa ein Jahr nach ihrem Aufbruch von Pelópion auf dem Peloponnes, in ein Dorf gekommen waren, Marcello war ausgestiegen, um die Vorstellung auszurufen (er hatte perfekt Griechisch gelernt, wie ein waschechter Grieche vom Peloponnes hörte er sich an), und darauf hatten ihn die Leute mit offenem Mund blöde angeglotzt. Woraufhin den Akteuren ein Licht aufgegangen war: sie hatten die Grenze passiert und waren im Ausland gelandet. Anfangs glaubten sie, sie befänden sich auf jugoslawischem Hoheitsgebiet. Irgendwie erfuhren sie dann, daß sie sich in Albanien befanden. Da wurde Frau Adriána von Rührung ergriffen, sie dachte an ihren Sambákis zurück, hier hat mein Held glorreich seine Gebeine zurückgelassen, sagte sie. Und dachte, man stelle sich die Marotte vor, es könnte ihr vielleicht möglich sein, zu erfahren, ob sich dort in der Nähe das Grab ihres Mannes befände. Ein Einfaltspinsel, ihr ganzes Leben lang. Sie legen den Rückwärtsgang ein, um nach Griechenland zurückzufahren. Ein Weinberg ohne Umzäunung ist die ganze Grenze, und diese Albaner verlangen noch nicht einmal einen Paß oder sonst etwas! Bevor sie das albanische Gebiet wieder verließen, stellte Frau Adriána irgendwo ein Kreuz auf. Nichts besonders Anspruchsvolles, nur eine Bretterkonstruktion, als Kenotaph für den Gatten. Sie erfuhr nie, daß es griechischer Boden gewesen war, auf dem ihr Gatte gestorben war und wo er ruhte, er war ja durch den Tritt eines Maultiers umgekommen, bevor er Gelegenheit hatte, dem Aggressor gegenüber seinen Beitrag zu leisten. Frau Salome erfuhr es später über das Heeresministerium, aber Adriána offenbarten sie es nie, soll sie sich doch für die Witwe eines Helden halten, meinten sie. Und so bezieht sie voll Stolz ihre Rente.

Kaum waren sie wieder auf griechischem Hoheitsgebiet, setzten sie ihre Wanderschaft fort, noch etliche Monate lang! Die Lage hatte sich beruhigt, Italiener und Partisanen bekamen sie nirgends mehr zu Gesicht, auch keine Deutschen. Völlig in Beschlag genommen von ihrer Kunst, maßen sie dieser Tatsache keine Bedeutung bei. Und eines schönen Tages sagt doch einer zu Tássis, he, guter Mann, fährst du denn dein Auto immer noch mit Holz? Warum benützt du denn kein Benzin?

Erst da fiel bei ihnen der Groschen: am Gemeindebüro gegenüber sieht er die griechische Fahne. Er rennt los, erzählt es der ganzen Truppe. Letzten Endes hatte die Befreiung bereits drei Monate vorher stattgefunden, aber davon hatten sie, völlig vertieft in ihre Kunst und das junge Paar Marina–Marcello in seine Liebe, nicht das geringste mitbekommen. Mit drei Monaten Verspätung hatten sie es erfahren, feierten das Ereignis rückwirkend und traten die Rückreise nach Epálxis an, freilich ohne Eile, unterwegs gaben sie noch die eine oder andere Vorstellung. Natürlich änderten sie die Titel der Stücke entsprechend, damit sie zu der neuen siegreichen Situation paßten.

Fast zwei Jahre war es her, daß uns die Familie Tiritómba verlassen hatte. Der Herbst lag schon in der Luft, und ich spielte eben mit Frau Kanéllos sechs Kindern auf ihrer Holzveranda oben, als Frau Kanéllo bemerkte, du, Rubíni, jetzt ist es aber wirklich Zeit, daß sich deine Mutter aufrafft, wieder aus dem Haus zu gehen, der Zwischenfall dürfte vergessen sein. Doch ich meinte, lieber noch nicht, die Haare müssen ihr erst etwas nachwachsen. Seit man sie kahlgeschoren hatte, wollten sie nämlich nicht wachsen, drei Zentimeter, mehr nicht.

Und plötzlich sehen wir den Holzvergaser der Tiritómbas am Kirchenchor um die Ecke biegen, inzwischen umgestellt auf Benzin, und vor ihrer Tür stehenbleiben, am Kotflügel flattert die Fahne.

Ich werd verrückt, die Adriána, schreit Frau Kanéllo. Ein Gerenne, ein In-die-Arme-Schließen, ein Tränenvergießen, die Tiritómbas waren ohne ihre Salome wiedergekehrt, aber dafür mit einem bildhübschen Blondschopf, der Griechisch parlierte wie einer vom Land. Die gesamte Nachbarschaft lief darüber zusammen, wir halfen ihnen, das Haus wieder aufzuschließen, schlugen uns die Nacht mit Zuhören um die Ohren, waren sämtlich ganz hin und weg von Marcello. Später erzählte ich das dann alles meiner Mutter, sie war doch in dieser langen Nacht nicht dabei, seit dem Tag, an dem sie öffentlich angeprangert worden war, war sie nicht mehr aus dem Haus gegangen, gottlob arbeitete ich da schon regelmäßig als Zugeherin in drei Häusern, ich war ja bereits ein erwachsenes Mädchen, im Jahr darauf hatte ich meine erste Periode, und meine Mutter machte Grießpudding für mich.

Während dieser langen Nacht bekamen wir einen eingehenden Bericht über die Abenteuer auf der Tournee. Frau Adriána war ganz verändert, nicht mehr das verhuschte kleine Hausmütterchen, sie wirkte jetzt wie ein Rebellenführer. Sie entschuldigte sich bei uns, daß sie die Befreiung erst so spät zur Kenntnis genommen hätten. Marina heiratete ihren Marcello in der Ajía-Kyriakí-Kirche, wir gingen alle zur Trauung, und meine Mutter schickte ihnen als Hochzeitsgeschenk sechs handgestickte Servietten aus ihrer Aussteuer. Nach der Hochzeit fuhren sie nach Rimini in Italien, wo sie seither ein schönes Leben führen.

Frau Adriána hatte sich als Frau total befreit. Nicht nur, daß sie Feministin wurde, sie verheiratete sich sogar wieder. Mit einem Athener. Jetzt lebt sie auch in Athen, immer noch mit ihrem Bruder Tássis, wir sehen uns ab und zu, ihr zweiter Mann liegt auf dem gleichen Friedhof, wo meine Mutter begraben ist. Durch ihre Beziehungen hat sie es sogar hingekriegt, daß sie ihre Witwenrente aus dem Albanienkrieg wieder bekommt. Und dort schwatzen wir immer miteinander, während wir darauf warten, daß der Priester das Gebet liest.

Doch, wirklich.

Unterdessen befanden wir uns schon mitten in der sogenannten Befreiung. Wegen der Geschichte mit Herrn Vittorio galten wir als Familie von Kollaborateuren. Nur Frau Kanéllo, Frau Faní, die Mutter der seligen Aphrodhíti, und jetzt die Tiritómbas hielten noch weiter Beziehungen zu uns aufrecht, die Mutter von Málamas redete ja sowieso mit keinem Menschen, sie führte allenfalls Selbstgespräche oder unterhielt sich mit dem Grab ihres Sohnes.

Es gab wieder Arbeitsmöglichkeiten. In die drei Häuser, in

denen ich als Zugeherin arbeitete, ging ich auf Empfehlung von Herrn Manólaros, und zum Dank putzte ich bei ihm umsonst. Eines Tages machte uns Thanassákis, der Sohn des Lehrers Anágnos, einen Besuch. Der war ordentlich in die Länge geschossen. Sein Vater war auch mit dabei, und ihren Esel hatten sie mit Eßwaren bepackt. Thanassákis lud alles ab und schleppte es herein, ohne mir auch nur guten Tag zu sagen, während meine Mutter am Tisch saß. Du trägst keine Schuld, Frau Assimína, sagte der Lehrer zu ihr. In erster Linie haben wir eine Pflicht gegen unsere Kinder und gegen unser Leben, und dann erst gegen unsere Ehre. Du hast dich völlig richtig entschieden, und ich achte deine Entscheidung, denn der Preis dafür war dir bekannt. Bereue nur nie, wie du dich entschieden hast, du mußt jetzt bloß durchhalten, bis sich die Wut der Leute gelegt hat, bis das alles wieder in Vergessenheit gerät und sie dich in Ruhe lassen.

Der reinste Heilige war der Lehrer. Doch meine Mutter schaute überhaupt nicht zu ihm hin und zupfte an ihrem Kopftuch, damit man ihr geschorenes Haar nicht sah. Thanássis bemühte sich, sie nicht anzustarren, er tat die ganze Zeit so, als müßte er sich um die Lebensmittel kümmern, mal sprang er nach draußen, damit ihm der Esel nicht abhaute, mal verwickelte er unseren Fanúlis in ein Gespräch. Aber es funktionierte nicht, er schaute doch immer wieder zu ihr hin. Zu mir hob er den Blick nicht ein einziges Mal.

Sein Vater spürte das Beklemmende an der Situation und begann uns die Heldentaten seines Stammhalters während der Besatzung aufzuzählen, speziell in bezug auf Minen und Minenfelder. Weil aber meine Mutter den Mund überhaupt nicht aufmachte und wir uns genierten, dauerte der Besuch schließlich nicht lange. Ich konnte ich mich kaum zu einem Dankeschön gegenüber diesen Menschen durchringen, und ich weiß auch nicht mehr, hab ich dem Lehrer eigentlich damals die Hand geküßt? Hat meine Mutter ihm die Hand geküßt? Ich weiß es einfach nicht mehr. Was ich noch weiß, ist, daß ich lachen mußte, als mir Thanassákis in splitternacktem Zustand in den Sinn kam, damals, als ihn die Mine in die Luft hochgejagt hatte.

Während der sogenannten Befreiung fanden viele Leute dank der Minen Arbeit als Tagelöhner. Die Großgrundbesitzer zahlten gut dafür, daß man ihnen die Sprengkörper aus den Feldern, Olivenhainen und Weinbergen räumte, sie hatten es eilig, zu säen, zu pflügen und zu kassieren. Und so kamen viele kleine Leute zu ein wenig Brot, indem sie Minen ausbuddelten. Zu etwas waren uns selbst die Deutschen nütze. Opfer hatten wir keine zu beklagen, bloß ab und zu gingen ein paar Arme und Beine drauf.

Thanassákis beteiligte sich aus purer Uneigennützigkeit daran, sein Vater hätte auch gar nicht zugelassen, daß er Geld nahm. Er zeigte ihnen, wo die Minen lagen. Der ist inzwischen auch aus Griechenland weg, hier wäre er ja doch bloß verkümmert. In Amerika ist er, Professor ist er geworden, hat sogar eine eigene Universität, so hat es mir zumindest Frau Adriána erzählt, als wir uns auf einer Kundgebung trafen, ich weiß aber nicht mehr, zu welchem Anlaß.

Ich selber habe Thanássis auch einmal gesehen, kurz bevor Mama starb, es war vor einer Buchhandlung, aber natürlich hat er mich nicht erkannt. Und so habe ich ihn auch nicht angesprochen. Im Sommer kommt er immer her, um dem Grab seines Vaters die Ehre zu erweisen. Er gehört jetzt zu einer anderen Gesellschaftsschicht, auch in Boston hält man ja große Stücke auf ihn, da wird er nach vierzig Jahren gerade an mich denken. Jedenfalls bekam ich, als er die Bücher so in der Auslage anschaute, Lust, zu ihm zu sagen, Mensch, du Fettwanst, weißt du noch, damals, wie ich dich splitternackt gesehen hab und du schon überall Haare hattest?

Das hatte sich zugetragen, bevor sich die Deutschen aus dem Staub gemacht hatten. Ich war unterwegs, um Artischokken zu holen, und war dabei zufällig auf ihn und seine Kumpels gestoßen, auch unser Fanúlis war mit dabei. Komm, sagte Thanassákis zu mir, ich zeig dir, wo es massenhaft Artischocken gibt, du mußt bloß genau dahin treten, wo ich hintrete. Und er führte mich auf sein Minenfeld, hab keine Angst, da schau, bitte sehr! Und tanzte wie ein Satan auf den Minen herum. Wir kamen an einen Zaun, die Artischocken standen dicht an dicht, ich machte mich ans Abschneiden. Mensch, sagt da unser Fanúlis, schaut bloß, was für Birnen. Am Ackerrain stand ein Birnbaum voll reifer Früchte. Keiner wagte sich in die Nähe, ringsherum waren lauter Minen.

Ich weiß, wie man da raufkommt, meint Thanassákis.

Er klettert hoch, auf dem zweiten Ast rutscht er aus und plumpst herunter, auf eine Mine, Rundblech nannten wir diese breitere Sorte. Einen Augenblick lang kann ich die anderen Jungs noch drüben stehen sehen, dann eine Stichflamme, und Thanássis fährt gen Himmel auf wie der Prophet Elias, der saust hui ins Paradies, schoß es mir durch den Kopf, als ob das der rechte Moment für einen Kalauer gewesen wäre, ich blöde Gans! Die Mine hatte ihm weggesengt, was er am Leib hatte, seine Wäsche hing oben im Birnbaum, wie tote Vögel, und Thanássis war an einen Ast geklammert wie eine Dohle, bloß splitternackt. Er fiel vom Baum wie eine reife Feige, glücklicherweise war die Erde feucht, sein Arsch platzte auf wie eine Melone, doch sonst war er heil und unversehrt. Aber splitternackt, und ich prustete los, die Artischocken rutschten mir aus der Hand und stachen mich, seine Freunde drüben standen völlig versteinert, und da entfuhr ihnen, Mensch, der Thanássis hat ja schon überall Haare, der hat ja schon überall Haare! Es war der Neid, der aus ihnen sprach.

Doch bei alledem verlor der Strolch nicht den Überblick.

Trotz seinem aufgerissenen und heftig blutenden Hintern galoppierte er los, stieß auf seine Mütze und deckte damit die Teile zu, die man nicht sehen soll, aber ich hatte längst die Gelegenheit gehabt, sie ihm abzugucken.

Währenddessen waren die anderen zu ihm hingegangen, unser Fanúlis brachte ihm seinen Schulranzen, damit er seinen Hintern auch noch bedecken konnte, wobei er mir zurief, schau bloß nicht hin, du, sonst sag ich's der Mama!

Sie packten ihm Schlamm hintendrauf, um das Blut zu stillen, und wir begleiteten ihn bis in sein Dorf, wobei wir uns dicht um ihn scharten, damit seine Nacktheit nicht offenbar wurde. Kaum erblickte ihn seine Mutter, fing sie an, auf ihn einzudreschen, du blöder Scheißkerl, rief sie, hab ich dir nicht gesagt, du sollst nicht mit den Minen spielen, da bitte, jetzt ist die Wäsche futsch!

Sie wusch ihm den Hintern an der Viehtränke aus, und unser Fanúlis tuschelte mir ständig zu, du, schau nicht hin, ein nackter Mann, Menschenskind! (wieso Mann, ein Knirps war er), und danach kehrten wir nach Hause zurück.

Deshalb hatte er nicht den Mumm, seinen Blick zu mir zu heben, als sie jetzt mit dem Esel zu uns ins Haus kamen, weil ich ihn in Schmach und in Nacktheit gesehen hatte. Sein Hintern war in der Zwischenzeit zugeheilt, allerdings hatte er ihn ein ganzes Jahr über windeln müssen. Zu uns waren sie nicht sosehr deshalb gekommen, um uns etwas zum Essen zu bringen, sondern zum Zeichen der Unterstützung gegenüber der übrigen Stadt, sein Vater war wie ein Richter, wo er seinen Fuß hinsetzte, reinigte er das Haus von jeglicher Ungesetzlichkeit.

Sie stellten uns die Lebensmittel ordentlich hin, grüßten, banden ihren Esel vom Fenster los und gingen wieder. Meine Mutter bewegte weder ihren Kopf noch die Augen, um zu grüßen. Aber der Lehrer wußte Bescheid. Auch Thanassákis

wußte Bescheid, denn er war während der ganzen Zurschaustellung dabeigewesen und hatte alles mitbekommen. Ich
hatte bei mir gedacht, deinetwegen ist er gekommen, um dir
auf diese Weise Gesellschaft zu leisten, aus der Ferne, aber
mir kommen ja ewig verdrehte Ideen, und ich nehme mich
oft reichlich wichtig.

Ich hatte bereits bemerkt, daß sich die Lage geändert hatte,
schon drei Monate bevor die Partisanen in Epálxis einzogen,
hatte ich das gemerkt. Die Italiener waren wie vom Erdboden
verschluckt, Herr Vittorio war nicht einmal vorbeigekommen,
um uns adieu zu sagen. Viele Familien der gehobenen Gesellschaft, und zwar die, die Italiener beköstigt hatten, waren
plötzlich weg. Die eine oder andere nahm sich eine Schneiderin und ließ sich die englische Fahne nähen. Die Deutschen waren grimmiger geworden, sie hatten die Italiener als
Bundesgenossen aufgegeben und hatten Sicherheitsbataillo-
ne gebildet, die »Tágmata Asfalías«, aus lauter griechischen
Hungerleidern, mit einer ganz kurzen Fustanélla in Khaki,
»Evzonen« nannten sie die. Vor diesen Tágmataleuten hab
ich Angst, Kind, hatte Frau Kanéllo damals zu mir gesagt,
das muß man sich mal vorstellen, eine so heldenhafte Bubu-
lina, und gibt ihre Angst zu. Irgendwas war ihr zu Ohren
gekommen, daß die russische Front bröckelte.

Nach dem Weggang von Herrn Vittorio litten wir zugegebenermaßen keinen besonders großen Hunger mehr. Wir
hatten die Gemeindespeisung. Uns standen vier Portionen zu,
denn wir hatten die Abwesenheit von Sotíris, unserem Ältesten, nicht gemeldet, so blieben uns seine Lebensmittelkarten. Jetzt hatten wir auch etwas zur Reserve im Haus: eine
kleine Kiste mit Kichererbsen, aus Zuteilungen. Wir besaßen
auch den Bezugsschein von Frau Adriána, sie hatte ihn uns bei
ihrer Abreise ausgeliehen, nach ihrer Rückkehr gaben wir ihn
an sie zurück, aber nur noch zur Erinnerung.

Und eines Nachts, es dürfte September gewesen sein, hörten wir Fahrzeuge. Am Morgen waren die Deutschen verschwunden. Wir Kinder liefen nachsehen: die *Kommandantur* war verlassen, die Tür stand sperrangelweit offen. Frau Kanéllo ging nicht zu ihrer Arbeit, versteckt euch, sagte sie, die Tágmataleute mähen uns nieder (manchmal nannte sie sie auch Rállisleute). Sie ging nicht zu ihrer Arbeit, sie verrammelte alles und brachte ihre Sippe im Keller unter. Die Stadt lauerte. Lauerte auf irgend etwas. Die Läden waren geschlossen, die Leute von den Sicherheitsbataillonen sprengten Türen auf, plünderten, soviel sie wollten, sie töteten auch wegen privater Differenzen, erst nachträglich brachte man sie vors Gericht, und meistenteils wurden sie freigesprochen.

Drei Tage lang blieben wir drinnen eingeschlossen, steckten unsere Nasen nur auf den Hinterhof mit der Mauer hinaus, wir hatten da so eine Art Gemüsegarten, zwei, drei Tomatenstauden, so was in der Art.

Im Morgengrauen hören wir Schüsse. Geschrei in der Ferne. Sie brennen das Polizeigebäude ab, Partisanen sind einmarschiert, brüllt die Kanéllo hocherfreut von ihrer Veranda aus und wedelt mit einer Decke. Ob sie die nun statt einer Fahne wehen ließ, zum Zeichen, daß sie sich ergab, ich weiß es nicht. Versteckt euch noch eine kurze Weile, und wir werden befreit, röhrt sie. Mit einer Stimme, die reinste Fabriksirene, noch nie hat diese Frau auch nur einen Funken von Weiblichkeit an sich gehabt. Aber ein Herz aus Gold.

Versteckt euch, sagt meine Mutter. Es gab aber nichts, wo wir uns verstecken konnten. Wir schließen also das Fenster, schieben den Riegel vor die Tür, hören ein Maschinengewehr zwitschern, du, Mama, die Kugeln hören sich an wie Küsse, bemerkt Fanúlis. Und eine Stimme ruft aus einem Sprachrohr: Hier spricht die Volksherrschaft! Heilige Mutter Gottes, rufe ich, die haben den Glockenturm von der Ajía-Kyriakí-Kirche eingenommen. Ich schaue raus, auf dem Glockenturm oben schwenkt ein winziger Partisan sein Maschinengewehr und tanzt, Mensch, geh in Deckung, höre ich Frau Kanéllo zu ihm hinaufschreien, die hätte doch am liebsten alle unter ihrer Fuchtel, diese Person. Ihre Kinder mußten sie mit Gewalt wieder hineinziehen, sie zogen und zogen am Rock, beinahe hätten sie ihr die Beine entblößt, schließlich trugen sie sie hinein, die sechs Kinder und der Ehemann, zum ersten Mal seit der Zeit vor dem Krieg ließ er sich auf der Holzveranda blicken. Da schlug ein Geschoß in den Glockenturm ein, die ganze Nachbarschaft hallte davon wider, der Partisan duckte sich und tauchte ab.

In dem Moment hörten wir auch noch einen Mörser. Ich wußte nicht, was ein Mörser ist, Frau Adriána erklärte es mir dann später, es ist ein ziemlich kleines Kriegsgerät, so ähnlich wie ein handbetriebener Fleischwolf. Er ist aber gefährlich, weil er sein Geschoß im steilen Winkel abfeuert, und wenn so ein Asfáliastümper auf den Glockenturm zielte, konnte das Geschoß auf das Dach unseres Hauses treffen, das direkt neben der Kirche stand und nur ebenerdig war.

Meine Mutter stellte unseren Tisch in den Hinterhof, wir verbarrikadierten ihn an den Seiten mit einem Kasten voll Kichererbsen und Lupinensamen, einer Kleidertruhe mit ihrer Aussteuer, oben auf den Tisch warfen wir unsere Matratzen und Steppdecken, bauten uns einen Verschlag und verkrochen uns darin, jetzt feuert, soviel ihr wollt, sagte Fanúlis. Und die Kugeln schwirrten drei Tage lang über unsere Köpfe hinweg. Und drei Tage lang blieben wir unter den Tisch gekauert, Brot hatten wir, Wasser tranken wir aus einem großen Tonkrug an der Seite, den wir immer gefüllt hielten, um unser Gemüse zu wässern, obenauf hatten wir ein bißchen Petroleum gekippt, um die Stechmücken fernzuhalten. Das schoben wir mit der Handfläche zur Seite und tranken; es stank, aber macht euch nichts draus, sagte die Mutter, das Petroleum ist gut für die Haare. Jedenfalls lebten wir.

Am dritten Tag hörten die Schüsse endgültig auf. Es roch verkohlt. In der Luft über unserem Hof trieben Rußflocken von Papier. Sie hatten das Rathaus in Brand gesteckt.

Das erwies sich als großer Segen für die Frauen, und zwar sowohl für die nationalistischen wie für die aktenkundigen Linken. Denn die standesamtlichen Archive waren verbrannt, und alle ließen sich ganz ungeniert Urkunden mit einem beliebigen Geburtsdatum ausstellen, das jede angab, wie sie wollte, bloß darauf schwören mußte sie. Daraufhin wurden alle weiblichen Wesen aus Epálxis meineidig, die einfachen Frauen genau wie die feinen Damen, auch die aus den guten Familien. Sogar Frau Adriána erklärte sich für nur zirka zwölf Jahre älter als ihre Tochter, nicht etwa, daß sie unbedingt eine Urkunde benötigt hätte, aber sie meinte, es ließen sich doch hier alle eine ausstellen. Außerdem besorgte sie auch eine neue Geburtsurkunde für Salome, in der sie ihr weitere dreizehn Jahre von ihrem Alter abzog, die schickte sie ihr als Hochzeitsgeschenk, eine zwar verspätete, aber wahrhaft fürstliche Gabe. Nur Frau Kanéllo zeigte Charakterstärke. Noch heute sagt sie offen, wie alt sie ist, sie besitzt einfach nicht eine Spur von Weiblichkeit!

Auch für mich ließ unser Abgeordneter, der Herr Manólaros, eine Geburtsurkunde ausstellen, vielmehr sogar zwei. Bei der einen waren acht Jahre abgezogen, nimm sie, sagte er mir, du wirst sie für die Zukunft brauchen können. Auf der anderen Urkunde fügte er mir neun Jahre dazu, die behielt er für sich selbst, um mir einen Wahlpaß auszustellen, und zwar war das in Athen.

Jedenfalls kam mir diese erste Urkunde zwanzig Jahre später wie gerufen, ich stopfte damit vielen Berufskollegen die Mäuler, wohlergehen soll's ihnen, den Partisanen, die den ganzen Kram in Brand gesteckt haben, und tausendmal alles Gute, und damit, daß ich das sage, versündige ich mich eigentlich, ich bin ja Nationalistin. Und nicht selten habe ich den lieben Gott gebeten, er soll sich um sie kümmern, später, als man sie in einer Art Exil auf einer Insel hielt, Makroníssi, Mikroníssi, ich kann's mir nicht merken, es macht ja auch nichts, ich hab ihn sowieso vergeblich gebeten, denn viele von ihnen sind auf dieser Insel ums Leben gekommen. Seit damals halte ich nicht viel vom Inseltourismus, heute ist er ja sehr in Mode, Mensch, ich geh doch nicht in die Ägäis und ähnlichen Quatsch, und wenn sie dafür noch so viel Reklame machen, es sind dort so viele umgekommen, womöglich spuken sie auch noch da herum.

Es wirbelten, wie gesagt, die Rußflocken über unser Haus, und mich plagte die Neugier. Ich krieche aus unserem Verschlag, ziehe den Riegel von der Haustür, sehe draußen etliche Tote und Frau Kanéllo, deren Neugier ist einfach unbeschreiblich! Die ganze Familie hat sich aus dem Keller vorgewagt. Wie geht's euch, Rubíni, fragt sie mich, lebt ihr noch? Wir leben auch noch.

Von drüben, von der Stadtmitte her, war ein Dröhnen zu hören. Es war eine menschliche Stimme aus einem Lautsprecher. Ich konnte die Worte nicht richtig verstehen, waren es Partisanen, die da sprachen, oder Asfálialeute? Kurz darauf sah ich die Kanéllo herumtanzen wie einen Indianer in einem John-Wayne-Film.

Wir sind befreit, Nachbarn! schrie sie fortwährend.

Hört ihr? Wir haben gesiegt!

Die Stimme aus dem Lautsprecher kam von einem Partisanen. Allmählich waren auch Worte zu vernehmen: Volksherrschaft, Freiheit, so was in der Art. Und danach ein Getöse aus den Vierteln in der Stadtmitte, die Leute strömten auf die Straße. Meine Mutter kam heraus, um mich zu holen, währenddessen war aber auch Fanúlis abgehauen, und wir zwei sausten los, um die Freiheit zu sehen zu kriegen. Der junge Partisan hing da wie eine abgeschnittene Traube, leblos, auf dem Glockenturm oben. Von weiter hinten stieg Rauch auf.

Frau Kanéllo stellte ihre sämtlichen Kinder auf wie die Orgelpfeifen und setzte sich in Bewegung, um die Volksherrschaft in Empfang zu nehmen. Auf der Veranda stand ihr Mann: was für ein Glück, daß die Befreiung gekommen ist, so kommt er doch auch ein bißchen an die Sonne, sagte seine Frau. Das Juwel war ja die ganze Zeit drinnen eingeschlossen gewesen, seit ihm der Kobold damals um Mitternacht auf die Augen geschlagen war und ihn diese Phobie befallen hatte. Er betrachtete uns kurz, Menschenskinder, seid ihr alle groß geworden, sagte er, und ging wieder hinein.

Rauch gab es an vielen Stellen. Auch die Musikschule brannte, weiß Gott, warum sie die in Brand gesteckt hatten, es hieß, die Asfálialeute hätten die Feuer gelegt. Die Polizeistation war total abgebrannt, aber immer wieder loderte in den Brandruinen etwas auf, vermutlich Munition, meinte unser Fánis.

Die Leute waren wie betäubt, die meisten standen an ihren Fenstern, nur ganz wenige an den Haustüren. Einige nachweisliche Kollaborateure hatten englische Fahnen und solche mit Hammer und Sichel auf ihren Balkonen ausgehängt. Die Stimmen aus den Lautsprechern hatten sich nun vervielfacht und waren besser zu verstehen. Und da fielen auch noch die Bewohner der umliegenden Dörfer ein.

Dörfler waren mit Eseln oder Maultieren, mit leeren Säkken und Spitzhacken zum Plündern in die Stadt gekommen, um die Geschäfte aufzubrechen. Gott weiß, wer ihnen die Order gegeben hatte. Laß uns dahin gehen, raunte mir Fánis zu, er hatte ein wunderschönes Feuer entdeckt. Da hörten wir aus einer Gasse Geschrei, »Freiheit«, und ein Hagel von Steinen ballerte auf unsere Dachziegel, und wieder Geschrei, »verbrennt die Kollaborateure, verbrennt die Huren«. Wir rannten wie die Hasen, Fanúlis, die verbrennen uns unsre Mutter, rief ich, lauf schnell, damit es uns nicht erwischt.

Über dem ganzen Krawall und der Wißbegierde, zu sehen, was für ein Ding die Freiheit ist, entfiel uns der Gedanke an unsere Mutter wieder. Wir schlüpften in enge Gäßchen, damit uns die Dörfler mit ihren Lasteseln, die der Stadtmitte zustrebten, nicht niedertrampelten, und kamen zum Friedhof. Außen am Zaun hatten sie aufrecht stehend zirka zehn Asfálialeute festgenagelt – zumindest schien mir, sie seien festgenagelt, wie hätte man sich auch das Herz fassen sollen, kaltblütig genauer hinzuschauen – vom Hals bis zu den Schenkeln entblößt. Wir gingen näher heran; sie waren sämtlich mit zwei schrägen Messerhieben kreuzweise aufgeschlitzt und tot. Später hieß es, man hätte ihnen noch grobes Salz in die Wunden gestreut, mir jedenfalls wurde speiübel, und ich zog den Jungen am Arm, um mich mit ihm auf den Heimweg zu machen.

Unterdessen hatten die Dörfler sich auf den Rückzug begeben. Rittlings auf ihren Tieren hockend und voller Ingrimm. Die Partisanen hatten nicht zugelassen, daß sie die Läden stürmten. Sie fluchten und warfen mit Steinen auf die Fenster, während sie abzogen. Wir hatten ihnen doch nie die Order zum Plündern gegeben, sagte die Schwester von Frau Kanéllo, die Partisanin, zu uns, als sie mit Kind und Kegel von den Bergen herunterkam. Wir von der Partisanenbewegung haben doch nie in den Dörfern verkündet, wir würden sie die Geschäfte von Epálxis ausräumen lassen. Das erklärte sie uns unter der Regentschaft des Erzbischofs Damaskínos. Und kurz darauf, unter dem Ministerpräsidenten Máximos oder Pulítsas, ich vergesse das immer, wie kann man sich die denn auch alle merken, sie sind ja so schrecklich wichtig, diese Politiker, das fehlte noch, daß wir uns ihre Namen merken, sie waren doch nur Komparsen der Politik, also kurz darauf haben die Dörfler einmütig für den König gestimmt. Und noch später, als so ein Kleiner mit einer häßlichen Schnauze Ministerpräsident war, da kam die Schwester von Frau Kanéllo mit Kind und Kegel ins Exil auf die entsprechende Insel, Mikroníssi, Makroníssi, nie kann ich's mir merken, was soll's.

Jedenfalls fühlten wir uns zugegebenermaßen irgendwie geprellt an jenem ersten Tag. *Das* also sollte die ganze Befreiung gewesen sein? Wir waren ja noch Kinder, wir verstanden nichts. Und wir nahmen den Krug, um Wasser zu holen, unsere Mutter ließen wir nicht aus dem Haus, weil sie als Kollaborateurin galt. Das Wasser in den Wohnungen war abgestellt, die Deutschen hatten bei ihrem Abzug die städtische Zisterne gesprengt.

Wir nahmen also den Krug und gingen in Richtung Kanália, das war eine herrenlose Quelle unterhalb der Ajios-Rossólimos-Kirche. Wir stiegen den Abhang hinunter und rutschten dabei ständig aus, weil alles voll Blut war. Die Toten lagen am Rand, wie aufgeräumt, aber das Blut, das war überall, auf dem ganzen Abhang. Und wir kletterten mit großer Vorsicht nach unten, damit wir nicht ausrutschen und den Krug kaputtmachen und uns der Papa schlägt, sagte Fanúlis zu mir.

Ich drehte mich um und sah ihn an.

Welcher Papa denn, Fanúlis?

Wenn er von der Front zurückkommt, antwortete er mir mit gesenktem Blick.

Welcher Papa denn, Fanúlis, fragte ich noch mal. Der Papa ist doch schon vor Jahren in Albanien gefallen.

Wenn er von der Front zurückkommt, dann verhaut er uns,

wenn wir den Krug kaputtmachen, meinte der Junge dick-
köpfig mit gesenktem Blick. Und dann: die Mama erlaubt
doch nicht, daß wir zugeben, daß er gefallen ist, fuhr der
Junge fort. Damit die Leute glauben, daß wir einen Beschützer haben. Und damit sie uns unser Haus nicht anzünden.
Schließlich kehrten wir mit dem vollen und heilen Krug
heim und tranken endlich sauberes Wasser. Und so war der
Beginn der Befreiung gekommen.

In den folgenden Tagen fing ich zu arbeiten an, Böden wi-
schen und Putzen in Haushalten, Herr Manólaros, unser späterer Abgeordneter, hatte mich empfohlen. Vor Frau Kanéllo
hielt ich geheim, daß ich bei Herrn Manólaros kein Geld
dafür kriegte. Unser Fanúlis ging zu den Brandruinen, und
wo er Besitzer sah, die sich abmühten, Reste ihres Hausstands
zusammenzusammeln, half er mit, so gut er konnte, der Kleine, seine eine Hand war ja kaputt, weißt du.
Unsere Mutter blieb die ganze Zeit über im Haus, nicht
einmal die Läden machten wir auf, denn man hatte uns wieder mit Steinen beworfen, zweimal, und herumgeschrien, du
Scheißhure von einer Kollaborateurin. Überhaupt war es für
uns jetzt insgesamt schlimmer als während der sogenannten
Besatzung. Zwar lehnten sich Frau Kanéllo und Frau Faní,
Aphrodítis Mutter, aus ihren Fenstern und ergriffen Partei
für uns, eine Sünde ist das, riefen sie, es ist doch eine mittel-
lose Frau. Und ich ging immer mit einem umgebundenen
Kopftuch zur Arbeit, wie eine vermeintliche Dörflerin, aus
Furcht, es könnte mich auf dem Weg jemand erkennen.
In der Zwischenzeit hatten nämlich die Vergeltungsmaß-
nahmen gegen die, die kollaboriert hatten, begonnen. Sie gin-
gen zu einigen Häusern von Reichen, die den Italienern ihre
Salons geöffnet hatten und deren Töchter im heiratsfähigen
Alter waren, und hängten Hörner auf, die sie sich aus den

Schlachthöfen geholt hatten. Und wir ergötzten uns alle zusammen daran, ich und Fanúlis gingen auch hin und hielten Maulaffen feil, bis uns Frau Kanéllo eines Tages zurechtstutzte.

Ein paar Familien, bei denen sich ein Mädchen offiziell mit einem Italiener verlobt hatte, verbarrikadierten sich, Probleme mit der Ernährung hatten die keine, ihre Keller waren voll, nur auf die allabendliche Promenade der feinen Gesellschaft mußten sie verzichten. Diejenigen, die noch zur rechten Zeit eine Alliiertenfahne an ihren Balkon gehängt hatten, wurden in Ruhe gelassen; die rissen ihre Fenster und Türen sperrangelweit auf und warfen Blumen auf die Partisanen. Als die Engländer in Ypínemon landeten und die sogenannte Befreiung vollzogen, hängten die neben der Alliiertenfahne auch noch ein Schild auf, auf dem »Willkommen, Befreier« stand. Auf griechisch und auf italienisch stand es darauf, Englisch konnten sie noch nicht. Beim Eintreffen der Engländer begannen sie »Englisch ohne Lehrer« zu lernen, nach der Methode von Xavier de Bouges. Damals tauchte auch die Schokolade wieder auf. Ausländische, die war besser als unsere vor dem Krieg.

Herrn Manólaros' Frau, bei der ich arbeitete, hatte ihren Mann bedrängt, er solle mich wieder zur Schule schicken, damit ich meine Bildung verbesserte. Ich hatte ja dazu gesagt, man steckte mich in eine Klasse über der, in der ich durchgefallen war. Was mir aber Sorgen machte, war, daß es mit den Steinwürfen auf unser Dach einfach kein Ende nehmen wollte. Freilich bewarfen sie uns jetzt bloß noch nachts mit Steinen. Frau Kanéllo hörte es – ihr Ohr war ja stets auf die Welt unten gerichtet – und kam heraus und kreischte: Ausgerechnet an der mittellosen Frau wollt ihr das Volkstribunal vollstrecken? Die großen Huren, die seht ihr wohl nicht? Das war eine Spitze, denn gegen die Kollaborateurinnen aus den guten Familien vorzugehen zögerten sogar die ganz linken Kommunisten.

Ich war jetzt der Mann in der Familie, als Frau von inzwischen fast sechzehn Jahren. Meine Mutter hatte mir in der Erwartung, daß ich die Periode bekam, schon die entsprechenden Tücher zusammengesteppt, aber ich hatte andere Sorgen im Kopf, wie ich nämlich die Schule und die Arbeit in vier Haushalten auf die Reihe kriegen sollte. Außerdem warteten wir alle auf die Alliierten. Was die uns bringen sollten, wußten wir nicht. Aber alle warteten wir auf sie, jeder Haushalt für sich. Wir stellten sie uns noch viel phantastischer vor als die einheimischen Partisanen, Ausländer eben, weißt du. Damals war ja das moderne Kino in aller Munde, das kommen sollte, und zwar in Farbe. Jeder einzelne Haushalt wartete auf die Alliierten, als hätten wir sie zu einem Ehrenbankett geladen; sie würden speisen, uns Geschenke dalassen. Was für Geschenke? In den Schulen hatten sie Alliiertenlebensmittel verteilt – vor allem das hatte mich dazu bewogen, etliche Wochen zur Schule zu gehen, aber ich schwänzte die ganze Zeit –, Milchpulver und pro Person eine Konservendose. Der Thanássis von dem Anágnos hatte mir seine überreicht, vermutlich war es ein bedeutungsvolles Geschenk, aber ich konnte mich nicht darüber freuen. Kaum hatte ich sie aufgemacht, erblickte ich drinnen ein Präservativ und ein Rasiermesser. Das Präservativ hatte mir wenigstens Frau Kanéllo weggeschnappt, bevor ich es aufblasen konnte, gib's her, Mensch, sagte sie, gib's her, damit ich es auch mal genießen kann, ich bin's leid, daß sich mein Bester immer im entscheidenden Moment zurückzieht. Unterdessen hatte sie bereits ihr siebtes Kind auf die Welt gebracht.

Präservative waren mir durchaus bekannt. Ich hatte schon zur Zeit von Herrn Alfio welche gesehen, gebrauchte natürlich; ich beeilte mich immer, sie mit dem Schmutzwasser rauszubringen, bevor sie unser Junge sah und die Mutter zu löchern anfing, was ist das eigentlich. Und außerdem hatte ich andere, unbenutzte, zu Gesicht bekommen, unter den Matratzen, in den Wohnungen, wo ich arbeitete, bei uns am Haus hatten sie eines aufgehängt, ausgeleiert und halb voll Wasser, draußen vor der Tür. Und unser Fanúlis hatte gefragt, Mama, was ist denn das für ein Ballon, und meine Mutter hatte ihm eins auf den Kopf gegeben.

Als ich selbst auch mal eine Konservendose bekam und da ein Präservativ drinnen war, tauschte ich mit Frau Kanéllo, deren Sohn hatte eine Büchse mit Schokolade erwischt. Dieser kleine Mistkerl wollte sie absolut nicht herausrücken, aber Frau Kanéllo war wild entschlossen, mir kommt kein achtes Kind ins Haus, sagte sie. Und nahm sie ihm weg.

Und auf diese Weise kam ich wieder an Schokolade. Vor dem Albanienkrieg hatte ich welche gegessen, und dann erst wieder während der sogenannten Befreiung. Eine gesamte Besatzungszeit lang hatte ich von Schokolade und Schleckzeug geträumt. Zwei Dinge sind mir ewig unbegreiflich geblieben: Gott, und wie es sein konnte, daß es Haushalte gab, in denen man Süßigkeiten nicht wegsperrte. Bei uns hatte die Mutter das Gefäß mit den Sirupfrüchten immer unter Verschluß gehalten, für den »Besuch«, vor dem Krieg, soll das heißen. Schleckereien hab ich mein Lebtag nicht genug bekommen. Als ich klein war, hatten wir keine. Als Künstlerin aß ich dann keine, damit ich nicht dick wurde, wenn ich eine Diät machte, fühlte ich mich ein kleines bißchen wie ein Star. Jetzt, wo ich in Pension gehe, habe ich Zucker. Scheißpech, verdammtes.

Meine Mutter konnte die Schokolade auch nicht richtig genießen. Wenn wir Glück hatten und welche in der Dose war, hob sie sie für unseren Fánis auf, damit wir ihn über sein Händchen hinwegtrösten, meinte sie. Und immer hatte sie vor, später auch selbst eine ganze Tafel zu essen. Aber dann kam die Zurschaustellung, sie verfiel in tiefste Verbitterung, und von da an wollte sie überhaupt keine Schokolade mehr zu sich nehmen. Bis zu ihrem Tod.

Die ersten Kollaborateure, bei denen es ans Bezahlen ging, waren Frau Rita und Siloám.

Frau Rita war ja von Beruf Prostituierte. Dieses »Rita« war ein Pseudonym, sie hieß eigentlich Vassilikí. Frau Rita war die respektabelste Prostituierte von Epálxis. Ein echter Star, von ihr habe ich mir später während meiner Karriere als Schauspielerin ein paar Tricks abgeguckt. Sie hatte ihr eigenes Bordell, nahm aber auch außerhalb davon Arbeit an. Vor allem bei den Deutschen, im Restaurant »Sintriváni«, wo ich ihr während der Besatzungszeit das Christbrot von Vater Dínos hingebracht hatte. Damals ging doch sogar das Gerücht, daß sie eine Beziehung hätten, Vater Dínos war ein Rammler und seine Angetraute sehr fromm und reizlos.

Wenn Rita vorüberkam, bekreuzigten sich die ehrbaren Frauen. Heilige Jungfrau, bewahre uns vor so einem Fall, sagte meine Mutter einmal im Beisein von Frau Kanéllo. Das war in der Alfiozeit. Frau Kanéllo machte keine hämische Bemerkung, sie hielt meine Mutter nie für eine Schlampe, weil sie die zwei Italiener hatte.

Frau Rita war eine maßgebliche Persönlichkeit. Wie ein Prälat schritt sie einher. Auf der Straße grüßten sie alle, sogar die Richter, sie hatte die Augen überall, um zu kontrollieren, wer sie nicht grüßte. Der Mensch, der dazu die Stirn hatte, mochte sie ruhig ignorieren; Frau Rita begeiferte ihn in aller Öffentlichkeit mit Verwünschungen, daß einem die Haare zu Berge standen. Und dann erinnerte sie ihn daran, wie oft ihn ihre Mädchen mit hinaufgenommen hätten, und das zum halben Preis. Sie selbst nahm nur höhere Beamte. Und Militärs, vom Unteroffizier aufwärts.

Ich selbst bekam vor dem Krieg, wenn ich sie sah, angesichts ihrer Erhabenheit eine Gänsehaut. Bei zwei Menschen habe ich als Kind eine Gänsehaut bekommen: bei Frau Rita und bei unserer Königin, als ich sie zum ersten Mal sah. Leider sind wir uns nicht noch einmal begegnet. Sie war auf einer Reise nach Epálxis gekommen, damals war sie noch die Gemahlin des Kronprinzen, und man hatte sie auf Tournee geschickt, damit sie die Menschen ins Herz schließen sollten. Bei ihrem Empfang waren viele Leute, wir verloren die Mutter aus den Augen. Die Menge drängte uns ab, mein Papa und ich befanden uns schließlich in der hintersten Reihe, der Papa hob mich auf die Schultern, schau doch, die Königin, schau doch, die Königin, rief er mir zu. Die Menschenmenge war groß und wir ganz hinten, meinem Papa gelang es letzten Endes nicht, sie zu sehen, er war ja auch klein, aber er vergoß vor Begeisterung Tränen. Frau Rita war ebenfalls bei dem Empfang dabei, wenn auch nicht mit der Prominenz zusammen. Allerdings grüßte sie den Herrn Präfekten; der war ein gewiefter Bursche, er erwiderte ihren Gruß, wie geht es Ihnen, Madam Rita, fragte er sie, was machen die Geschäfte?

Im Zuge der Befreiung rissen sie ihr das halbe Bordell ab, um ein Exempel zu statuieren, und entzogen ihr einen ganzen Monat lang ihre Arbeitserlaubnis. Sie eröffnete es jedoch sofort wieder, als die Alliierten eintrafen, Herr Manólaros, unser Abgeordneter, trug mit dazu bei, damals war er noch Arzt. In der Folge fügte sie sogar ganz willkürlich an das Hauptbordell noch drei Räume an, mit Hilfe von Subventionen aus dem Marshallplan, wie es hieß, aus einem Budget für Kriegswiedergutmachungen, sie stellte es als Bombenschaden dar, das alles spielte sich unter Tsaldáris ab.

Auf diese Weise war also Frau Rita für ihre Zusammenarbeit mit dem Besatzer bestraft worden.

Eine andere Person, die bestraft wurde, war die Siloám.

Siloám war Herrenschneider. Er ging nur mit Männern, und zwar ganz offen. Sein Taufname war Stélios, ich wußte nicht, was das bedeutete: »er geht mit Männern«, und auch nicht, warum man ihm diesen Frauennamen angehängt hatte. (Den habe ich mir selbst ausgesucht, mein Goldschatz, hat er Frau Adriána später erzählt, damit alle, die zu mir kommen, über meine Neigung Bescheid wissen und nicht später behaupten können, ich hätte sie getäuscht. Als Ladenschild habe ich ihn benützt, aus Anständigkeit, damit sie wissen, in welcher Art Geschäft sie einkaufen, und was sie kaufen.)

Siloám besaß aber nicht die Stattlichkeit einer Frau Rita. Er war umgänglich und ein bißchen armselig, und keiner fürchtete sich vor ihm. Auf seinem Weg grüßte er alle und jeden mit einer Servilität, als bäte er um Verzeihung, als täte man ihm einen Dienst damit, daß man seinen Gruß entgegennahm. Seit seinem dreißigsten Lebensjahr war er verwaist, und sein Haar frisierte er sich in einer Tolle über der Stirn, wie eine halb geneigte Schießscharte.

Er war ein hervorragender Herrenschneider, seine Arbeit schätzte er sehr, wenn er etwas beschwören wollte, sagte er »bei meiner Schere«. Daß er ein guter Schneider war, hatte Herr Manólaros vor dem Krieg sogar noch meinem Vater bestätigt. Und eine nützliche Person, denn er war es, der die meisten Jungen von Epálxis zu Männern gemacht hatte, an ihm nahm unsere männliche Jugend ihre Lehrstunden. Denn damals waren die Mädchen noch anständig, die gingen nicht vor der Hochzeit mit einem Mann, die mußten erst heiraten, bevor sie sich einen Liebhaber leisten konnten.

Jedenfalls wollte ihm niemand etwas anhaben. Denn offenbar war er der Hüter zahlreicher Geheimnisse: viele ehrbare Ehemänner von Epálxis waren bei Siloám in die Lehre gegangen. Wenn ich meinen Mund aufmache! drohte er. Der Arsch hat zwar keine Knochen, kann aber knochenhart sein.

Er hatte auch mit dem Besatzer kollaboriert. Man hatte ihn im Zug der Befreiung verhaftet, aber im Gefängnis kollaborierte er auch mit Partisanen, und so ließen sie ihn wieder frei. Danach kriegten ihn die Faschisten von der Chi* zu fassen, aber er kollaborierte im Gefängnis auch noch mit denen, und so brachten sie ihn nicht ins Exil.

Letzten Endes erfuhren wir nie etwas über die wirkliche politische Einstellung der Siloám, ob er nun eigentlich Linker oder Monarchist war. Seine Einstellungen waren beeinflußt von seiner jeweiligen Gefühlslage. Hatte er etwas mit einem Partisanen? Er redete über Marx und stickte Hammer und Sichel. Bändelte er gerade mit einem von der Chi an? Er lief mit einer Krone am Revers herum. Ein Betrüger war er jedenfalls nicht, er hielt jedesmal mannhaft an seinen Überzeugungen fest. Und während der Besatzungszeit hatte er mir einmal ein Ei geschenkt. Und als wir nach der Zurschaustellung mit Sack und Pack wegzogen, kam er vorbei, um meiner Mutter seine Ehrerbietung zu bezeugen.

Siloám blieb in Epálxis. Es heißt, er habe, nachdem er von den Partisanen, denen von der Chi und sogar von den Engländern (die haben mich um Arbeit und Brot gebracht, sagte er) enttäuscht worden war, eine Wut gekriegt, sich das Haar schneiden lassen und sich einfach verheiratet. Bis heute soll er seiner Frau und seiner Schere treu geblieben sein, sogar zu netten Kindern habe er es gebracht. So hab ich gehört. Und gelegentlich sei er aus seiner Ehe ausgebrochen. Wie man sich erzählt, hat er seiner Frau auch eine Erklärung geliefert: Hör mal her, liebe Frau, die Gesellschaft, das ist die Gesellschaft, die Familie die Familie und der Arsch der Arsch.

Sobald die Bestrafung der Verräter mit Siloám und Rita

* »Chi« war eine berüchtigte antikommunistische Organisation unter der Führung von General Georgios Grivas, die während der Besatzung und im Bürgerkrieg operierte. (A. d. Ü.)

ihren Anfang genommen hatte, kamen auch andere Kollaborateurinnen an die Reihe.

Wir waren jetzt fast drei Wochen befreit und hatten alle
Leichen aus der Stadt weggeschafft. Der Brandgeruch wollte
und wollte nicht weichen, aber wir hatten uns daran gewöhnt.
Das einzige, was unerträglich war, war ein übler Gestank,
der nur über unserem Viertel hing. Mensch, kommt das etwa
aus eurem Haus? ließ eine Passantin aus dem Viertel weiter
unten mir gegenüber fallen, inzwischen ist sie gestorben.

Eines schönen Morgens spielten wir und die sieben Kinder von Frau Kanéllo vor unseren Häusern. Ich lehnte mich
an die Kirchenmauer und spürte etwas Feuchtes im Rücken.
Ich drehte mich um, von oben herunter lief eine Art Faden
aus grünlicher Schmiere. Es begann oben am Glockenturm
und reichte bis hinunter zum Erdboden. Und erst auf diese
Weise wurde uns bewußt, daß der junge Partisan nun schon
so viele Tage lang tot da oben herumlag. Einige gingen mit
Tüchern über der Nase hinauf und schrien herunter, er ist total verwest. Frau Kanéllo brachte ihnen eine Plane von der
Weinlese nach oben, sie holten ihn herunter. Er tropfte, er
war bloß noch eine wäßrige Masse, wie Mostpudding in der
Plane, was soll man von diesem Zeugs denn begraben, sagte
jemand. Tagelang wuschen wir die Straße sauber, streuten
auch Kalk, nichts zu machen: der Gestank hielt sich, bis wir
von Epálxis wegzogen, und meiner Ansicht nach muß es dort
immer noch stinken.

Sie brachten ihn auf den Friedhof, da war ich nicht dabei,
denn in dem Moment kam der Lastwagen, um meine Mutter mitzunehmen. Meine Mutter äußerte nicht ein Wort des
Protests. Unser Fanúlis, wohin der sich verzogen hatte, weiß
ich einfach nicht mehr, ursprünglich wollte ich den Wagen be-
gleiten, aber er fuhr zu schnell, ich konnte nicht nachkom-
men.

Ich sah sie erst etwa eine Stunde später wieder, auf der Hauptstraße, wo die Promenade der feinen Leute stattfand, auf der offenen Ladefläche des Lasters. Die Sonne brannte herunter. Der Laster hatte keine Plane, und hintendrauf standen alle die Kollaborateurinnen, halb verdurstet, eine mußte sich an der anderen festhalten, damit sie nicht umfielen. Es bestand aber gar keine Gefahr, daß sie fielen, der Laster fuhr ganz langsam, gleichsam auf der Stelle tretend, damit alle Welt die Demütigung genießen konnte. Sie hatten sie alle geschoren, mit den Scheren zur Schafschur. Meine Mutter war auch geschoren. Aufrecht stand sie am hintersten Rand, ohne sich zu verbergen. Schaute sie zu mir her? Ich weiß es nicht.

Der Lastwagen fuhr ganz langsam, der Fahrer hatte seine Anweisungen, aber es waren auch viele Menschen da, vor dem Wagen, dahinter, an den Seiten, und so bewegte sich der Fahrer langsam und vorsichtig vorwärts, damit er keinen Bürger streifte. Und griente dabei aus vollem Leib. Die Leute waren alle ausgesprochen fidel, an den Fenstern hingen auch viele, die Männer traten vor die Cafés und begafften den Laster. Die meisten hielten Bockshörner in der Hand, volle Gedärme, die aber geöffnet waren, alles gestiftet vom städtischen Schlachthof, und wieder andere hatten noch Ziegenglocken und Bimmeln, wo hatten sie die wohl her! Manche trugen Fahnen und schwenkten sie in patriotischem Eifer hin und her. Sie hoben die Hörner in die Höhe und tanzten auf der Stelle herum, andere hängten sie wie Votivgaben an die Seiten des Lasters, und wieder andere droschen mit den offenen Innereien auf den Lastwagen ein. Das heißt, eigentlich wollten sie die Kahlgeschorenen treffen, aber sie kamen nicht hin, nur der grünliche Kot spritzte auf sie, er spritzte auch auf ein paar ehrbare Bürger ringsum, aber die ließen sich inmitten der allgemeinen Hochstimmung nicht beirren, sie tanzten einfach weiter.

Auch mir schmierte einer die Hände voll, ich hing wie eine Traube am Laster, als mich aber der zweite Darm traf, fiel ich herunter und rannte hinterher, bis ich mich wieder direkt hinter dem Laster befand, meine Mutter stand jetzt mit Innereien beschmiert am äußersten Rand, als wollte sie herunter, einer kletterte zu ihr hinauf und hängte ihr zwei Hörner um den Hals, die mit Gedärmen zusammengebunden waren, und eine Kuhglocke, und daraufhin applaudierte alles ringsumher, ich folgte dabei ständig im Laufschritt.

Das dauerte von zehn Uhr morgens bis abends um sechs, wir fuhren durch alle Straßen, Haupt- und Nebenstraßen, ich lief nicht fort. Und viele hielten leere Kanister in der Hand und schlugen mit Steinen darauf. Auch die Glocken läuteten. Nicht die von Ajía Kyriakí, Vater Dínos hatte es abgelehnt, er hatte die Kirche zugesperrt.

Gegen Nachmittag kamen wir auch an der Konditorei »Venetia« vorbei, dort pflegten vor dem Krieg die besseren Familien von Epálxis Kuchen und Schmalzgebäck zu essen. Während der Besatzung servierte man bloß noch Mostgelee, stark verdünnt, auf winzigen Tellern. Und was für ein Glück, daß ich vor der Konditorei »Venetia« hinstürzte, denn Frau Manólaros saß mit ein paar Bekannten an einem Tischchen und rief, trampelt nicht über das Mädchen drüber! Bedienung! Und als ich zu mir kam, benetzte mich ein Kellner mit einer Wasserkaraffe. Frau Manólaros hatte ein gewaltiges Renommee. Und sie sagte zu mir, geh doch nach Hause, mein Kind, was hast du denn hier zu suchen, geh nach Hause, es ist nicht gut, wenn du das siehst, das vergißt du dein Leben lang nicht, geh heim und quäl dich nicht so, das ist nur ein Tag, das geht vorüber, am Abend lassen sie sie wieder frei.

Und das nahm mir eine Last vom Herzen. Mir kam auch eine Äußerung von Frau Kanéllo meiner Mutter gegenüber in den Sinn, du magst ja zeitweilig zur Hure geworden sein, aber das hatte christliche und moralische Gründe. Meine Mutter hatte sich nie eingestanden, daß sie zur Hure geworden war, weil sie zwei Italiener hatte. Aber sie war ohne Schulbildung und respektierte die Meinung von Frau Kanéllo. Und als Frau Kanéllo sie als Hure einstufte, empfand meine Mutter darüber zwar bitteren Kummer, aber sie akzeptierte es. Und insofern stieg die Mutter, als der Lastwagen hielt, um sie zur Zurschaustellung abzuholen, fast bereitwillig hinauf, und es kam ihr gar nicht in den Sinn, daß man ihr mit der Strafe, die man ihr auferlegte, ein Unrecht tat.

Und ich nahm dem Kellner die Karaffe mit dem Wasser aus der Hand und rannte los und holte den Lastwagen wieder ein und kletterte hoch und besprengte meine Mutter, den ganzen Tag in der grellen Sonne und kahlgeschoren, daß sie mir bloß nicht krank wird, dachte ich. Und dann sengte die Sonne immer stärker, obwohl es doch schon Nachmittag war, sengte die Sonne immer stärker, und ich erinnere mich an sonst nichts mehr von der Zurschaustellung.

Sie erinnert sich schon noch, aber sie sagt es nicht, erklärte dem Arzt Manólaros einen Monat später eine Prostituierte, die sie auf demselben Lastwagen öffentlich bloßgestellt hatten, aber die war mit einem Gesundheitspaß gemeldet, Beruf: »unzüchtige käufliche Frau«, was hatte die durch die Zurschaustellung überhaupt noch zu verlieren?

Ein ehrbarer Bürger, der auch noch eine Fahne trug, stieg dann rittlings hinten auf den Lastwagen auf und begann, faule Eier auf dem Kopf von jeder der Angeprangerten aufzuschlagen, und die Leute außen herum applaudierten ihm, sie hatten ja auch lange kein Kino oder keine Wanderschauspieler mehr dagehabt und amüsierten sich, schaulustig, wie sie waren. Der ehrbare Bürger verneigte sich jedesmal wie ein Conférencier vor seinem Publikum oder wie ein Bürger-

meister, wenn er ein faules Ei auf dem Kopf einer gescho-
renen Frau aufgeschlagen hatte. He, du da, hast du die bei
einem lockeren Vogel mitgehen lassen? rief ihm einer zu, der
fast neidvoll zu ihm hochsah, und das Publikum wieherte
noch lauter, und ganz allgemein herrschte Hochstimmung
wegen unserer Befreiung, und einer schrie Bravo.

Die junge Rubíni Méskari rannte, fast am Heck des Lastwagens klebend, mit, jetzt hatte der Laster seine Geschwin-
digkeit etwas erhöht, und direkt über ihr stand aufrecht ihre
Mutter. Rubíni streckte die Karaffe hoch, damit ihre Mutter
heranreichen und trinken konnte. Darauf nahm die Mutter
die Karaffe, trank aber nicht, sie machte nur sorgfältig ihr
Gesicht und den Kragen naß, um sie von dem Kot und der
Asche zu reinigen. Da riß ihr der ehrbare Bürger die Karaffe
weg und goß das übrige Wasser auf die Menge ringsum, die
Leute lachten aus vollem Hals und riefen Bravo, Bravo, und
die Glocken läuteten und läuteten, der ehrbare Bürger war
nun bei der Mutter von Rubíni Méskari angelangt und schlug
ihr das Ei über dem Kopf auf, und die schleimige Eimasse
lief ihr in den Nacken, und die Leute hielten sich die Seiten
vor Lachen, und da klammerte sich die junge Rubíni Méskari an den Laster und kletterte sogar ein Stück hoch. Jetzt
sprang der ehrbare Bürger mit der Fahne seitlich vom Laster
herunter, und die Menge drückte ihre Billigung durch freu-
digen Applaus aus. Darauf drehte Rubíni Méskari durch. Sie
begann feierlich zu klatschen und dann der Menge ernsthaft
zu verkünden: Ein Hoch auf meine Mutter Assimína Méskari, ein Hoch auf meine Mutter Assimína. Und die Menge
applaudierte und bog sich vor Lachen, es war wie eine Vor-
führung im Varieté. Rubíni Méskari weinte nicht, es kam ihr
lediglich Schaum aus den Augen.

Und erst da gab Rubínis Mutter Schreie von sich, aber nur
Schreie, Laute, genauer gesagt. Und irgendein Bürger warf

von unten einen nassen Putzlumpen auf sie, der in Asche ge-
tunkt war, und traf sie an den Augen. Und Rubíni Méskari
wandte sich, an das Heck des Lastwagens geklammert, dem
Publikum zu, um ihm etwas zu verkünden, aber sie konnte
nicht sprechen, und so begann sie zu kläffen, wie ein Rüde,
dem man etwas angetan hat. Und da fiel ihre Mutter ins De-
lirium und begann zu schreien: »Scheucht ihn weg, scheucht
ihn weg, den Köter, nehmt den Köter fort, der hinter mir her
ist, scheucht ihn weg – was will der Kläffer, ich bin nicht
seine Mutter«, und phantasierte wild, ohne zu lachen.

… nur daran erinnere ich mich, sonst weiß ich nichts mehr.
Was für eine unbarmherzige Bestie der Mensch doch ist, alles
vergißt er. Ich wollte eigentlich etwas anderes sagen: schließlich und endlich ließen sie sie vor der Episkopalkirche von
Epálxis frei, und wir kehrten nach Hause zurück, und auf
dem Weg, daran erinnere ich mich noch, hielt ich sie voller
Stolz ganz fest, wie eine Standarte, und keiner von den Passanten sagte etwas dagegen. Und ich dachte mir, an den Tag
werde ich mich erinnern. Hast du gesehen, wie ich ihn jetzt
zur Hälfte vergessen habe?

Und als wir nach Hause kamen, setzte ich sie an den Tisch
und machte Wasser warm und wusch meine Mutter, das war
das erste Mal, daß ich sie wusch. Das zweite Mal wusch ich
sie etwa zweiundvierzig Jahre später, in unserer Wohnung hier
in Athen, als sie gestorben war.

Und danach machte ich mich daran, eine Suppe zu kochen.
Da klopfte es an der Tür, Frau Kanéllo war es. Meine Mutter rannte hin und verbarrikadierte sie mit ihrem Körper und
machte nicht auf, und Frau Kanéllo rief von draußen, mach
mir doch auf, Assimína, Liebe, mach auf, sag ich dir! Zornig, aber unter Tränen. Meine Mutter hielt weiter die Tür zu.
Da trat Frau Kanéllo die Tür auf und kam herein.

Ich hab euch ein bißchen geschmortes Huhn mit Kartoffeln gebracht, sagte sie.

Sonst sagte sie nichts. Und weinte. Sie stellte den Topf mit dem Essen ab, gab meiner Mutter ein Tuch für den Kopf, ein geblümtes, von vor dem Krieg. Und entfernte sich stumm und zornig.

Und danach setzten wir uns beide hin und aßen das geschmorte Huhn mit Kartoffeln, ich mußte dabei sogar an das Hinkelchen denken, das ich damals unter meinem Bett begraben hatte, wenn das Hinkelchen ein Hund gewesen wäre, sagte ich mir, und noch am Leben wäre, dann fräße es jetzt die Knochen.

Und unser Fanúlis kam an jenem Abend nicht zum Schlafen heim. Auch am nächsten Abend nicht. Wir legten uns früh hin, schliefen beide zusammen in ihrem Bett, ohne zu fragen, wohin der Junge gegangen war. Wir gingen früh schlafen, denn am Morgen mußte ich bei Frau Manólaros Wäsche waschen.

Und so aßen wir während der Befreiung zum ersten Mal wieder Huhn, was wir seit der Zeit der Besatzung nicht mehr zu essen gekriegt hatten.

Und am nächsten Morgen hatten wir Milch mit Kakao und echtem Zucker zum Frühstück, das hatte uns Frau Faní, die Mutter der armen Aphrodhíti, zusammen mit Frau Kanéllo gebracht. Die erhob draußen ihre Stimme, als sei nichts vorgefallen. Doch diesmal machte ihr meine Mutter auf, sie lief sogar, um ihr aufzumachen. Die beiden traten ungestüm ein, auch Frau Faní mit einem Lächeln, zum ersten Mal seit dem Tod ihrer Tochter, als wären sie unterwegs zu einem Ausflug, und strahlend, als ginge das Leben einfach weiter.

Meine Mutter trank die Milch mit dem Kakao, sie tunkte

sogar Brot ein. Und so machten die beiden sich wieder beruhigt auf den Weg, die Kanéllo zu ihrer Arbeit, Frau Faní zu ihren Spitzen. Ich ging ebenfalls beruhigt zu meiner Arbeit, und als ich nachmittags davon zurückkam, saß meine Mutter am Fenster, mit aufgezogenen Gardinen. Das Haus war aufgeräumt, bestens in Ordnung, sie hatte sogar das blaue Packpapier von den Scheiben entfernt, das uns die Besatzer als Verdunkelung auferlegt hatten, hatte den Ausguß geweißelt, alles geschniegelt und guter Dinge.

Am nächsten Tag kam auch unser Fánis. Er stellte keine Fragen. Ich wußte nicht, wo er übernachtet hatte, aber ich fragte auch gar nicht. Viel später, bei der Beerdigung der Mama, eröffnete er mir, daß ihn Kostís, der Sohn des Herrn Kosílis von der Präfektur, mit nach Hause genommen habe. Die erste Nacht hatte unser Junge im Freien verbracht, in Kanália neben der Quelle. Ein Stück weiter drüben, hinter Ajios Rossólimos, wohnte Herr Kosílis, eine linke, aber anständige Familie. Kostís nahm unseren Fánis zum Schlafen mit nach Hause. Er kam mit, ließ sich zu essen geben und ging wieder weg, schlief wieder in Kanália. Kostís hatte die Sache mit unserer Mutter nicht angesprochen. (Heute macht der seinen Weg als Kopf eines Theaterensembles in Athen, hat eine bildschöne Frau, ebenfalls Schauspielerin, nicht so talentiert wie ich, Evjénia heißt sie.)

Fánis sagte nichts zu unserer Mutter, er fragte auch nichts. Er schaute sie nur an, wie sie da neben dem Fenster saß, mit dem geblümten Kopftuch, das ihr Frau Kanéllo geschenkt hatte, das Tuch steht Ihnen sehr gut, Mama, sagte er und brach in Tränen aus. Unsere Mutter äußerte nichts. Da erschien Frau Kosílis draußen, Kostís' Mutter, eine große, bescheidene Frau. Sie schaute durchs Fenster, sah uns, war beruhigt, ließ einen Teller mit Nüssen draußen auf dem Fenstersims für uns stehen und ging.

Aber auch ganz unter uns, wenn wir allein blieben, schnitten wir das mit unserer Mutter nicht an. Selbst heute, als Erwachsene, erwähnen wir nie jenen Tag in ihrem Leben. Nicht einmal bei ihrem Begräbnis, zu dessen Anlaß auch unser Fánis gekommen war; er erzählte mir nur, wo er in »jenen« zwei Nächten geschlafen hatte, als er zum ersten Mal von zu Hause fort war.

Und unsere Mutter redete nicht. Weder über ihre eigene Angelegenheit noch über sonst etwas.

Und mir wurde erst am vierten Tag nach der Bloßstellung bewußt, daß meine Mutter überhaupt nicht geredet hatte, auch nicht, wenn wir sie etwas fragten, ob sie wollte, daß ich kochte, so etwas in der Art. Und nachts schlief sie nicht. Ich machte mir, obwohl ich halbtot von meiner Arbeit in Schlaf fiel, Sorgen um sie und schlug immer wieder einmal die Augen auf, sah sie neben mir liegen, wir ließen ein Öllämpchen brennen, und sah ihre Augen an die Decke geheftet. Dann tauchte ich wieder weg, ich war doch noch ein Kind, weißt du, und hatte so viele Böden zu schrubben, so viele Eimer Schmutzwasser zu leeren, so viele Kleider zu waschen.

Fánis war es auch nicht aufgefallen, er ging die ganze Zeit weg. Dieser Kostís vom Kosílis von der Präfektur kam und holte ihn zum Spielen ab, woher konnte unser Junge damals wissen, daß er mit einem spielte, der eines Tages als Schauspieler noch berühmter werden sollte als seine Schwester. Ich treffe ihn jetzt öfters. Er erinnert sich nicht an mich, und so gebe ich mich auch nicht zu erkennen. Als ich einmal zufällig arbeitslos war, nahm ich an seinem Theater eine Arbeit als Komparsin an. Er hatte mich selbst ausgewählt, dieses brünette kleine Rabenaas da will ich, sagte er. Er wußte überhaupt nicht mehr, wer ich war, laß es gut sein, dachte ich. Sogar wenn er mich heute sieht, erinnert er sich nicht mehr daran, daß wir einmal zusammen gespielt haben, aber was soll's.

Nach der ersten Woche sage ich zu Frau Faní, Frau Faní, sie hat immer noch nicht geredet. Die schneit mit Frau Kanéllo zusammen herein, angeblich ohne bestimmten Anlaß, sie fangen mit ihr eine Plauderei an, meine Mutter reagiert nicht. Am achten Tag sticht die Kanéllo sie mit einer Sicherheitsnadel in den Arm, von meiner Mutter kein Mucks. Wir rufen Vater Dínos, der ihr Gebete liest, gratis, der Ärmste, der wackere Herr Manólaros kommt vorbei, gibt ihr erst mal eine Spritze, in den Oberarm, danach untersucht er sie.

Ich versteh es nicht, sagt er zu uns. Er haut meiner Mutter jäh eine herunter, um sie zu überrumpeln, ohne Ergebnis. Die Angetraute von Vater Dínos schickt uns eine Frau, die den Fluch von ihr lösen soll, beschwört uns allerdings, wir sollen ja ihrem Popen nichts sagen, sonst setzt es saftige Prügel. Schließlich haben wir uns damit abgefunden. Deine Mutter ist stumm geworden, sagte Frau Kanéllo zu mir, finde dich damit ab. Das hatte freilich auch schon Herr Manólaros zu ihr gesagt, wie es scheint, hat Assimína einen Schock erlitten, ich weiß nicht, ob sie sich je wieder davon erholt. Findet euch damit ab.

Und so haben wir uns damit abgefunden.

In bezug auf alles übrige benahm sich meine Mutter aber normal. Sie lächelte sogar gelegentlich. Nicht daß wir unsere Versuche aufgegeben hätten: wir brachten sie zu Heilerinnen, der Schwager von Frau Kanéllo, der Mann ihrer so schwer unter die Haube zu bringenden Schwester, nahm unsere Mutter auf seinem Karren zu einem Kapellchen mit, vergeblich. Du kannst dir vorstellen, daß das in der Nachbarschaft Staub aufwirbelte, später wußte es ganz Epálxis. Deshalb bewarf man uns offenbar auch kaum mehr mit Steinen. Auch sie selbst ließ man mehr oder weniger in Ruhe, wenn sie das Haus verließ, um zur Arbeit zu gehen. Denn nach der Zurschaustellung hatte ich ihr in zwei Häusern etwas besorgt, bügeln und

Kleinkinder versorgen. Man nahm sie sogar lieber, weil sie stumm war. Wir kamen gut durch, konnten überdies noch ein kleines bißchen Geld zur Seite legen. Eine Dame sagte mir das sogar ausdrücklich, liebe Rubíni, es ist besser, eine Stumme im Haus zu haben, da kann man sicher sein, daß sie bei den anderen Damen, bei denen sie arbeitet, keine Bemerkungen macht. Denn vor dem Tratsch hatten die feinen Familien von Epálxis große Angst, etwa, was ihre Waschfrau einer anderen Kundin über ihre geflickten Laken erzählen könnte, über ihre Nippes, so in der Art.

Eines schönen Tages kommt Frau Kanéllo mit einem Lesebuch für die erste Klasse angerauscht, von ihren Kindern. Mensch, Rubíni, sagt sie, wenn sie schon keine Stimme mehr hat, mußt du ihr eben ein bißchen Schreiben und Lesen beibringen, damit ihr euch verständigen könnt.

Meine Mutter akzeptierte das. Ich brachte ihr das Alphabet bei, ganz allmählich lernte sie auch Wörter schreiben. Nicht mit der besten Orthographie, aber sie schrieb. Eines Sonntags kam mir wieder in den Sinn, wie vor dem Albanienkrieg Sotíris, unser Großer, immer zu ihr gesagt hatte, kommen Sie, Mama, hören Sie mich ab. Ich bat sie damals auch darum, einfach so, damit sie sich gebauchpinselt fühlte. Es machte ihr Spaß. Wir ließen sie Platz nehmen, gaben ihr das Buch und sagten ihr die Lektion auswendig her, einmal las ich ihr sogar meinen Aufsatz vor, »Wie ich meinen Sonntag verbrachte«. Ich hatte geschrieben, daß wir aufs Land gegangen waren und wilde Artischocken gesammelt hatten. Ich hatte auch über den purpurnen Sonnenuntergang geschrieben und über einen Karren voller Milchschafe, der uns entgegengekommen war.

Später, als sie so am Ausguß abwusch, sagte sie zu mir, warum hast du denn nicht reingebracht, daß uns auch noch ein Hase begegnet ist?

Ein Hase?

Ja. In deinem Aufsatz.

Mensch, es ist uns doch gar kein Hase begegnet, Mama.

Das ist was anderes. Das macht nichts.

Wenn uns aber doch kein Hase begegnet ist.

Das hätte deinen Aufsatz stärker ausgeschmückt.

Du bist gut, ein Hase, zwei Schritte vor dem Grundstück der Sáriphosfamilie. Wenn uns doch keiner begegnet ist, sollte ich etwa eine Lüge hinschreiben?

Es wäre ja keine Lüge gewesen. Es ist doch ein Phantasieaufsatz.

Bis heute, wo ich schon über Sechzig bin (ich gebe doch nicht preis, wieviel, es reicht, wenn ich zugebe, ich bin schon älter, wie viele Jahre, das sag ich nicht), hab ich immer noch nicht begriffen, weshalb sie eigentlich diesen Hasen in meinem Aufsatz aus der fünften Volksschulklasse wollte.

Letzten Endes ging sie sehr positiv an das Lesen heran, sie lernte auch noch ein bißchen Rechnen. Unser Fanúlis ging unterdessen wieder in die Schule, ich besuchte eine Abendschule, wenn ich auch wieder oft fehlte und nur für kurze Zeit da blieb. Bücher bekamen wir von Thanássis' Vater geschenkt, die gebrauchten von seinem Sohn. Und sonntags nahm sich meine Mutter dann so ein Buch vor und setzte sich hin und las, Geschichte und Erdkunde vor allem, für die sechste Volksschulklasse. Über die Troerinnen, Priamos, die Zwölf Götter, die alten Hellenen. Damals lernten wir, ich ebenso wie meine Mutter, daß auch wir Hellenen heißen und nicht bloß Méskari. Dann las sie, wo Andalusien liegt. Sie las auch etwas aus dem neugriechischen Lesebuch, denn ihr gefielen vor allem Stücke mit einer Handlung. Und kurz vor ihrem Tod war sie sogar so weit, daß sie einen gesamten Roman lesen konnte.

Unterdessen hatte Herr Manólaros mit seinen Aktivitäten

angefangen, um Abgeordneter zu werden, und deshalb zog er auch an den Fäden, um uns die Rente zu verschaffen. Damals hatten nämlich die politischen Wirren von neuem begonnen, und die Politiker waren auf Stimmen scharf. Von uns konnte er sechs kriegen, zwei von den Eltern meines Vaters, vier von uns selbst, er zählte auch unseren Großen mit, den Sotíris. Herr Manólaros ging so weit, uns zu versprechen, er werde ihn wieder auftreiben, das Unterste werd ich zuoberst kehren, Mensch, Assimína, ich bring dir deinen großen Sohn eigenhändig zurück, ich lasse mir doch keine Stimme entgehen. Er hat ihn nicht gefunden, unseren Sotíris. Einen Wahlpaß ließ er ihm ausstellen, den verwaltete er höchstpersönlich.

Jedenfalls ließen uns auch die Chi-Leute unbehelligt, obwohl allmählich nicht wenige Familien Epálxis aus Gesinnungsgründen verließen. Epálxis war eine nationalistisch gesinnte Stadt, und auf die Linken zeigte man mit dem Finger. Sobald die von der Chi mit den Schlägereien und dem Zertrümmern von Haustüren anfingen, faßten viele den Entschluß, endgültig nach Athen umzusiedeln, als Zufluchtsort. Zu der Zeit zog auch Aphrodhítis Mutter weg. Ein Glück, daß sie es tat, denn sie machte ihren Weg. Wenn man davon absieht, daß sie ihr ihren Mann während dieser sogenannten Dezemberereignisse umbrachten, geht es ihr heute bestens mit ihren Spitzen. Eine Frau mit goldenen Händen.

Das Komische war damals, daß sich ein sentimentaler Faschist, von Beruf fahrender Gemüsehändler, in meine Mutter verliebt hatte. Ihr Haar war in der Zwischenzeit etwas nachgewachsen, und ich hatte ihr einen Garçonschnitt gemacht, das stand ihr gut. Er kam jeweils spätabends mit seinem Esel an, offenbar auf dem Rückweg von den Gemüsegärten, wo er sich Ware besorgt hatte, machte hinter dem Kirchenchor halt und stimmte bedeutungsschwangere Gesänge an, wie »Deiner Vergangenheit sollst du entraten« oder den Erfolgsschlager der Zeit, »Ich nehme dich jetzt mit mir fort«, nur daß er die Verse abänderte und versprach, er werde sie jetzt mit sich fortnehmen an fremden Ort, in fremdes Land, wo es ein Königreich und einen König gäbe. Manchmal trug er ihr auch patriotische Kampflieder vor, wie »Sophia-Moskau, das ist unser Traum«, das sang er allerdings als langsamen Walzer.

Dieser Gemüsehändler intervenierte damals auch zugunsten der Chrysáfena. Ein anderer Faschist hatte ihr ausrichten lassen, er wollte den Kadaver ihres Sohnes ausbuddeln, diesen Lumpen von einem Kommunisten würde er nicht einmal als Toten in Frieden lassen. Aber der Gemüsehändler mischte sich ein, und wir konnten wieder aufatmen. Nicht daß es der Chrysáfena etwas ausgemacht hätte, Mensch, geh doch hin und hol ihn aus der Grube, ließ sie dem Faschisten bestellen, ruf mich aber auch dazu, damit ich selbst sehe, wie er jetzt aussieht. Wir wurden alle ganz grimmig.

Die Nachbarschaft begann sich über den verliebten Gemüsehändler die Mäuler zu zerreißen, aber aus einem reinen Mißverständnis heraus. Eines Tages nahm mich Frau Faní zur Seite, Rubíni, liebes Kind, sagte sie, mach ein Ende, gib ihm das Jawort, oder jag ihn weg. Ich war völlig perplex. Das gleiche meinte auch Frau Kanéllo, sie hatte sich damit zum ersten Mal vertan. Nein, sagte ich zu ihnen, er hat ein Auge auf meine Mutter geworfen, was würde er denn an mir finden. Das sagte ich ohne rechte Überzeugung, denn damals hatte ich sowohl einen Busen entwickelt als auch an Körpergröße zugelegt.

Doch der Gemüsehändler ließ sich nicht beirren. Eines Abends hub der Esel mit seinem Iah an, als er gerade an unserem Fenster sang, da begann sein Herr das Tier mit Tritten zu traktieren, Maul halten, brüllte er ihn an; mir ging es zu Herzen, die Kreatur so mißhandelt zu sehen. Es war ein sehr gepflegter kleiner Esel, sein Herr hatte ihm sogar vorn an der

Stirn eine Krone ans Zaumzeug geklebt. Bis Frau Kanéllo die Initiative ergriff, ihn sich vorknöpfte und fragte, was er denn eigentlich für Absichten bezüglich der Waise hätte, damit meinte sie mich, die blöde Gans. Darauf bekamen wir die Gewißheit, daß der königstreue Gemüsehändler wegen meiner Mutter kam. Nach diesem Kanélloschen Einschreiten entschwand er für immer, und ich grübelte ständig darüber nach, was wohl aus dem kleinen Esel geworden war, und ob er ihn womöglich wieder schlug.

Überall mischte sich Frau Kanéllo ein, und mit allen kam sie gut aus. Und ihr tat keiner etwas zuleide, obwohl doch alle Welt wußte, daß sie mit dem Widerstand und der Partisanenbewegung zusammengearbeitet hatte. Unterdessen war auch der erste Brief von Frau Faní eingetroffen, sie hatte ihn an Frau Kanéllo adressiert, aber er war an uns alle gerichtet. Keinem von uns kam sie mit der Bitte, er möchte sich um das Grablämpchen ihrer Tochter kümmern. Sie schrieb uns lediglich, daß es in Athen viele leere oder evakuierte Häuser gebe. Außerdem, daß die Gefechtsstände für Maschinengewehre aus einem neuen Material, nämlich Beton, gebaut seien, ein unzerstörbares Zeug, und wenn man so einen Gefechtsstand besetze, ziehe einen keiner zur Rechenschaft, besonders jetzt nach dem Putsch. Sie ließ sich nicht darüber aus, welchen Putsch sie meinte, und auch nicht, ob sie selbst in so einem Bunker wohnte. Sie sandte Grüße an uns alle und informierte uns, daß man ihren Mann getötet habe. Die Einzelheiten erfuhren wir später, als wir auch nach Athen kamen.

Dieser Brief ermutigte mich sehr in meinem Entschluß, nach Athen hinunterzuziehen. Sobald mir also Herr Manólaros versichert hatte, daß er unseren Fánis lebenslang übernehmen wollte, sagte ich mir, Rubíni, es wird höchste Zeit, daß du deine Flügel entfaltest.

Denn seit vor dem Krieg hatte ich mir meine Träume vom

Künstlertum bewahrt, nämlich Schauspielkarriere zu machen, seit damals, als mich die Tiritómbas auf der Bühne zum Spielball gemacht hatten. Das kreide ich der Besatzungszeit und den Achsenmächten vor allem an, daran gebe ich ihnen vor allem die Schuld: daß sie meinen künstlerischen Höhenflug aufgehalten haben. Jetzt brachte mich alles der Verwirklichung meines Traumes näher.

Ein Künstlertraum treibt in der Provinz keine Blüten. Zum einen war da die Demütigung meiner Mutter, dazu noch ihr Gesundheitszustand, zum anderen die ermutigenden Nachrichten über die Wohnmöglichkeiten, ganz zu schweigen davon, daß Manólaros die Bürde für unseren Fánis übernommen hatte, das alles zusammen bewog mich, mich als zukünftige Bewohnerin von Athen zu sehen.

Außerdem hatte ich ein Problem, das mit meiner Mutter zusammenhing. Wie sollte man sich mit einer Person, die nicht redete, abends die Zeit vertreiben? Ein-, zweimal spielte ich ihr ein Theaterstückchen vor, das mir Frau Adriána vorgelesen hatte, aber meine Mutter lachte nicht darüber. Außerdem brüskierte man sie überall, allerdings ohne mit Steinen zu werfen. Mir kam das nachträglich durch Frau Adriána zu Ohren, aber was konnte ich tun? Sie mit einem Spaziergang oder einem Kinobesuch abzulenken war nach der Zurschaustellung unmöglich. Nicht nur die ehrbaren Frauen hänselten sie; jetzt begannen auch noch die, die mit dem Feind zusammengearbeitet hatten, ihr gehässige Bemerkungen hinzuwerfen, und zwar die aus den besseren Familien, die der Zurschaustellung entkommen waren, weil sie Beziehungen hatten. In einem Haus, wo meine Mutter aufgrund meiner Bemühungen eine Arbeit hatte, kündigte man ihr, als Kollaborateurin.

In dem Haushalt hatten sie drei Töchter, das war die Familie Xirúdis. Die hatten die Italiener problemlos in ihr Haus einführen können, weil der Vater seit der Zeit vor dem Krieg an den Krankenstuhl gefesselt war und die Mutter sich durch den gesellschaftlichen Aufstieg gebauchpinselt fühlte. Wenn der Vater die Italiener die Holztreppe hinaufkommen hörte (sie knarrte heftig), brüllte er von seiner Kammer aus, ihr verdammten Huren, haltet die Heimat in Ehren, ihr kommt in die Hölle. Und was habt ihr italienischen Hirsche mit meinen Hurentöchtern am Hut? Und die Mutter trat auf den Treppenabsatz und rief ihm zu, was machst du denn für ein Geschrei, Sóis, laß doch den Mädchen das Vergnügen!

Die Familie Xirúdis hatte Olivenhaine, die waren reich. Deren Keller stand voll mannshoher Fässer, lauter Öl. Als ich bei ihnen arbeiten ging, drückte mir Frau Xirúdis oft Korbflasche und Trichter in die Hand, um aus dem Keller unten Öl zu holen. Ich stieg auf einen Schemel, deckte das Faß ab, nahm die Kelle und schöpfte das Öl heraus. Und fischte häufig zusammen mit dem Öl noch eine tote Maus heraus. Frau Xirúdis sagte mir dann, erzähl es bloß nicht den Mädchen, die sind pingelig und ekeln sich sonst vor dem Essen.

Als der Ausschuß der Volksherrschaft mit den Festnahmen der Kollaborateurinnen begann, brachte Frau Xirúdis ihre Töchter in den Keller hinunter, steckte jede einzeln in ein Faß voll Öl, nur die Köpfe schauten noch heraus, deckte die Fässer mit Schafshäuten ab, in die hie und da ein paar Löcher gestochen waren, damit die Mädchen nicht an Luftmangel eingingen, und band die Häute mit Stricken fest. Und auf diese Weise bewahrte sie ihre Kinder vor der öffentlichen Demütigung; als man zu ihrer Verhaftung schritt, wurde eine gründliche Hausdurchsuchung gemacht, man konnte sie aber nicht finden, unverrichteter Dinge fuhr der Lastwagen wieder vom Haus ab, zusammen mit ein paar anderen stand auch meine Mutter auf diesem Laster, man hatte bei den unteren Volksschichten angefangen. Und abends ging Frau Xirúdis immer hinunter und gab ihnen aus einem Trichter zu trinken.

Drei Tage und Nächte blieben die Xirúdistöchter in den Fässern. Was da für Verunreinigungen ins Öl gelangten, ist mir viel zu ekelhaft auszusprechen. Aber sie entgingen so der Zurschaustellung. Was das Öl anbetrifft, das verkaufte der alte Mistkerl, ihr Vater, später an unsere Armee, und außerdem machte der Lump auch noch eine Schenkung von hundert Oka Öl an die Versorgungseinheit der Partisanen. Jetzt mußt du dir vorstellen, was unsere Jungs beim Militär da zusammen mit dem Öl hinuntergeschluckt haben, na wennschon, schließlich stirbt keiner an verunreinigten Lebensmitteln, ganz egal, was die Wissenschaftler so von sich geben.

Erzählt hat uns das alles später ihre Hausangestellte, die Viktoría, sie plauderte es aus, weil man sie schlug. Viktoría hatte auch mit Italienern angebändelt, ihre Herrschaft trieb es mit den Offizieren, sie mit den Burschen. Und kaum waren die Engländer in Ypínemon gelandet, bündelte Viktoría ihre Habseligkeiten in einem Sack zusammen, baute sich um zehn Uhr morgens vor dem Haus ihrer Herrschaft auf und begann sie mit einer Schimpfkanonade einzudecken, ihr Scheißkollaborateure, Schurkenpack. Da ließ sie sich auch über das mit den Fässern aus, und daß man sie gezwungen hätte, Speisen mit verpißtem Öl zu essen (ich sage lieber nichts von den anderen, gröberen Dingen, die sie äußerte, sonst kommt mir das Grausen). Und hinterher machte sie sich zu Fuß nach Ypínemon auf, wieso ihr die Idee in den Kopf gekommen war, daß Befreiung mit Verkuppelung gleichzusetzen sein sollte, daß die Engländer sie auf ihr Schiff holen und in die Heimat mitnehmen würden, um sie zu verheiraten, ist mir schleierhaft.

Viktoría verbrachte drei Nächte auf dem Hafenkai in Ypínemon, keine Ahnung, wohin sie zur Verrichtung ihrer Notdurft ging. Sie sang das »Tipperary«. Und als sie auch an den Engländern verzweifelt war, ging sie zu Fuß wieder zurück nach Epálxis, schlug sich an die Brust, Alliiertenverräter, iahte sie wie ein Esel. Schließlich nahm sich Frau Adriána ihrer an und schickte sie auf einem Laster voll ungeschorener Schafe zurück in ihr Dorf, und von da an habe ich über Viktorías Verbleib nichts mehr vernommen.

Als sich in der Stadt die Wogen geglättet hatten, hißte auch Frau Xirúdis die englische Fahne und kündigte meiner Mutter als Hausgehilfin, leider bist du eine Kollaborateurin, Frau Assimína, sagte sie zu ihr. Und ihre Schlampen von Töchtern hatten bereits mit Engländern angebändelt, der Alte war in der Zwischenzeit glücklicherweise verstorben und konnte den Alliierten keine Grobheiten mehr an den Kopf werfen.

Ich trug den Xirúdistöchtern nichts nach, wenn ich mir vorstellte, wie sie drei Tage und Nächte lang ihre Bedürfnisse im Öl erledigten, erteilte ich ihnen die Absolution. Aber auch in anderen Häusern begann man meiner Mutter zu sagen, daß man sie nicht mehr benötige, weil neuerdings alle die Italiener verteufelten und die Alliierten und die Freiheit priesen. Ich war gezwungen, die Abendschule endgültig aufzugeben, jetzt, wo die Mutter arbeitslos war.

Eines Abends komme ich heim, finde den Tisch gedeckt und neben dem Teller die Lebensmittelkarten von Sotíris, unserem Ältesten. Die Mutter hatte sie hingelegt. Jetzt hatten wir die Lebensmittelkarten nur noch als Andenken, es gab endgültig keine Volksspeisung mehr, die Speisungen sind für die versklavten Völker, wir waren frei und befanden uns an der Spitze unter den Siegern.

Am nächsten Abend, wir setzen uns gerade zum Essen, deckt meine Mutter den Tisch mit vier Tellern, den vierten auf den Platz von Sotíris. Sie tut ihm auch Essen auf und legt Brot dazu. Ich wechselte einen Blick mit Fanúlis, machte keine Bemerkung darüber. Zu wem hätte ich sie auch machen sollen? Die Mutter hatte sich in ihre Stummheit zurückge-zogen, Fanúlis hatte den Kummer mit seiner kaputten Hand, mit den Nachbarinnen wollte ich es nicht besprechen, schließ-lich war ich weiterhin das Familienoberhaupt.

Das Spielchen mit Sotíris' Teller ging etwa drei Wochen lang weiter, jetzt stellte sie ihm auch noch einen Stuhl hin. Bis ich eines Abends, bevor wir zu essen anfingen, aufstand, den Teller nahm und ihn in den Ausguß leerte, welcher Lu-xus, wirst du sagen, aber ich hielt diese Verschwendung für unumgänglich. Ich spülte den Teller, stellte ihn wieder zu-rück in den Geschirrschrank, und als wir aufgegessen hat-ten, schaute unser Fanúlis ständig die Mutter an und sagte, wie zufällig, vielleicht ist ja Sotíris jetzt schon in Athen. Und ging hinaus zum Spielen.

Das war seine erste Anspielung auf unseren Auszug.

Und dann gab es auch noch den Ärger mit dem Dach. In einer Ecke waren die Ziegel kaputt, ein Mörser hatte uns seitlich erwischt, und das wurde uns erst bei den ersten Re-genfällen klar. Adriánas Tássis kam mit der Leiter, deckte die zerbrochenen Ziegel mit einer Plane für die Weinlese ab, be-schwerte sie an den Ecken mit ein paar Bruchsteinen, groß-artig machte er es, jetzt tropfte es fast gar nicht mehr herein.

Außer dem Loch im Dach war ein weiterer Grund, der mich nach Athen trieb, unser Fanúlis. Sie nannten ihn »das Kind von der Stummen« oder »der Fánis von der Hure«. Nicht aus Bosheit. Sie sagten es einfach so zu ihm, wie ein Eigenschafts-wort, wie man zum Beispiel auch »Venus von Milo« sagt. Un-ser Kleiner war herangewachsen – der Spitzbub hatte schon überall Haare – und kümmerte vor sich hin, wegen der Hand. Er tat so, als ob es ihm nichts ausmachte, und lächelte. Wenn ihn die Wut packte, weil man ihn verunglimpfte, und er sich mit jemand anzulegen versuchte, hatte immer er die Schläge einzustecken, und alle warfen ihn auf den Boden.

Darüber hinaus hatte ich noch im Hinterkopf, daß in Athen noch weitere Ärzte meine Mutter begutachten könnten, vielleicht würden ihr ja die Wissenschaftler der Hauptstadt die Stimme wiedergeben. Dieser Traum hat sich nicht erfüllt, auch die aus der Hauptstadt fanden kein Heilmittel.

Wir mußten uns entscheiden, das Dach tropfte wieder, Frau Adriána trieb mich ständig an, du bist fürs Theater geboren, glaubst du etwa, die Kotopúli ist schöner, ich geb dir auch persönliche Empfehlungsschreiben für Theaterensembles, ganz Griechenland wirst du kennenlernen, sagte sie zu mir.

Unterdessen hatte Herr Manólaros, möge es ihm wohlergehen und er hundert Jahre alt werden, Fánis auf sein Gut mitgenommen. Er hatte ein Gut auf einer Ägäisinsel erworben. Später erzählte man sich, daß der Grundbesitz irgendeinem bedeutenden Kollaborateur gehört habe und von den Alliierten beschlagnahmt worden sei und der Manólaros ihn über einen Vertrag für ein Stück Brot gekauft habe. Ich für meine Person weiß nichts von Verträgen, unser Fánis jedenfalls arbeitet bis heute dort, und dort wird er auch seine Tage beschließen, zum Glück.

Kaum war die Bürde unseres Jungen von mir genommen, faßte ich den Entschluß. Als Bündnispartner hatte ich zudem Herrn Manólaros, der unterdessen endgültig nach Athen umgezogen war und alles unternahm, damit sich auch seine Wähler in die Hauptstadt begaben, denn er kandidierte ja jetzt in einem anderen Wahlkreis, in dem von Athen. Sogar so etwas wie ein privates Umzugsunternehmen hatte er organisiert. Er hatte Tássis beim Britisch-Griechischen Nachrichtendienst untergebracht, wo man auch seinen Lastwagen angemietet hatte. Dieser Laster fuhr leer nach Athen und kam mit Material für den Nachrichtendienst zurück. Herr

Manólaros richtete es so ein, daß sie ihn mit Wählern füllten, die nach Athen umzogen, zusammen mit ihren Möbeln,
ganz umsonst. Zum guten Schluß fuhren auch wir damit
fort. Außerdem pflegte Herr Manólaros die Runde durch die
Häuser seiner Anhänger zu machen, und zwar am Abend, in-
offiziell, und uns allen zu versichern, er werde uns unentgelt-
lichen Wohnraum beschaffen, allen Familien, die mehr als
fünf Stimmen hatten. Wegen gewisser Vorfälle, der sogenannten Dezemberereignisse, stünden in Athen viele Häuser leer.
Uns, die weniger als fünf Stimmen darstellten, sicherte er je
einen Gefechtsstand zu, diese Bunker gab es in großer Zahl
und unversteuert. Wie es schien, hatte der Manólaros auch
Frau Faní untergebracht, wenn sie auch geheimhielt, daß sie
in einem Bunker wohnte; später brüstete sie sich sogar, sie
hätte ihn ganz allein besetzt, eine stolze Frau, sie mochte
nicht zugeben, daß sie ihren Wahlpaß abgegeben hatte und
daß der Manólaros auch für ihren gemeuchelten Mann einen
Wahlpaß ausgestellt hatte und der verflossene Partisan mehr
als ein Jahrzehnt lang den nationalistischen Flügel wählte,
nachdem sie ihn in jenem Dezember in Athen wie ein junges
Schlachtrind gemetzelt hatten.

Schluß mit der Provinz, für alle. Das wenigstens war einmal etwas Gutes, was uns die Befreiung und die Jagd auf die
Linken gebracht hat. Denn man hatte jetzt uns Kollaborateure aus den unteren Gesellschaftsschichten mit den Linken
gleichgesetzt, und die Nationalfaschisten von der Chi waren
hinter uns her. Diese Demütigung, daß man mich mit Linken
gleichsetzte, sah ich als ebenso große Erniedrigung an wie
die Zurschaustellung meiner Mutter. Unabhängig davon, daß
ich auch am »Partisanenhemd« mitgestrickt hatte. Ich für meine Person hatte die Partisanen hochgeschätzt, aber mir war
ja nicht klar gewesen, daß sie auch Linke waren.

Unterdessen traf bei uns auch der erste Brief von unserem

Fánis ein. Es gehe ihm ausgezeichnet, das Gut habe viele Obstbäume, er könne pflücken und essen, soviel er wolle, ohne um Erlaubnis zu fragen, auch ein Meer sei in der Nähe. Er sei Aufseher, habe sogar einen Karabiner. Uns rate er, ebenfalls wegzuziehen. Und er teilte uns mit, er werde uns nur wieder schreiben, falls er krank werde, solange er gesund sei, werde er uns nicht schreiben, und so sollten wir, solange wir keinen Brief von ihm hätten, ganz beruhigt sein. Und wenn uns selbst etwas zustoße, sollten wir es ihm schreiben. In der Zwischenzeit werde er uns jedesmal Grüße schicken, wenn unser Abgeordneter, Herr Manólaros, geschäftehalber auf die Insel komme. Und ebenso sollten wir ihm unsere Grüße überbringen und ihn über eine etwaige Adressenänderung informieren, er meinte den Umzug nach Athen.

Ich besprach es mit Mama, was heißt schon besprechen, ich redete und sie hörte zu, weder für Ja noch für Nein machte sie mit dem Kopf ein Zeichen. Ich hatte unser Vermögen zu regeln, das Haus mußte verkauft werden, es gehörte zur Mitgift meiner Mutter. Wahrhaftig, ein tolles Haus, wirst du mir da sagen, mit einem gestampften Boden und einer Plane über dem Loch im Dach, wer soll das denn kaufen?

Das heißt, so glaubte ich es zu jener Zeit. Pah! Heute müßtest du es mal sehen! Es ist ein riesiges Mietshaus geworden, vor dem schaut die Ajía-Kyriakí-Kirche wie ein Hühnerstall aus. Wie man mir jedenfalls sagt. Mein armes Hinkelchen, denke ich, wie hältst du bloß ein gesamtes Gebäude über deinen Flügelchen aus, so wie die Frau des Vorarbeiters im Lied, du armes Schätzchen.

Auf die Weise hab ich das Zweizimmerappartement gekauft. Freilich, wie hätte ich mir damals eine derartige Pracht träumen lassen sollen. Ach, was soll's. Ich werde den Verkauf selbst in die Hand nehmen, meinte Herr Manólaros zu mir, in ein paar Jahren hat es einen höheren Wert, der Mann

sei gebenedeit. Wir machten ihn zu unserem Bevollmächtig-
ten, er holte uns mit dem Auto zum Notar ab, die Mutter
setzte ihre Unterschrift unten hin, schau mal, sagte ich zu ihr,
wie gut, daß ich dir das Schreiben beigebracht habe, jetzt
kommt uns deine Bildung sehr zustatten.

Wir verabschiedeten uns von den Nachbarn, Frau Kanéllo, den Tiritómbas, ich ging bei den Herrschaften vorbei, bei
denen ich gearbeitet hatte, machte meine Aufwartung, ein
paar steckten mir noch ein Taschengeld zu, Tássis und die
Kanéllokinder legten mit Hand an und verpackten unseren
Haushalt in Ballen, die luden wir auf den Laster von Tássis,
Ballen, Möbel, meine Mutter nahm dazwischen Platz, auf dem
Kopf das Tuch von Frau Kanéllo, ohne Tränen oder sonst et-
was. Und sie wandte nicht einmal den Kopf, um zurückzu-
schauen, als der Wagen bei uns um die Ecke bog und die
Mutter Epálxis für immer hinter sich ließ. Und als wir aus
der Stadt hinausfuhren, machte sie mit einer Bewegung das
Kopftuch los und warf es aus dem Fenster, so ein wertvolles
Stück, und ließ ihr Haar offen wehen.

Kurz bevor wir starteten, trat ich noch einmal ins Haus,
das war nun ganz nackt und sauber. Ich hatte es gründlich
gekehrt und entstaubt, bloß so, um ihm ein bißchen Achtung
zu erweisen, es hatte uns doch so viele Jahre geachtet. Ich ging
in die Ecke, in der ich mein Gärtlein gehabt hatte, das Grab
meines Hinkelchens war nur noch eine Mulde. Ich sprach zu
ihm, sagte ihm, ich gehe fort. Ich werde dich nicht vergessen.
Sieh zu, daß du dich schnell zersetzt, du Ärmstes, denn in
Kürze wird man euch abreißen. Sorg deshalb dafür, daß du
zu Erde geworden bist, wenn die Baumaschinen kommen und
dich ausbuddeln. Fürs erste adieu, und ich werde dich nicht
vergessen.

Ich habe mein Wort nicht gehalten. Ich habe es vergessen,
das Leben in Athen war derartig mühsam, mit unserer Un-

terbringung, dem Zusammenleben, danach meinem Eintritt ins Reich der Kunst, so viele Tourneen, fast zweitausend Kleinstädte, ich habe es vergessen, das Hinkelchen. Jetzt, wo ich Probleme mit der Arbeit habe, hab ich mich wieder daran erinnert. Das heißt, eigentlich habe ich überhaupt keine Probleme mit der Arbeit, bin in bester Form, kann psychiatrische Gutachten vorweisen, aber die Impresarios ziehen eben die Filetstückchen vor, sei's drum. Jedenfalls kommt mir in letzter Zeit mein Hinkelchen wieder in den Sinn, wenn auch nicht seine Züge. Vor ein paar Tagen hab ich sogar von ihm geträumt, ich habe ständig so eigenartige Träume.

Eigentlich träumte ich von der Mama. Zumindest dachte ich, daß ich Mama im Traum sah. Wir befanden uns also irgendwie in einem begrünten Tal, überall dichtes hohes Gras, nirgends Erde. Und von irgendwoher kam ein leichter Wind, die Grashalme bogen sich, als strömte ein kleiner Fluß über sie weg. Im Hintergrund des Traumbildes stand eine Fabrik mit einem hohen Schornstein, in der aber schon jahrelang nichts mehr los war. Meine Mutter saß im Gras. Ich hatte sie auf die Weide geführt, damit sie mit ihren Krallen scharren konnte, um eventuell einen kleinen Wurm herauszuholen und ihn zu verspeisen. Sie schaute, aber nicht auf mich. Sie schaute, als ob ich nicht auf der Welt sei. Und sie hatte einen Flaum bekommen. Ganz bunt. Schließlich ist sie mir während der Besatzung doch nicht an Unterernährung gestorben, dachte ich bei mir. Auch weiße Flaumfedern waren ihr gewachsen, am Hals, ganz lange, wie ein Bart, und der Wind wehte sie hin und her. Ich hatte neben ihr Platz genommen, als wollte ich ihr Gesellschaft leisten, aber auch als ihr Wächter, damit niemand kommen und sie mir stehlen konnte. Aber trotzdem kam ich im Traumbild nicht vor, ich war nur Betrachter, von irgendwoher. Meine Mutter ist heiter, es ist wie am Nachmittag, sie braucht nichts, schaut auf nichts, nicht einmal ihre Augen braucht sie, sie schaut voller Wohlwollen, scharrt auch nicht nach Nahrung. Ich bin etwas bedrückt, daß sie nicht einmal mich braucht. Auch eine Sonne ist in meinem Traumbild vorhanden, aber die ist woanders, weit weg. Die weißen Flaumfedern an ihrem Hals wehen hin und her wie ein zarter Bart.

Ich weiß auch nicht, weshalb ich diesen Traum gehabt habe. Er hat mir keinerlei Freude gemacht. Auch keinen Kummer.

Erst ganz vor kurzem habe ich diesen Traum gehabt. Irgendwo gegen Ende dieses Buches hier.

Jedenfalls war unsere Reise auch eine Art Festival für mich, denn ich kam zum ersten Mal aus Epálxis heraus, wenn man von den Schulausflügen vor dem Krieg und dem Ausflug nach Ypínemon absieht. Durch Städte kam ich und durch zahlreiche Kaffs; die sollte ich nach meinem zwanzigsten Lebensjahr näher kennenlernen, auf meinen verschiedenen Tourneen.

Sorglos näherte ich mich Athen, ohne Last auf dem Rükken. Der Benjamin der Familie versorgt, mit Arbeit, Dach über dem Kopf, einem Einkommen. Die Mutter mit ihrem Haar ohne Kopftuch darauf. Kaum hatten wir den Isthmus von Korinth hinter uns, beschloß ich, sie nur noch Mama zu nennen, Schluß mit Mutter und Mutti. Plötzlich war ich im Besitz einer Vergangenheit, die ich wohlgeordnet, ohne Spinnweben, sauber ausgekehrt hinter mir ließ.

Wir liefen in der Hauptstadt ein, aber richtig aus der Nähe sah ich sie erst nach einem Monat. Denn Herr Manólaros hatte Tássis Instruktionen gegeben, uns am Eingang der Stadt abzusetzen, in der Nähe von Frau Fanís Bunker. Umarmungen, Küsse, äußerst hilfsbereit war sie, aber beinahe gleichgültig, ohne die Spur eines Lächelns. Sie stieg auch mit zu uns auf den Laster und dirigierte Tássis, wohin er uns fahren sollte, Herr Manólaros hatte ihr Anweisungen zukommen lassen.

Hier anhalten, bedeutet Frau Faní Tássis bei einem Brachfeld. Wir steigen ab, nebendran ein kleiner Hügel mit einer Art Kapelle auf der Kuppe, das ist euer Gefechtsstand, sagt Frau Faní.

Auf eine derartige Behausung war ich nicht gefaßt, ich hatte ein unbewohntes einstöckiges Haus mit Mobiliar erwartet, aber ich sagte nichts. Wir entluden unseren Hausrat, Tássis und Frau Faní halfen auch, wir schleppten uns ab.

Bequem ist es, sagte ich, Platz mehr als genug.

Wasser gibt es dort unten, einen städtischen Brunnen, Frau Faní zeigte uns, wo. Wenn ihr keinen Kanister habt, leih ich euch einen. Wir hatten aber einen. Sie führte uns hin, wir füllten Kanister und Krug, kehrten zurück, Frau Faní an unserer Seite, als Begleitung, ich kam mir fast wie eine Urlauberin vor, als sie uns das Umland zeigte, und fand es schön, mich wie eine Touristin zu fühlen, obwohl ich damals das Wort noch gar nicht gelernt hatte. Die gute Frau machte uns auch noch einen Besen aus Reisig, als Geschenk, obwohl wir unseren eigenen aus Epálxis mitgebracht hatten. Trotzdem war uns auch ihr Geschenk hochwillkommen, besonders für den Bereich außerhalb des Bunkers. Ich holte einen Stuhl heraus, damit sich meine Mutter hinsetzen konnte, sie stand nämlich wie eine Schneiderpuppe herum und war mir im Weg, sie hatte noch nicht ganz verdaut, daß wir jetzt in der Hauptstadt lebten. Irgendwie räumte ich provisorisch auf, ging für Kocher und Lampe Petroleum besorgen, kam wieder zurück, da meinte Frau Faní schließlich, ich sollte besser gehen, es wird dunkel. Und wenn sie abends den Invaliden zu euch bringen, dürft ihr euch nicht erschrecken. Der hat ein Recht auf den halben Bunker. Und verließ uns. Ich brachte sie hinaus, und von unserer Anhöhe aus warf ich einen Blick hinüber auf Athen, zum ersten Mal. Dann ging ich zurück, um zu kochen, und wir aßen und waren voller Erwartung zu sehen, was das denn wäre, dieser Invalide, und warum er zu uns auf Besuch kommen sollte.

Als man den Invaliden brachte, waren Rubíni und ihre Mutter bereits eingeschlafen. Sie hatten das Bett aufgestellt, mitgebracht hatten sie nur das eine, das Doppelbett der Mutter, das andere hatten sie einer Nachbarin namens Kanéllo vermacht.

Davor hatten sie einen Flickenteppich ausgelegt, Rubíni hatte erst noch gekehrt, denn der Zementboden im Bunker lag voller Unrat, darum hatte sich der Invalide, der ihn zuerst in Beschlag genommen hatte, überhaupt nicht gekümmert; er besaß lediglich ein Kissen, eine Decke, einen Wasserkrug und einen Becher. Das alles ganz hinten, damit ihn der Luftzug von der Türöffnung und den Schießscharten für die Maschinengewehre nicht erreichte. Am Eingang hatte er Erde aufgestampft, um eine Rampe zu schaffen, über die er sein Wägelchen bequem nach innen rollen konnte.

Rubíni hatte die Schießscharten mit Werg und Papier abgedichtet und im Eingang eine Decke als Tür aufgehängt. Den Tisch aus dem Eßzimmer benützte sie gleichzeitig als Eßtisch und als Küche: sie hatte den Gaskocher, den Wasserbehälter mit dem Hähnchen und die Teller darauf abgestellt. Den Wasserbehälter postierte sie schließlich nach draußen, neben den Eingang. Am nächsten Tag würde sie das mit der Toilette klären.

Sie hatte provisorisch gekocht, sie hatten gegessen, den Docht der Lampe hatte sie so niedrig gedreht, daß sie gerade noch brannte, und sie hatten sich schlafen gelegt.

Den Invaliden brachte ein Junge, und die beiden Frauen

erwachten und schauten zu. Ein halber Mensch war es, die Beine fehlten ihm völlig, sie waren direkt am Rumpf abgetrennt, und er stand aufrecht, wie das Standbild eines lateinamerikanischen Diktators, das verstümmelt und wiedererrichtet worden ist, auf einem handgefertigten Bretterwagen mit vier Rollen, hinten zwei Handgriffe, um ihn zu schieben, und vorne ein Seil wie ein Zaum, um ihn zu ziehen. Er war um die Vierzig, breitschultrig und mit sehnigen Armen, drei Jahre war es jetzt her, daß er die Beine verloren hatte, und so hatten sich durch das Schieben die Armmuskeln verstärkt wie bei einem Ringkämpfer. Jeden Tag fuhr er auf die Nationalstraße hinunter. Ein Junge aus der nahegelegenen Siedlung kam und holte ihn aus dem Bunker. Abends übernahm er ihn wieder, legte sich das Seil um und zog ihn hoch zum Gefechtsstand, gegen Bezahlung. Der Invalide gab ihm jeden Abend bei der Rückkehr das Geld. Der Junge hob ihn von seinem Gefährt, so daß er die Notdurft verrichten konnte, hinterher setzte er ihn wieder auf den Wagen und zog ihn hinein, bis zum Bett. Darauf zahlte ihn der andere aus, der Junge wünschte ihm gute Nacht und erschien am Morgen wieder, um ihn erneut hinunterzubringen.

Der Invalide bettelte. Von der Siedlung aus fuhr er alleine hinunter zur Landstraße. Seinen Rollwagen lenkte er mit Umsicht, wußte Anstiege zu vermeiden, kannte die guten Passagen. Er bettelte und schnauzte die an, die ihm nichts gaben. Dreist schrie er, er sei Kriegsinvalide, und sie hätten die Pflicht, für seinen Unterhalt zu sorgen. Er machte Ersparnisse. Von den Almosen in klingender Münze legte er, was er konnte, zurück, und ab und an, so alle drei Monate, ging er zu einer Frau, einer Prostituierten von der Landstraße, und ließ es sich besorgen.

Das Zusammenwohnen mit den zwei Frauen kam ihm wie gerufen. Verhuschte Provinzlerinnen, die Mutter stumm, die

Tochter mager und unansehnlich, eine Verrückte, jetzt standen ihm alle Wege offen. Jetzt hatte er Partner, konnte seine Geschäfte erweitern, zum Betteln bis nach Athen vorstoßen, hin zu den guten Plätzen.

Als erstes erkärte er ihnen, der Bunker gehöre ihm, er lasse sie aber da wohnen. Das mit der Miete würden sie später klären, sagte er ihnen. Ein Bluff, um sie ständig in einem Zustand der Unruhe zu halten.

Zuerst hatte er gedacht, meine Nutte hab ich jetzt sicher, und zwar ohne Geld, welche von beiden, war ihm egal. Doch als er sie so verschüchtert und verwildert vor sich hatte, sagte er sich, laß mal, das kriegen wir später.

Daß sie den Raum aufgeräumt hatten und daß ihn fertiges Essen erwartete, zählte für ihn nicht, er hatte sich an sein bisheriges Leben gewöhnt. Natürlich paßte es ihm in den Kram, daß er sich einen Kuli gesichert hatte, der ihn wegen der körperlichen Bedürfnisse nach draußen brachte. Aber in der Hauptsache lag ihm sein Geschäft am Herzen, die Bettelei. Im Tausch für die Miete gewann er zwei Personen als Partner; die Alte zum Ziehen, die Junge als Marktschreierin, um den Teller hinzuhalten. Künftig an Vorzugsplätzen. Und von den Einnahmen würde er ihnen etwas abgeben, für die Lebensmittel.

In der Anfangsphase bockte die Junge ein bißchen, unser Abgeordneter hat uns hier reingesetzt, sagte sie zu ihm. Und nimm dich in acht, wir haben nämlich unsere Beine. Schließlich ging sie freiwillig zu ihm hin und erklärte, sie würden sehr gern mit ihm zusammenarbeiten, eine prima Idee, so würde sie Athen kennenlernen und diesbezüglich auf dem laufenden sein, denn, so sagte sie, ihr Abgeordneter werde der Mutter eine Rente verschaffen und sie selbst weiterempfehlen, so daß sie am Theater spielen könne. Und bis die entsprechenden Maßnahmen abgeschlossen seien, akzeptiere die

Junge die Zusammenarbeit. Unter der Bedingung, daß er ihre Mutter Frau Mína und sie selbst Fräulein Rubíni nenne. Was denn für ein Fräulein, Mensch, blaffte er. Ständig vergaß er ihren Namen, verhunzte ihn. Eines Tages nannte er sie sogar Raraú. Sie war ganz verrückt vor Freude und adoptierte den Namen. Damit werde sie beim Theater herauskommen, meinte sie. Raraú. Oder Fräulein Raraú.

Und so starteten sie das Unternehmen. Bloß vorläufig, Mama, meinte die Verrückte, die Raraú, zu der Stummen. Bis uns unser Abgeordneter versorgt hat, sagte sie zu ihr.

Jeweils im Morgengrauen brachen sie auf. Bis sie das Athener Stadtzentrum erreichten, bedurfte es fast zweier Stunden Marsch. Die Stumme zog den Wagen von vorn, ins Seil gespannt wie ein Pferd auf dem Dreschplatz. Ihre Tochter hatte aus Lumpen eine Art Knieschoner für die Schultern angefertigt, damit das Seil nicht so einschnitt. Die Junge hielt mit den Handgriffen hinten den Kurs, und auf dem Rollwagen oben thronte der Krüppel wie ein offizielles Götzenbild. Er rief ihnen ständig zu, sie sollten nicht in die Schlaglöcher fahren, es gebe Erschütterungen, und das jucke ihn an den Eiern. Raraú kicherte höhnisch, es juckte sie auch, wenn sie das hörte, sie mußte noch Jungfrau sein, soviel war sicher. Allerdings wollte sie nichts davon hören, mit ihm zu schlafen.

Sie hatten auch so etwas wie einen Vorhang für ihn gemacht, aus Bindfaden und einem Laken, und ihn damit abgetrennt, damit sie sich vor dem Schlafengehen ausziehen konnten. Er beobachtete sie. Die Alte saß auf dem Stuhl wie eine Schaufensterpuppe. Die Tochter wusch ihr das Gesicht und kämmte sie. Wenn sie ein Bad nehmen wollten, schleppten sie Wasser an, machten es warm, leerten es in den Zuber, dann brachten sie den Invaliden nach draußen.

Nachts, wenn er wach lag, starrte er sie an, sie ließen die Lampe auf halber Flamme brennen. Beide in Schlaf versunken, völlig erschlagen, den ganzen Tag auf den Beinen und den Wagen im Schlepptau. Im Schlaf nahm die Junge die Alte in den Arm, deckte ihr den Kopf zu, kämmte ihr mit den Fingern die Haare, beide im Tiefschlaf. Er konnte in der Regel nicht schlafen. Er masturbierte, in der Hoffnung, er würde müde und schliefe ein.

Im Morgengrauen zogen sie dann wieder los. Sie kamen auf ihrem Posten an, sprachen ab, wo sie betteln wollten, auf dem Wochenmarkt oder da, wo man das Gemüse ablud. Die Tochter arretierte den Wagen mit vier Klötzchen, die sie immer dabeihatten. Dann kehrte sie den Platz davor mit einem Handbesen ab, breitete einen kleinen Teppich aus, strich ihn glatt, stellte den Teller für die Almosen darauf und daneben einen Blumentopf mit einer Duftpflanze, Majoran, Basilikum, je nach Jahreszeit. Diese Blumentöpfchen pflegte Raraú von ebenerdigen Fenstern oder niedrigen Balkonen zu stehlen. An dem Blumentöpfchen konnte der Kunde sehen, daß er es mit anständigen Menschen zu tun hatte, die vom Schicksal geschlagen waren, und nicht mit irgendwelchen Gaunern. Auf Geheiß des Krüppels hatten sie auch ein Papierfähnchen besorgt, das steckten sie in die Erde des Blumentopfs, damit das Schauspiel einen nationaleren Anstrich bekam. Und so fühlten sie sich mit dem Besen neben dem Blumentöpfchen auf komfortable Weise zu Hause, als befänden sie sich auf ihrem Hof, und wer zufällig all diese Sorgfalt mitbekam, betrachtete sie fast als Eigentümer des gekehrten Bezirks und erwies ihnen eine Art Achtung. Raraú fühlte sich als Hausherrin. Sie hatte irgendwelche hochhackigen Pumps aufgestöbert, mit Schleifen aus lauter Pailletten vorne darauf, unter den Habseligkeiten des Krüppels hatte sie die gefunden. Sie stopfte sie in sein Gefährt, legte die Strecke in ihren gewöhnlichen Schuhen zurück, und wenn sie ankamen und mit der Arbeit begannen, schlüpfte sie in die Stöckelschuhe und empfing die Kunden, fing mit der Bettelnummer an. So sah sie es selbst, als Revuenummer, als Debüt in der Welt der Theaterkunst.

Die Mutter saß am Rand, um sich zu erholen, zwei Stunden vor das Gefährt gespannt. Sie hatte eine Flasche mit Wasser, trank ein bißchen, aß auch Brot und Käse zur vereinbarten Stunde, nachdem die Geschäfte zur Mittagspause geschlossen hatten, bis sie am Nachmittag wieder öffneten. Raraú rief immer: »Eine Unterstützung für den Kriegsversehrten, den Patrioten, der seine Beine der Heimat geopfert hat«, ohne die Stimme zu dämpfen. Es machte ihr Spaß. Zuweilen sagte sie es auch als Gesang auf, sie tanzte es sogar. Anfangs wurde der Invalide böse, du machst mich lächerlich, du Versagerin, sagte er zu ihr, ich bin ein seriöser Geschäftsmann. Aber mit der Zeit nahm Raraú keine Rücksicht mehr auf ihn und hatte auch keine Angst mehr vor ihm, sie streckte ihm sogar die Zunge heraus. Einmal, als er ihr angedroht hatte, sie ordentlich zu verdreschen, sagte sie sogar zu ihm, und wohlgemerkt vor ihrem Publikum, komm doch, du, komm doch! Steh doch auf und fang mich und verdrisch mich! Um unmittelbar darauf loszukreischen: »Habt Mitleid mit dem Kriegsversehrten!« Da schrie der Krüppel: »Eine Spende für die Taubstumme und ihre rachitische Tochter, eine Spende für die taubstumme Flüchtlingsfrau!«

Das beleidigte Raraú zutiefst, und sie meinte, er solle damit aufhören, denn sonst würden sie ihn stehenlassen. Doch ihre Mutter ließ sich keine Betroffenheit anmerken, und so gewöhnte sich Raraú allmählich auch daran, sie schrie es sogar oft selbst, wenn sich die Kundschaft nicht rühren ließ: »Habt doch Erbarmen mit dem invaliden Kriegshelden, habt Erbarmen mit der taubstummen Flüchtlingsfrau.« Denn das würde die Einnahmen erhöhen, sagte sie zu ihnen, es war ihr nämlich aufgefallen, daß sich ausländische Touristen auf dem Markt zu zeigen begannen, die waren arglos und spendeten. Aber sie fanden keinen sprachenkundigen Menschen im Revier. Der Krüppel sagte dauernd, he, Raraú, laß es dir doch von deinem Abgeordneten übersetzen. Doch Raraú wollte ihren Beschützer nicht wissen lassen, daß sie ihre Mutter zum Betteln gebracht hatte. Und nach und nach vergaß es der Krüppel, die Stumme zog teilnahmslos das Gefährt, und während die beiden anderen bettelten, saß sie am Rand mit einem Ausdruck, als blickte sie auf ein weites Tal hinaus. Nichts berührte sie. Nur eines Tages wurde sie von einem Passanten belästigt. Der, ein neugieriger Typ, warf seinen Obolus hin und fragte Raraú, sag mal, Fräulein, das Paar hier, wie machen's die eigentlich? Von der technischen Seite her, meine ich. Da erhob sich die Stumme, aber Raraú kam ihr zuvor und stürzte sich auf ihn, hing sich an sein Jackett und riß ihm das Revers ab, er brüllte, Polizei, Polizei, und das Trio packte die Sachen zusammen und ging für drei Tage an einen anderen Stammplatz.

Alle zwei Wochen versorgte Raraú den Invaliden, nahm zwei Bretter und schob sie ihm als Lehne hinter den Rücken, sie steckte sie an den Wagenrand, denn er machte heftige Bewegungen und neigte sich oft so stark nach hinten, daß er umkippte. Danach raunte sie ihrer Mutter heimlich etwas zu und war weg, ohne ihm zu verraten, wohin sie ging. Ins Büro ihres Politikers ging sie, der hieß Manólaros, so ein mieser politischer Intrigant aus einem Provinznest, mit welchen Tricks der in den Wahlkreis der Hauptstadt übergewechselt war, wußte keiner.

Der Manólaros empfing sie immer in rosigster Laune. Er bewirtete sie mit Lokum, teilte ihr mit, die Rente befinde sich auf gutem Weg, überbrachte ihr Nachrichten von ihrem Bruder, den er auf seinem Gut hatte, für alle möglichen Arbeiten, und wenn sein Aufseher einmal starb, wollte er an seiner Stelle Raraús Bruder übernehmen. Sie sagte ihm, er solle dem Fánis, ihrem Bruder, Grüße übersenden, küßte Manólaros die Hand und kehrte leichten Herzens zu dem Krüppel zurück, besonders, wenn sie mit Taschengeld und Lokum ausgestattet zurückkam.

Manchmal erzählte ihr der Politiker auch, er sei dabei, für ihr Haus in der Provinz gleichfalls eine Regelung zu finden, daß sie aber besser noch warten sollten, die Grundstückspreise gingen nach oben, die Bauern drängten herein und kauften. Und was das Theater betrifft, meinte er, da bist du noch reichlich jung, warte ab, bis ich euch die Rente verschafft habe, und dann empfehle ich dich selbst an künstlerisch kompetente Personen.

Ein schäbiger Intrigant zwar, aber doch ein entgegenkommender Mensch mit offenem Herzen, war er voll Sympathie für Raraú. Und sie ging frohgemut von ihm weg. Ihr Lokum hob sie auf und drängte ihre Mutter, essen Sie es doch, Mama, sagte sie. Und wartete, bis sie sicher sein konnte, daß es die Mutter auch wirklich aß.

Innerhalb von sechs Monaten hatte sie sämtliche Straßen erkundet, ich komm mir schon vor wie eine Athenerin, Mama, meinte sie. Wenn sie von Manólaros zurückkehrte, ging sie durch Straßen, in denen sich Theater befanden, besonders Revuen. Stets hatte sie ein Stück Kreide in der Tasche. Vor den Plakaten mit den Namen der Darsteller blieb sie stehen und tat so, als läse sie. Dann schrieb sie verstohlen unter den letzten Namen »und Fräulein Raraú«. Sie trat zurück, sah es sich an und kehrte danach zu ihrer Arbeit zurück, jetzt hatte sie schon keine Angst mehr, die Mutter mit dem Krüppel auf dem Markt allein zu lassen, die Mutter hatte sich daran gewöhnt, es machte ihr nichts aus, daß sie bettelten. Ihre

Haare waren ja auch wieder lang, sie hatte sogar etwas zugenommen, das Klima von Athen bekam ihr, dachte Raraú.

Daß der Krüppel sie begrapschte, fand sie normal und fast wie einen ihr gebührenden Ehrentribut. Es ist schlichtweg notwendig, daß mich sämtliche Männer begehren, hatte sie bei sich beschlossen, denn nur so kriege ich den Passierschein dafür, daß ich als Schauspielerin reüssiere. Natürlich erwog sie nicht einen Moment lang die Möglichkeit, mit ihm etwas anzufangen. Zunächst einmal hatte sie Scheu vor ihrer Mutter: wenn meine Mutter durch diese Betätigung unter die Sünder gefallen ist, werde ich selbst diese Betätigung niemals ausüben. Um meiner Mutter Ehre zu erweisen. Darüber hinaus wäre es eine Herabsetzung ihrer Ideale gewesen, die Liebe durch einen Mann kennenzulernen, dem der halbe Körper fehlte, eine Kommode aus Fleisch war er, wenn sie ihn abstellten, bis sie ihm sein Deckenlager gerichtet hatten. Außerdem war er Bettler. Und zwar Bettler aus Überzeugung und eigener Wahl. Sie hatte sich doch zum Ziel gesetzt, eine Prinzessin des Lebens zu werden.

Im wesentlichen wollte sie mit dem Invaliden nichts anfangen, weil ihr das, was ihr über die Begriffe »Liebe« und »Bett« zu Ohren gekommen war, nicht den geringsten Eindruck machte. Als sie noch klein war, reizte es sie irgendwie. Von zwölf, dreizehn an hatte sie nie eine fleischliche Regung heimgesucht. Wenn sie sich, nicht sehr häufig, fragte, weshalb sie diese Sache nicht begehrte und warum sie keinerlei Lust oder Drang verspürte, stieg in ihr das Bild ihres kindlichen Körpers auf, wie sie zusammen mit ihrem Bruder Fánis außerhalb der Ajía-Kyriakí-Kirche verschiedene Spiele spielte, vor allem Fangen, damit ihnen warm wurde und der Nieselregen auf ihren Kleidern trocknete, bis Herr Alfio drinnen zu Ende war und wieder wegging, und so die kleine Rubíni wieder ins Haus schlüpfen und sich die Nässe abtrocknen konnte. Und, vor allem, ihrer Mutter beistehen konnte, das Becken zu leeren, den Tisch herzurichten, der Italiener stellte eine Verzögerung dar, einen Eingriff in ihr tägliches Programm.

Und so war sie nie von der Lust besessen gewesen, einen Männerleib anzufassen.

Es beunruhigte sie nicht. Doch sie verbarg es, denn sie betrachtete es als unpassend für eine zukünftige Schauspielerin. Es fehlte ihr aber nicht, niemals kam sie die Lust an, einen männlichen Körper durchzukneten. Sie empfand Freude darüber, daß sie nachts mit ihrer Mutter zusammen schlief. Nur eine Toilette vermißte sie schmerzlich. Sie hatte sich ganz allein an der hinteren Mauer des Bunkers eine zurechtgebastelt; hatte eine Grube gegraben, eine Holzkiste beschafft, eine Öffnung in deren Boden gemacht, sie umgekehrt über der Grube angebracht, sie ringsum mit Pappstücken umzäunt, und dort gingen sie ihrer Notdurft nach. Sie hatte sogar ihren Organismus so trainiert, daß sie am Abend davon Gebrauch machten, in der Dunkelheit, obwohl sie keine Nachbarn hatten, die sie hätten sehen können.

Die Bettelei demütigte sie nicht, zum ersten, weil sie sie selbst nicht guthieß und sie sich auch nicht ausgesucht hatte. Zum zweiten war es nur ein vorläufiger Zustand, bis ihnen die Rente gewährt wurde und ihr Haus in der Provinz verkauft war. Darüber hinaus kannte sie sich auf diese Weise allmählich in Athen aus und lernte, wie man sang und in schwierigen Situationen vor dem Publikum bestand, lernte, wie man eine Verbeugung macht, das heißt, sie zog aus der Bettelei ihren Nutzen.

Sieh einer an, dieses rachitische Luder macht für mich die Beine nicht breit, dachte der Krüppel. Sie stach ihm an sich nicht ins Auge. Aber wenn sie sich darauf eingelassen hätte, wäre es immerhin kostenlos gewesen. Die Stumme reizte ihn mehr. Doch eines Morgens, als er versucht hatte, die Hand unter ihren Rock zu stecken, während ihn die beiden Frauen versorgten, hatte die Junge den Wagen umgeworfen, der Krüppel kippte und fiel mit der Seite auf den Zementboden. Die Mutter stand stocksteif und schaute nicht einmal hin. Der umgefallene Krüppel, er hatte sich auch die Hand angeschlagen, lag da wie ein mächtiger Baumstumpf. Später nahm die Junge das Seil vom Wagen und peitschte ihn damit direkt ins Gesicht. Dann nahm sie die Einnahmen vom Vortag und ging in die Ecke, wo der Krüppel seine Ersparnisse versteckt hielt, er hatte nicht damit gerechnet, daß die Kleine sein Versteck kannte. Und vor seinen Augen, den Blick auf ihn gerichtet, nahm sie ihm die Ersparnisse weg, zog ihre Mutter an und ging mit ihr hinaus.

Erst einmal schauten sie bei einer aus ihrer alten Heimat vorbei, die wohnte auch in einem Bunker, hatte ihn aber ausgebaut. Sie häkelte Spitzen, ging in die Siedlung hinunter und verkaufte sie dort von Tür zu Tür. Kaum kamen Raraú und ihre Mutter, kochte sie ihnen Kaffee. Danach machten sich Mutter und Tochter wieder auf den Weg.

Sie nahmen den Bus und gingen zunächst zu ihrem Politiker. Dann spielte die Tochter für ihre Mutter den Fremdenführer, um ihr die Sehenswürdigkeiten zu zeigen, das Königsschloß, alles. Darauf lud sie sie zu einem Kuchen ein. Und bei der Gelegenheit gingen sie sogar auf die Toilette der Konditorei, um auch einmal wie richtige Menschen auszutreten. Die Mutter wollte nicht, aber Raraú brachte sie fast mit Gewalt hin, hab keine Angst, sagte sie zu ihr, wir sind doch mit unserem Geld hergekommen. Und danach kauften sie Schuhe für die Mutter, ein Schlachtermesser, eine Hundekette und ein Säckchen Zement. Auf die Weise gab Raraú das ganze versteckte Geld des Krüppels aus, und sie kehrten nach Hause zurück (so nannten sie jetzt den Gefechtsstand), wieder mit dem Bus. Und fanden den Krüppel in der gleichen Position, auf die Seite gefallen, auf seine Hand, und in einer Lache von Urin.

Sie versorgten ihn, packten ihn in seine Decken und machten ihm Essen. Und als ihm Raraú seinen Teller brachte, sagte sie zu ihm, schau mal, Krüppel, das Geld, das du versteckt hattest, hab ich alles ausgegeben. Und an meiner Mutter wirst du dich nicht mehr vergreifen. Ich hab ein Schlachtermesser und Zement gekauft. Und sie zeigte ihm beides. Das nächste Mal, wenn du dich an meiner Mutter vergreifst, mache ich Zement an, stoß dir das Messer in den Bauch, und sobald du den Mund aufmachst, um zu brüllen, stopf ich ihn dir mit Zement. Und dann gehen wir fort. Und der Zement in deinem Mund wird hart, und du kannst nicht brüllen, so stirbst du ganz allein und verfaulst und kannst nicht von der Stelle. Und nicht wir brauchen dich, sondern du brauchst uns. Deshalb wirst du besser brav sein und Respekt vor uns haben.

Und von da an hatte der Krüppel vor ihnen Respekt. Doch jeden Abend band Raraú vor dem Schlafengehen das eine Ende der Kette an der Hand des Invaliden und das andere am Fußende ihres Bettes fest. Und so schlief sie ganz ruhig neben ihrer Mutter. Morgens band sie ihn wieder los. Der Krüppel machte Einwände, doch was sollte er schon tun: sie sagte ihm, sie werde ihren Abgeordneten dazu bringen, ihn durch die Polizei hinauswerfen zu lassen. Der Krüppel wollte mit der Polizei keine Händel; weil er sich nämlich als Helden des albanischen Epos ausgab und ohne staatliche Genehmigung bettelte. Seine Beine waren ihm durch Dynamit abhanden gekommen, das er zum illegalen Fischen bereitmachte. Und so widersetzte er sich Raraú nicht maßgeblich. Im Grunde lebte er ja nicht schlecht, hatte zwei Sklavinnen und hatte wieder begonnen, ein heimliches Spargeld anzulegen, bestens ging es ihm.

Und an den beiden Frauen vergriff er sich nicht mehr. Das Zusammenwohnen und die gemeinsame Arbeit mit ihnen waren für ihn von Vorteil.

Insbesondere beeindruckte ihn die Kraft, die die Stumme bei den Steigungen an den Tag legte. Sie schlang sich das Seil um die Brust, schritt aus und zog wie eine Stute beim Dreschen. Abends rieb ihr die Tochter die Schultern und salbte ihr die Blasen vom Seil auf Brustbein und Oberarmen mit Fett ein. Eines Tages stahl die Stumme aus einem Laden, in den sie mit ihrem Sammelteller gegangen waren, um eine milde Gabe für den invaliden Helden zu erbetteln, etwas Werg, und abends holte sie sich ein paar Lumpen, stopfte sie mit dem Werg, machte eine Art Sattel daraus, den sie auf der Haut trug, unter ihrem Kleid, und hatte fortan keine Probleme mehr, wenn sie den Wagen mit dem Invaliden zog. Und ihre Tochter war voller Bewunderung, bravo, Mama, schau mal, wie schlau meine Mutter ist! rief sie aus.

Bevor sie zur Siedlung kamen, gab es einen Friedhof. Raraú schlüpfte hinein, entwendete ein, zwei Holzkreuze und lud sie neben den Invaliden auf das Gefährt, und so beschafften sie sich den Brennstoff, um ein kleines Kohlebecken zu entzünden. Zwar füllte der Raum sich mit Qualm, aber es nahm doch ein bißchen die Feuchtigkeit weg.

Das Säckchen Zement und das Schlachtermesser hatte Raraú gut versteckt, damit sie dem Krüppel nicht in die Hände fielen. Und im Sommer, wenn sie ihn versorgt hatte, ihn auf sein Lager abgelegt und ihm sein Essen gebracht hatte, machte sich Raraú zu ihren ersten Lehrstunden in der Schauspielerei auf. Sie nahm ihre Mutter mit, ließ sie bei der Frau aus der alten Heimat mit ihren Spitzen zurück und wanderte in die Siedlung hinunter. Dort gab es ein Freilichtkino. Raraú kletterte auf die Mauer oder auf einen Baum dahinter, und von dort aus verfolgte sie auf der Leinwand, was für Zicken die weiblichen Stars machten. Und lernte auf diese Weise die Schauspielerei. Besonders gern hatte sie die griechischen Filme. Danach ging sie ihre Mutter abholen, und sie kehrten nach Hause zurück. Ihrer Mutter gefielen diese Ausflüge, denn die alte Nachbarin redete nicht viel, sie häkelte bloß. Und die Stumme übernahm für sie verschiedene Arbeiten im Haushalt, kehrte zusammen, dann lauschte sie der Hausherrin, die Selbstgespräche über ihr Haus in der Provinzstadt, über ihre Nachbarn führte. Sie hatte zuwege gebracht, daß man ihr Strom legte, und so hatten sie Licht, und die Zeit verstrich unterhaltsam. Raraú sagte eines Tages auf dem Rückweg zu ihrer Mutter, haben Sie es bemerkt, Mama? Frau Faní hat nirgends ein Foto von Aphrodhíti aufgehängt. Und von ihrem Mann auch nicht.

Ihre Einnahmen waren gut, vor allem auf den Wochenmärkten. Es gab viele Leute, die es eilig hatten, besonders Hausfrauen. Raraú stellte das Gefährt absichtlich so hin, daß es sie beim Durchkommen behinderte, und was blieb den Frauen dann anderes übrig, soweit sie Christen waren und das Jüngste Gericht fürchteten, sollten sie es nur wagen, an einem halben Menschen und einer Stummen vorbeizugehen, ohne etwas zu spenden, Geld oder irgendeine Frucht aus ihrem Korb.

Später, als Rubíni endgültig als Raraú ihr Debüt beim Theater gemacht hatte, lernte sie über die Wandertheater fast alle griechischen Kleinstädte kennen. Sie fand leicht Arbeit, denn sie ging auch zum halben Lohn; außer als Komparsin auf der Bühne versah sie auch verschiedene Arbeiten und Gefälligkeiten für den Theaterdirektor, deshalb bevorzugte man sie. Die Schauspieler betrachteten sie als kleine Schlampe. Sie selbst erzählte ihrer Mutter später, als sie schon ihr Zweizimmerappartement hatten, daß diese Zeit der Bettelei mit dem Invaliden ihr den Grundstock dafür gelegt hätte, vor die

Zuschauer hintreten zu können. Außerdem lernte sie, nicht betroffen zu sein und auch keine Scham zu empfinden, die Scham ist etwas für Provinzler, pflegte sie zu ihrer Mutter zu sagen. Sie erkannte jedoch ihre Verbindlichkeiten an, gedachte einer gewissen Frau Salome in Greven á und sandte ihr stets gute Wünsche. Mama, sagte sie immer, die Salome hat meine Neigung entdeckt. Salome hat mir die Vita nähergebracht, ihr verdanke ich die Vita, was die Theaterseite betrifft. Aber die Bettelei hat mir die Dolce Vita gegeben, sagte sie. Diese Begriffe habe ich aus der Schulzeit im Gedächtnis behalten.

Die Ausstrahlung, die sie auf der Bühne hatte, gestanden ihr die Kollegen und die Theaterleiter stets zu, unabhängig davon, daß sie sie zum Schluß, als ihre Nerven Schaden genommen hatten, nicht mehr einstellten, weil sie strapaziös geworden war, ganz zu schweigen davon, daß sie zweimal mitten in einer Aufführung einen Anfall bekommen hatte, wohlgemerkt auf Tournee. Sollte da etwa der jeweilige Theaterdirektor mitten in der Nacht im Dorf nach dem Arzt rennen, er hatte ja weder die Verpflichtung noch Lust dazu, ihr auch noch den Arzt zu bezahlen; man flößte ihr zwei, drei Cognacs ein, um sie damit nach Kräften zu beruhigen, und so setzten sie die Tournee weiter fort. Aber in der nächsten Saison holte man sie nicht mehr zur Arbeit. Da hatte sie allerdings schon die Rente ihres Vaters, die Eigentumswohnung, Radio, Plattenspieler, Schallplatten und war, im tiefsten Inneren, stolz auf ihre Krankheit; es war eine aristokratische Krankheit, die Nerven, keine Geschwüre und Frauenleiden, die jeder x-beliebigen zustoßen können. Ihre Krankheit machte sie noch mehr zur Hauptstädterin.

Eine große Verbesserung in ihren Vorübungen ergab sich dadurch, daß der Krüppel ein kleines Radio anschaffte. Ohne Strom, es hatte Platz in der Hand, man steckte eine Batterie hinein und es spielte. Von da an führte Raraú auch Nummern zur Musik auf, und so hatte sie die Bettelei optimiert, und daran hatte sie viel Freude.

Hauptsächlich im Sommer hatten sie die großen Probleme. Der Invalide war jetzt schwer, durch die gute Versorgung hatte er Fett angesetzt, und das Schieben des Rollwagens in der Hitze war eine Demütigung, die beiden Frauen badeten förmlich im Schweiß, und dann sollten sie auch noch mit fröhlichem Gesicht und völlig durchgeschwitzt betteln. Vor allem Raraú, die obendrein ihre Nummer aufführte, bevor sie den Spendenteller herumreichte. Überdies waren die Kunden recht spärlich geworden.

Der Sommer machte Raraú ziemlich zu schaffen, denn sie hatte eine Art Regelmäßigkeit darin erreicht, mittags auf dem Markt ohnmächtig zu werden, und der Krüppel hieb sie mit einer Rute, damit sie wieder zu sich kam. Ihre Mutter war auch schon zweimal bewußtlos geworden.

An einem Julitag um zwei Uhr mittags war der Invalide in der prallen Sonne eingenickt, mit ausgestreckter Hand. Raraú machte ihm mit den zwei Brettern die Rückenlehne und zog ihre Mutter nebenan in den Schatten, um sich auszuruhen. Der Markt war leergefegt, wie eine Wüste.

Ich verschnauf mich bloß ein kleines bißchen, und dann schau ich mal, ob ich einen Eismann finde, sagte sie zu ihrer Mutter. Sie lehnte sich an die Wand und fiel auf der Stelle in Schlaf, angelehnt, wie sie war. Bevor sich ihre Augen schlossen, fiel ihr Blick auf den Invaliden: wohlgenährt, schweißüberströmt in der Sonne, die Hand nach Almosen ausgestreckt, und unversehens begann sie ihn zu hassen und wünschte ihm den Tod. Doch in dem Moment überkam sie der Schlaf, und sie hatte gleich einen Traum. Den Krüppel sah sie, wie er tot war.

Man hielt seine Beerdigung ab. Es war offenbar spät am

Nachmittag, das sanfteste Licht, und die Hitze hatte sich gelegt. Auf einer Art kleinem Berg oder Hügel, ganz grün, wuchsen rundum Blumen, sehr gepflegt. Der Himmel tiefblau. Raraú betrachtete die Beerdigung, als hätte sie einen kolorierten Kupferstich vor sich, mit dem Himmel als Hintergrund. Der Krüppel ausgestreckt auf einem Holzbett, ohne Matratze. Kerzen an den vier Ecken, aber die Flamme war nicht zu sehen, die Sonne verhinderte es. Die Hände des Invaliden gekreuzt, wie es sich gehört, und er trug einen Hochzeitskranz und ein Sakko. Und er war vollständig, hatte auch seine Beine, mit leichten Halbschuhen bekleidet. Die Beerdigungslitanei. An seinem Kopfende steht der Zigeuner, den sie jeden Morgen auf der Landstraße treffen. Neben dem Zigeuner sein Bär. Der Bär steht aufrecht und hält in den Pfoten ein Weihrauchfaß mit kleinen Glöckchen. Das schwenkt er.

Etwas hinter dem Bären steht Rubínis Mutter. Sie selbst ist nicht dabei, sie kommt in dem Traum nicht vor.

Die Litanei ist zu Ende. Der Zigeuner schlägt ein Kreuz über den Leichnam, sagt, Leben sei euch gegeben, er ist bereit. Auf zum letzten Kuß. Da überlegt Raraú, was sie auf sein Kreuz setzen soll, und plötzlich fällt ihr ein: sie kennen den Namen des Krüppels nicht. Er hat ihn ihnen nie verraten, und sie haben ihn auch nie gefragt, wie er heißt. Und als sie gerade darüber nachdenkt, kommt ihre Mutter nach vorne. Moment mal, sagt sie. Ihre Mutter spricht. Doch es ist ein Traum, und Raraú findet es nicht verwunderlich, daß ihre Mutter spricht. Die Mutter kommt also nach vorne, geht zum unteren Bettende. Zieht den Krüppel an den Schuhen. Der untere Körperteil löst sich und fällt herunter; die Beine sind aus Holz.

Er hatte immer Sehnsucht danach, erklärt die Mutter dem Bären. Ich hab sie gemietet, die Beine. Zwei Tausender.

Und nimmt die Beine über die Schulter.

Die Sonne verbleicht und löst sich auf, Raraú wird vom Geschrei des Krüppels geweckt. Der ist aufgewacht und flucht herum. Er fragt, wieso es nach Weihrauch riecht, und wer da psalmodiert hat. Dann übermannt die Hitze Raraú erneut, und sie beginnt zu rufen und zu kreischen, nehmt, Leute, nehmt, was ihr für zwei Tausender kriegen könnt (später strich man die drei Nullen, und aus dem Tausender wurde eine Drachme). Der Krüppel bekommt einen Schreck, die Mutter zupft an ihr, um sie zum Aufbruch zu bewegen, es ist aber noch sehr früh, die Läden haben noch nicht für das Nachmittagsgeschäft geöffnet. Und ganz hinten in der Straße ist wegen eines Brandes kein Durchkommen, mitten auf der Straße brennt es. Raraú überlegt, wie sie daran vorbeikommen könnten, aber es ist unmöglich, sie entscheiden sich trotzdem dafür, aufzubrechen, weil sie alle drei Durst haben und die Flasche leer ist, und die Mutter macht plötzlich mit verdrehten Augen ungelenk eine Drehung und wird bewußtlos. Raraú fächelt ihr Luft zu, versetzt ihr Klapse. Da rollt der Krüppel mit seinem Gefährt zu ihnen, zieht sie am Rock, holt ein Fläschchen heraus und gibt es ihr, nimm, sagt er. Raraú schaut es an, schaut ihn an, was ist das, fragt sie.

Arznei, antwortet er. Nimm es, ich hab es gestern in der Apotheke mitgehen lassen, in der wir waren, hab's vom Regal genommen, gib es ihr.

Was für eine Arznei ist das denn, fragt Raraú.

Was weiß denn ich! Jedenfalls ist es Arznei, es wird ihr guttun, gib es ihr.

Raraú schüttelt das Fläschchen, es ist eine Flüssigkeit, denkt sie, ich geb es ihr einfach, statt Wasser. Sie entkorkt das Fläschchen, versucht ihr den Mund zu öffnen, ohne Erfolg. Darauf steckt sie ihr die Öffnung des Fläschchens seitlich in den Mund, die Mutter verschluckt sich, kommt zu sich, gottlob. Die Mutter steht auf. Raraú nippt ebenfalls an der Arznei.

Gib mir auch was ab, drängt sie der Invalide.

Sie reicht es ihm hin, er nimmt einen Schluck, bitter ist es, meint er. Laß uns losgehen, vielleicht finden wir ein offenes Kaffeehaus, für eine Erfrischung.

Sie beginnen den Anstieg. Das Feuer brennt Gott sei Dank nicht mehr. Raraú geht vorneweg, hat das Seil über die Schulter geschlungen, hält dazu ihre Mutter an der Hand, sie kommen gut voran, hätte ich nur so eine Szene im Kino zu spielen, denkt sie, um ihnen zu zeigen, wie man Hauptdarsteller wird. Jetzt sagte sie schon »Kino«, nicht mehr »Lichtspiele«.

Sie gehen weiter, die Hitze hält an, die Mutter ist wieder zu sich gekommen, trotzdem hält Raraú sie fest an der Hand, sie erklimmen die Anhöhe. Alles hat zu, das Kaffeehaus an der Ecke auch, der Krüppel flucht auf die verdammte Scheiß-hitze, gehen wir weiter, sagt er, wenn wir irgendwo ein offenes Fenster finden, bitten wir um ein bißchen Wasser.

Die Häuser sind ebenerdig, mit zwei Treppen, kleine Maulbeerbäume davor, die Jalousien allesamt zu. Eines an der Ecke hat die Fenster weit offen, jemand steht drinnen, da klopfen wir an, sagt der Krüppel. Sie bewegen sich vorsichtig vorwärts, damit der Wagen nicht knarrt, das Haus hat oben an den Dachziegeln zwei Karyatiden, das Fenster steht auf, jemand schaut von drinnen auf sie hinaus, regt sich nicht im geringsten.

Raraú ist drauf und dran, sanft »lieber Herr« zu sagen, das Fenster liegt in tiefem Schatten, und der drinnen regt sich nicht und beobachtet sie heimlich. Wenn er ihnen nicht sogar auflauert. Raraú läßt den Wagen stehen, geht mit der leeren Flasche aufs Fenster zu, sagt guten Tag und will schon um Wasser bitten. Sie hebt die Augen, um es zu sagen: was sie so heimlich beobachtet, ist eine schöne Büste, ein männlicher Kopf, der innen auf dem Fensterbrett steht. Sie läuft zum Rollwagen zurück, sie ziehen weiter. Der Invalide nimmt einen Stein aus seinem Gefährt, wirft ihn gegen das Fenster.

Wieso wirfst du Steine auf das fremde Haus, du Krüppel, fährt ihn Raraú an.

Jetzt führt der Weg ein bißchen nach unten. Und ihrer Mutter geht es wieder besser.

Sie legt das Seil ab und geht nach hinten, um den Wagen an den Griffen zu lenken.

Du rachitisches Luder, hab ich dir nicht gesagt, du sollst mich nicht mehr als Krüppel bezeichnen, ruft er. Und nimmt noch einen Stein aus dem Wagen und wirft ihn und trifft die Mutter im Rücken. Raraú sieht es, bleibt stehen, blockiert mit den Klötzchen den Wagen, dann schlägt sie stumm mit dem Seil auf den Invaliden ein. Er versucht sich mit den Händen zu schützen, aber Raraú schlägt weiter und weint, stumm und völlig außer sich. Der Invalide erhebt die Stimme, Polizei, Hilfe! Darauf zieht Raraú die Klötzchen weg, der Wagen fährt los, gerät in Schuß, prallt an eine Mauer und steht still. Jetzt sagt der Invalide nichts mehr. Raraú geht zu ihm hin.

Hat es dir gefallen? Soll ich's noch mal machen? fragt sie ihn.

Aber er muckst sich nicht, die Mutter wartet ein Stück weiter, Raraú nimmt das Gefährt wieder auf, sie starten erneut, jetzt in Richtung Fischmarkt. Ihre Mutter schaut nicht hoch. Wenn es Streit gibt, geht der Blick der Mutter nach vorn, als sähe sie in ein weites Tal mit Vögeln und Blumen.

Ein Stück weiter unten ist der Bahnhof vom Gemüsemarkt, sagt der Krüppel zu ihnen, da ist bestimmt immer ein Kaffeehaus offen.

An der Ecke gibt ihnen ein Zigeuner Trinkwasser ab. Er hat auch einen Bären, der ist ganz kaputt von der Hitze und sitzt unter einem Maulbeerbaum, ohne seine Kette. Der Zigeuner hat keine Angst, daß er ihm davonläuft, wohin soll er gehen?

Vor dem Bären steht eine Hure, noch minderjährig, aber verwahrlost und elend, Flaute, sagt sie zur Stummen, wegen der Hitzewelle sind sogar die Alliierten weg. Trotzdem ist sie gut gelaunt und fröhlich. Sie steht vor dem Bären, schäkert mit ihm herum, bemüht sich die ganze Zeit, ihn aufzumuntern, damit er für sie aufsteht und tanzt, schließlich tanzt das Hürchen für sich allein vor dem Bären, der lustlos dasitzt, die Pfoten gespreizt, als würde er pissen. Schließlich holt sie etwas aus der Tasche und gibt es dem Krüppel, das ist für dich, du armer Kerl, sagt sie.

Raraú sagt danke schön, der Krüppel veranlaßt sie weiterzufahren, mit uns ist es ja weit gekommen, meint er, daß mir schon die Huren Almosen geben!

Die Sonne knallt von oben herunter, mit aller Kraft, inzwischen ist es vier Uhr, und anstatt schwächer zu werden, hat die Hitze noch zugelegt. Gehn wir auf den Fischmarkt hinunter, sagt der Krüppel, los, Bewegung, ihr blöden Weiber, ihr nutzlosen Fresser. Seit damals, als ihm Raraú mit dem Zement gedroht hatte, begeiferte er die beiden ständig, aber sie beachteten ihn nicht, laß ihn seinen Unmut doch austoben, pflegte sie ihrer Mutter zu sagen, er ist ein Mann, der soll ruhig fluchen, damit er sich abreagiert. Und er fluchte, schrie, ich füttere euch mit meiner Arbeit durch, ihr Schmeißfliegen.

Schmeißfliegen nannte er sie und fürchtete sich doch vor ihnen; wenn sie ihn abends ankettensten, um zu schlafen, hatte er nie etwas dagegen einzuwenden. Nur einmal sagte er zu Raraú, he, du, bringst du mich nicht auch einmal zu deinem Abgeordneten, womöglich verschafft er mir eine Kriegsversehrtenrente. Aber der Krüppel verfügte nicht über die entsprechenden Papiere und hatte auch keinerlei Aussicht, sich eine falsche Entlassungsurkunde von der Armee zu kaufen. Und außerdem, wer hätte ihm, einem Mann von Fünfundvierzig, denn abnehmen sollen, daß er am Albanienfeldzug teilgenommen hatte. Er hatte sich ja nicht einmal einen Personalausweis ausstellen lassen, die Polizei mied er, wegen seiner vielfältigen Verstrickungen im Zusammenhang mit illegalem Dynamit.

Raraú hatte nicht einmal in Erwägung gezogen, bei Herrn Manólaros zugunsten des Invaliden zu intervenieren, erstens, weil dann herausgekommen wäre, daß sie zur Bettelei übergegangen war, und dann, weil es ihr nicht um den Vorteil des Krüppels zu tun war. Sie haßte ihn, vor allem deshalb, weil er ihre Mutter duzte und sie die Stumme nannte. Aber diesen Haß ließ sie sich nicht anmerken, laß ihn reden, bis wir die schwere Zeit hinter uns haben, dachte sie.

Und sie zog das Gefährt trotzig in Richtung Fischmarkt. Der Bär war eingeschlafen, darauf wurde es der minderjährigen Hure zu dumm, und sie streckte sich neben dem Bären aus.

Sie gingen immer um diese Zeit zum Fischmarkt, denn viele Verkäufer hatten keine Kühlschränke und hielten die Fische in Fischkästen mit Eis frisch. Sobald es dann auf Mittag zuging und das Eis wegschmolz, drängten die ärmeren Hausfrauen herein und kauften das halbverdorbene Fischzeug zum halben Preis. Wenn nicht alles vollständig verkauft war, gaben sie den übrigen Fisch an ein paar improvisierte Garküchen im Freien ab, die ihn gleich brieten. Manchmal blieb trotzdem noch ein bißchen vergammelter Fisch übrig, und der Krüppel hatte immer den Vorzug vor den anderen Bettlern, die noch ihre Beine hatten, und so aßen sie dann kostenlos Fisch zu Abend, wenn man ihn briet, stank er gar nicht mehr.

Als sie sich den Kochstellen näherten, sagte der Krüppel

zu den Frauen, he, schaut euch mal den an, der transportiert eine Frau, die hat er auf seinen Rücken gebunden.

In der Tat reizte das Raraús Neugierde gewaltig. Aber als der Mensch näher kam, sahen sie, daß es ein Lastenträger war, noch jung, der eine Frauenstatue aus Gips transportierte, die auf seinen Rücken gebunden war, wahrscheinlich eine Karyatide, in Menschengröße, vermutlich stammte sie aus einem Abrißhaus.

Eine Schubkarre solltest du dir für sie nehmen, Bürschchen, zog ihn der Krüppel auf. Dann kannst du sie auf den Markt ausführen, wie mich meine Frauen hier, und machst auch noch Geld damit.

Der Lastenträger hatte ein wollenes Unterhemd an und griente ihnen kameradschaftlich zu, über den Witz amüsiert, und überholte sie. Die Karyatide war sorgfältig festgebunden, Rücken an Rücken mit ihrem jungen Träger, und ihr Rücken war von dem schweißgetränkten Hemd des Jungen ganz feucht. Raraú sah der Karyatide nach, wie sie sich, das Gesicht gen Himmel, vorwärts bewegte, die Augen leer, als könne ihr absolut nichts etwas anhaben, was für Bedürfnisse hat die denn auch, dachte Raraú und schlang sich das Seil wieder um, denn es begann wieder nach oben zu gehen.

Sie hatte nie hingenommen, daß der Krüppel sie »meine Frauen« nannte; denn das war fast wie ein Verlöbnis, offenbar sah er vor, daß sie das Leben gemeinsam verbrachten, Raraú wußte aber doch, daß ihre Zusammenarbeit nur vorläufig war, das sagte sie ihrer Mutter gewöhnlich auch vor dem Einschlafen, nur vorläufig, Mama, machen Sie sich nichts draus, vorläufig wohnen wir hier, und vorläufig arbeiten wir mit einem Krüppel, uns, uns erwartet unsere Zukunft.

Den Fischmarkt versuchte Raraú zu meiden, denn das Wasser im Bunker war knapp, und sie mußten es von weit her anschleppen, wenn auch in letzter Zeit auf einigermaßen bequeme Art, sie transportierten es nicht mehr per Hand, sie luden Krug und Kanister auf den Wagen; zuerst hievten sie den Invaliden herunter, und dann liefen sie Wasser holen. Und trotzdem machten diese halbvergammelten Fische, die ihnen die Fischer zuwarfen, ein mühseliges Waschen notwendig. Und zudem war dann der Fischgestank an den Händen durch nichts loszuwerden, er hielt sich tagelang bei der Mutter, und Raraú ersehnte sich ein Leben voller Parfümduft, wenn endlich die Rente da war, ganz zu schweigen davon, wie viele Flakons sie dann später besitzen würde, als Schauspielerin.

Deshalb zog sie den Rollwagen wie eine Siegerin, jedoch voller Abscheu. Zum Glück gab es heute keine Fische, der Krüppel fluchte, ihr Hurensöhne von Fischern, ihr Betrüger, verkauft den kleinen Leuten vergammelte Fische, brüllte er, und für mich gibt es nichts, ob sie denn nicht sähen, daß er eine kranke Frau hätte, schrie er und zeigte auf die Mutter, und Raraú begann schneller am Wagen zu ziehen, damit ja niemand glauben sollte, daß eine so feine Frau wie ihre Mutter einen Krüppel zum Mann hätte. Da näherte sich ein kleines Kind, legte zwei Tüten im Gefährt des Krüppels ab, und war ganz scheu und schnell wieder weg.

Raraú hielt an, weil der Krüppel hinter ihr losprustete und wieherte. Sie drehte sich um und sah, daß er die eine Tüte geöffnet hatte.

Konfetti! Es ist Konfetti drin! Die haben uns Konfetti als Almosen gegeben! Und mit aufgerissenem Mund wirft der Krüppel eine Handvoll hoch.

Verschwende doch das Konfetti nicht so, herrscht ihn Raraú an.

Keine Sorge, bis zum Karneval ist es noch lang, sagt er, aber er hat vor ihr Angst und streut keine zweite Handvoll mehr aus. Ein paar Konfettis sind an seiner Schläfe hängengeblieben. Die Mutter geht hin und wischt sie ihm mit einem Taschentuch weg.

Ich hab eine treusorgende Frau, ruft er den Leuten zu, obwohl niemand in der Nähe ist, hört aber sofort damit auf, sobald sein Blick wieder auf Raraú fällt, und unterdrückt sein Gelächter.

Was schaust du mich so an, fragt er sie. Komm, mach ein bißchen voran, zieh uns nach Hause, auch wenn's noch zu früh ist, siehst du nicht, daß deiner Mutter was fehlt? Die übrige Tageseinnahme schenke ich euch, sagt er und zeigt auf Raraús Mama. Ihr zuliebe. Ihr fehlt doch was, offenbar macht ihr die Hitze zu schaffen.

Raraú wirft einen Blick auf die Mutter. Wieder ist mit ihr irgend etwas nicht in Ordnung, aber sie wird nicht bewußtlos, es vergeht wieder. Sie setzt den Weg fort.

Ich nehme meine Mutter auch auf den Wagen, sagt Raraú zu dem Krüppel. Sie fragt ihn nicht, sie sagt es ihm einfach. Doch er gerät total aus der Fassung.

Bist du verrückt geworden! Das ist zu eng, das hält er nicht aus, du willst mir wohl den Wagenboden durchbrechen! Und du hältst es auch nicht durch, zwei gleichzeitig zu ziehen.

Wohl halt ich es durch, sagt Raraú, doch ihre Mutter läuft vorneweg, sie will nicht.

Wir nehmen eine Abkürzung, beschließt der Krüppel. Er zeigt ihr, wo sie entlangfahren müssen, damit es schneller geht. Nur geht es da steiler hinauf, schaffst du das, so kaputt, wie du bist?

Das schaffe ich, nur keine Sorge, sagt Raraú.

Und sie schlagen die Abkürzung zu ihrem Bunker ein. Raraú, in das Seil gespannt, schreitet aus und redet auf ihre Mutter ein, um sie zu beruhigen. Die Mutter geht vor sich hin und wird abwechselnd gelb und weiß wie ein Leintuch. Immer wieder setzt sie die Wasserflasche an, sie haben an einem

Kaffeehaus haltgemacht, eine Limonade bestellt und ihre Flasche gefüllt. Die Limonade hatte Raraú an sich für die Mutter gedacht, aber die will sie nicht, und da trinkt sie der Krüppel in kleinen Schlucken, während sie die Anhöhe hochgehen. Jetzt gibt es kein einziges Haus mehr ringsum, rote Erde, eine frisch ausgehobene Straße, richtig breit, die Gegend hier hat Zukunft, meint der Krüppel, in ein paar Jahren wird man hier lauter Häuserblocks stehen sehen, sag das deinem Abgeordneten, damit er sich ein Grundstück kauft.

Vorne erwartet sie der Steilhang.

Jetzt kommen sie an einem Fabrikgebäude aus Beton vorbei. Außen herum überall eingezäunte Grundstücke, rote Erde, neben der Betonfabrik ist ein Areal aus roter Erde mit lauter ganz weißen Statuen, die sind für die Landhäuser der Neureichen bestimmt, erklärt ihnen der Krüppel. Statuen gibt es da, Brunnenbecken, Springbrunnen, einen Garten mit Marmorstandbildern. Entweder ist der Garten zu klein oder die marmornen Kunstgegenstände sind zu zahlreich, jedenfalls herrscht da drinnen Raumknappheit, denkt sich Raraú, als sie vorbeifahren. Inzwischen hat sie gelernt, Athener Ausdrücke zu gebrauchen, die provinzielle Ausdrucksweise wäre tödlich für ihre Theaterkarriere, die Statuen werden plötzlich noch weißer, Aphroditen, Nymphen mit Delphinen, auch Christusse mit Lämmern, es gibt auch ein paar über und über verzierte Kreuze, mit Weinblattornamenten, die Christusse sind sicherlich für einen Kinderfriedhof bestimmt, überlegt Raraú. Sie gehen weiter, ihre Mutter verweilt noch und sieht sich die Verzierungen an den Statuen an; ich sollte daran denken, sie wieder zu diesem Weg zu führen, plant Raraú in Gedanken. Jetzt haben sie den Steilhang in Angriff genommen. Die Landschaft besteht nur noch aus dem Hang und einem Bäumchen, keinem von diesen Ziergewächsen, ein nie gegossenes ist es, so ein wild wachsendes.

Ihre Mutter steigt den steilen Weg vorgebeugt hoch, als stemmte sie sich dem Wind entgegen. Der Hang führt senkrecht nach oben, aber jetzt nähern sie sich ihrem Gefechtsstand, na du, siehst du jetzt, daß ich recht gehabt habe, ist es auf dem Weg nicht kürzer? sagt der Krüppel zu Raraú. Die Zunge wird dir zwar ein bißchen aus dem Hals hängen, aber wir kommen schneller an, so daß sich deine Mutter hinlegen kann. Denk daran, daß sie auch noch die restliche Arznei nimmt. Oder hat sie sie schon ganz leer getrunken?

Raraú antwortet nicht, um keine Kraft zu verschwenden. Sie hat ein ganzes Wegstück darum gekämpft, es zu verbergen, aber jetzt ist ihr Keuchen deutlich zu hören, ihre Mutter dreht sich um und schaut sie an, Raraú kann das Keuchen nicht abstellen, es kommt von selbst aus ihr heraus, Mensch, du tust ja wie eine Eselin, die nach dem Esel schreit, bemerkt der Invalide. Er sagt ihr das zur Unterstützung, um sie etwas aufzumuntern, er will helfen. Raraú begreift das und will sich erkenntlich zeigen. Sie sind wie Geschäftspartner. Statt ihm mit Worten zu danken, zieht sie das Gefährt mit gesteigerter Energie. Ihr Atem geht wie ein Röhren, sie hört und akzeptiert es selbst, und sie kommt richtig in Laune. Stell dir bloß vor, mein Publikum könnte mich jetzt sehen, wie ich da keuche wie eine läufige Eselin, denkt sie. Ein Glück, denkt sie, daß ich mich im Moment nicht vor einem Publikum befinde. Ihr Partner, der Invalide, erhebt die Stimme, los, sagt er zu ihr, es wird schon halb sechs sein, wir sind gleich da. Streng dich an, gute Raraú. Raraú, du unbezähmbares Biest.

Raraú möchte es ihm lohnen, aber sie kann nicht mehr weiter, mit ihren Knien ist irgend etwas los, sie sind wie ausgehöhlt. Sie bleibt stehen, stürzt nicht, ruft ihre Mutter, die Klötzchen zu holen, damit der Wagen nicht zurückrollt.

Nur einen kleinen Moment, bittet sie die beiden.

Alles, was du willst, Partnerchen, sagt der Invalide zu ihr, mach eine Pause und verschnauf dich. Er ist stolz auf sie.

Ich hab nicht angehalten, um auszuruhen, wehrt Raraú ab. Nicht verärgert, sondern als ob sie Angst hätte, den Preis zu verlieren, heute erwartet sie ein Pokal, ein Ruhmeskranz, sie weiß es nicht genau, jedenfalls ist sie heute ein Star. Sie springt über den Straßengraben, schneidet mit dem Messer eine Rute von einem Maulbeerbaum ab, kommt wieder, gibt sie dem Invaliden, spannt sich wieder ins Seil.

Da, nimm die Rute, sagt sie.

Was soll ich damit?

Nimm sie, hilf auch mit, antwortet sie. Und legt schwungvoll los. Aber sie hat Probleme, so schwungvoll weiterzuziehen, die Knie wollen unter ihr nachgeben.

Nur vorwärts, Raraú, du schwindsüchtige Bubulína, macht ihr der Krüppel Mut. Er möchte helfen. Mach Dampf! Sobald wir um die Ecke sind, ist unser Bunker in Sicht.

Doch es ist, als wäre Raraú kurz davor, umzufallen. Sie bemerkt es, dreht sich um und wendet sich an ihn.

Sobald ich mich schwertue und nicht weiterkomme, sagt sie, dann hilf. Wenn du siehst, daß ich stehenbleibe, dann drischst du auf mich ein. Mit der Fuchtel. (Sie benützt den Ausdruck vom Land; sie hat vergessen, sie »Rute« zu nennen.) Drisch zu, sobald du merkst, daß ich falle.

Sie zieht wieder voll Enthusiasmus los. Der Krüppel peitscht voller Begeisterung mit der Rute in die Luft, dann schreit er, hü, hott! Die Knie von Raraú geben nach, der Krüppel drischt ihr mit der Rute über den Rücken, läßt Heißarufe ertönen, Raraú kommt wieder auf die Beine und brüllt ihrerseits, drisch zu, drisch zu! Drisch ordentlich zu!

Der Invalide schlägt sie, Raraú vergißt, sich nach ihrer Mutter nebenan umzusehen, der Invalide drischt auf sie ein, Raraú zieht nun viel rascher nach oben, denkt, *jetzt* sollte mich mein Publikum sehen!, und triumphiert. Der Invalide johlt, schlägt sie weniger und fängt an, Hände voller Konfetti aus der Tüte auf sie zu werfen, Raraú hätte große Lust, sich zu verbeugen und danke schön zu sagen, das Konfetti klebt ihr im Haar, die Mutter geht auf sie zu, um es ihr abzuklopfen, aber Raraú schiebt ihre Mutter weg, sie ist der Star, jetzt hält sie nichts mehr, sie steigt empor, der Krüppel hinter ihr singt, ermutigt sie mit Peitschenhieben, bewirft sie mit Konfetti ...

Als sie den Fuß in den Bunker setzten, sagte Raraú, jetzt betreten wir die Gärten des Paradieses. Sie half ihrer Mutter beim Hinlegen, verbrauchte das ganze Wasser, ohne zu geizen, gab auch dem Krüppel zwei Gläser voll. Er hatte keine Lust, hineinzugehen, laß mich noch eine Zeit hier draußen, sagte er zu Raraú, ich möchte mich verschnaufen und auch einmal ein bißchen auf die Hauptstadt runterschauen. Raraú ließ ihn also draußen, wie er es wünschte, steckte ihm nicht einmal die Lehne in den Rücken, gib acht, daß du nicht umfällst, sagte sie bloß, und ging Frau Faní holen. Sie nahm aber bei der Gelegenheit gleich den Krug mit, um Wasser zu holen.

Der Krüppel setzte noch seine Brille auf, er hatte eine Sonnenbrille gefunden und trug sie in den Stunden, wenn ihm feierlich zumute war. Er sah auf die Hauptstadt hinunter und ruhte sich aus. Ihm war nicht bewußt, daß er träumte, er dachte, er sei wach und nehme am richtigen Leben teil.

Er befand sich, wie er meinte, aufrecht in seinem Wagen, vor ihrer Behausung, und die Sonne ging nicht unter, sie war ihm gegenüber stehengeblieben und mokierte sich über ihn. Er trug sein Sakko und strafte alle die da unten in der Hauptstadt, die ihm Almosen spendeten, mit Verachtung, ich bin viel mehr wert als die, sagte er und kratzte sich am Hals, etwas am Hals biß ihn, wie ein leichtes Jucken, das aus seinem Kragen gekrochen kam. Er schloß die Augen, um sich genüßlicher zu kratzen, und hob noch einmal die Hand zum Nakken hoch. Da stieß er an etwas. Er machte die Augen auf, nahm die Hand weg, aus seiner Kragenöffnung schlängelt sich ein Aal nach unten. Der Aal ist graugrün glänzend und glitschig und wird im Heruntergleiten immer länger. Jetzt ist er an seinem Bauch angekommen. Der Krüppel streckt die Hand aus, um den Aal zu packen, der nun fast ganz aus dem Hemd gekrochen ist, aber der hat inzwischen angefangen, sich zwischen seinen Hosenknöpfen hindurchzuwinden. Vom Boden seines Wagens sieht er zwei Aale zu seinem Bauch hinaufkriechen. Er dreht sich hilfesuchend nach der Tür des Bunkers um, da kommt aus dem Bunker ein riesiges Schiff mit abgeblättertem Anstrich auf ihn zu, wie der Aal gleitet es auf ihn zu, er kann sich nicht erklären, wie ein gesamter Überseedampfer in dem Bunker Platz finden konnte, der Überseedampfer schiebt sich wie ein Eindringling vorwärts, dem Krüppel bleibt kein anderer Ausweg, als aufzuwachen. Er erwacht.

Bin ich erschrocken, und das als ausgewachsenes Mannsbild, denkt er und ruft nach der Stummen. Er fragt sie lauthals, wie sie sich fühle, ob es ihr bessergehe, und sie solle doch herauskommen, um Luft zu schnappen und ihm Gesellschaft zu leisten. Assimína kommt heraus, bringt einen Schemel mit und setzt sich neben ihn, er schwafelt die ganze Zeit, du wirst schon sehen, sagt er zu ihr, in wenigen Jahren ist das Brachland da unten eine Wohnsiedlung. Je mehr sich die Zivilisation ausbreitet, desto mehr Leutchen werden nach Athen hereinkommen, in ein paar Jahren, du wirst noch an mich denken, führt hier vor unsrer Behausung eine Hauptstraße vorbei, mit Geschäften, einem Markt, mit Kunden, und wir betteln dann ganz bequem direkt vor unserer Tür, dann haben wir diese Scheißkerle nicht mehr nötig, stundenlang per pedes nach da unten, damit man uns ein paar Brosamen abgibt, die kommen dann selbst an unsere Tür, mit goldenen Löffeln essen wir in sieben, acht Jahren, wie die Könige, paß auf, was ich dir sage, paß nur gut auf, ich weiß Bescheid.

Und er redete auf sie ein, bis Raraú mit ihrem Krug und Frau Faní wiederkam, auch ein Thermometer brachte sie mit.

Untertemperatur hat sie, sagt Frau Faní. Zum Glück. Fieber hat sie keins, Schwindelgefühl auch nicht, appetitlos ist sie. Auf jeden Fall sollte sie aber zum Arzt.

Sie legte mit Hand an, um den Krüppel nach drinnen zu holen, und nahm Raraú beiseite, um sie zu fragen, wie alt ist deine Mutter eigentlich?

Fast vierunddreißig, sagte Raraú.

So jung noch? Dann ist es ausgeschlossen, meinte sie bei sich. Aber du solltest sie auf jeden Fall zu einem Doktor bringen. Und wenn du mich in der Nacht brauchen solltest, geniere dich nicht, lauf rüber und hol mich.

Am nächsten Morgen blieb der Krüppel zu Hause, denn Raraú nahm ihre Mutter mit zu Herrn Manólaros, mit dem Bus.

Ich hab dir die Mama hergebracht, Doktor, sagte Raraú zu ihm. Sie sagte immer Doktor zu ihm, auch wenn er jetzt ein Politiker war, seine Praxis hatte er zugemacht. Trotzdem untersuchte er sie flüchtig, im Vorzimmer warteten viele Wähler auf Erkenntlichkeiten.

Ich finde nichts, putzmunter bist du, Assimína, sagte Herr Manólaros. Eventuell eine leichte Form von Hysterie.

Er gab ihnen Schreiben mit, damit sollten sie kostenlos Untersuchungen bei Ärzten machen lassen, die Parteifreunde waren, der eine davon war Gynäkologe. Zwei Tage lang hingen sie in den Arztpraxen herum, der Krüppel murrte, aber wer nahm auf ihn Rücksicht. Der Frauenarzt fragte Raraú, ob ihre Mutter hören könne.

Sicher, antwortete sie, sie ist bloß stumm.

Letzten Endes gibt es nichts Alarmierendes, liebes Kind, meinte der Arzt. Deine Mutter hat endgültig keine Periode mehr. Ungewöhnlich für eine so junge Frau, aber nicht bedenklich.

Ich hatte doch richtig vermutet, sagte abends Frau Faní, aber ich wollte nichts sagen, bevor es der Doktor tut.

Und so brachen sie am dritten Morgen wieder zu dritt zur Arbeit auf, der Invalide sehr dringlich, zwei Tage allein im Bunker, war er ganz in Weltschmerz versunken, er brauche Leute und Lärm um sich, meinte er.

Mach dir nichts draus, Assimína, sagte Frau Faní zu ihr, als sie auf dem Weg zur Landstraße an ihrem Bunker vorbeikamen. Ich hab meine Periode zwar noch, obwohl ich fünfzehn Jahre älter bin als du, aber was bringt mir das?

Machen Sie sich nichts draus, Mama, sagte Raraú auf dem Weg zum Fischmarkt zu ihr. Sie sollten sich lieber freuen; Sie sind einen Kummer los, Monat ein, Monat aus, das ist doch lästig. Ich kann nicht verstehen, was uns diese Periode nützen soll, na, davon hat man vielleicht was, ich wollte, bei mir wäre es auch schon aus, wir zwei mit unserem Sauberkeitsfimmel schätzen ja diese Fron der Natur überhaupt nicht.

Sie kaufte sogar zwei Aale, und sie grillten sie abends auf Holzkohle, um es zu feiern. Der Krüppel maulte wegen der Ausgabe, aber Raraú sagte ihm, ich hab sie von unserem Anteil bezahlt, iß deine Portion und halt den Mund!

In der letzten Zeit war er kratzbürstig, weil Raraús Mutter Schwindelanfälle hatte (das ist normal, sie dauern zwei, drei Monate, hatte ihnen der Arzt angekündigt) und sich nicht auf die Arbeit konzentrierte und ständig zerstreut war. Und eines Abends grapschte er wieder nach ihr. Und Raraú kippte das siedende Wasser von einem Ei, das sie gerade für ihre Mutter kochte, über ihm aus. Er heulte auf und meinte dann zu Raraú, wovor hast du eigentlich Angst, warum läßt du mich denn nicht, jetzt braucht man doch nicht mehr zu fürchten, daß ich ihr ein Kind anhänge.

Seit jenem Abend begann ihn Raraú nachts wieder anzuketten, was sie in der letzten Zeit unterlassen hatte. Und das andere Ende der Kette schlang sie jetzt nicht um den Bettfuß, sondern um ihren Arm. Und wenn sie in der Nacht etwa durch ein Klirren der Kette erwachte, zerrte und zog sie daran, bis sie ihn aufheulen hörte. Und daraufhin schlief sie beruhigt wieder ein.

Und eines Tages, es war Frühling geworden, beschloß der Invalide, weil sie schon ordentlich viel in den Taschen hatten, mit der Arbeit früh Schluß zu machen. Sie hatten auch ein paar ausländische Münzen eingenommen, die wollte Raraú am nächsten Tag zu Herrn Manólaros bringen, damit er ihr sagte, was sie wert seien. Auf der Landstraße machten sie halt, kauften Würste und Wein ein, um es zu feiern, meinte der Krüppel. Auf dem Heimweg trafen sie auf große Baumaschinen, die die Straßen verbreiterten und die Trümmer platt walzten. Sieh an, die Alliierten, sagte der Krüppel, die haben mit den Reparationen begonnen.

Raraú ging es gut, weil ihre Mutter wieder richtig gesund war. Sie war ein für allemal von ihrer monatlichen Unpäßlichkeit befreit, auch die Schwindelanfälle waren vorbei, der Krüppel hatte endgültig akzeptiert, daß sie ihn jede Nacht anketteten, er wehrte sich nicht dagegen, weil die Einnahmen ja in die Höhe gingen, er führte ein gutes Leben und setzte Fett an, und er meckerte bei Raraú, warum sie denn ihren Abgeordneten nicht dazu brächte, daß man die Straße bis zu ihrem Bunker asphaltierte. Aber Raraú hätte sicherlich nie eine solche Unhöflichkeit begangen, sie hatten ihm mit der Rentensache schon genug in den Ohren gelegen, zwei Jahre lang, wir nähern uns nun dem rühmlichen Ende, sagte er ihr an jedem Monatsersten, wenn sie ihn in seinem Büro besuchte. Die Wahlpässe hatte er bereits fertig. Und was die Jahre betrifft, die ich bei dir draufgeschlagen habe, sagte er zu ihr, das wird ja niemand erfahren, weißt du, es war notwendig, sonst hätte man deinen Paß und den deines Bruders nicht ausstellen können. Außerdem habe ich dich ja mit der anderen Urkunde über dein Alter versorgt, die dich um Jahre jünger macht.

Er übermittelte ihr auch die Grüße von Fánis, ihrem Bruder, dem ging es gut auf der Insel, er war treu und nützlich auf dem Gut.

Raraú und ihre Mutter brieten die Würste, gaben dem Invaliden zu essen, aßen selbst etwas, legten ihn gewaltsam auf seiner Matratze ab; er hatte getrunken und begann wieder nach der Mutter zu grapschen. Da schleifte ihn Raraú zur Matratze, ohne vorher für sein Bedürfnis gesorgt zu haben, kippte ihn auf sein Bettzeug, band ihn mit der Kette fest, nahm ihre Mutter und ging mit ihr auf einen Sprung zu Frau Faní hinüber, das kleine Transistorradio funktionierte nicht mehr, es gab bloß noch Störgeräusche von sich, es mußte wohl repariert werden. Außerdem hatte Frau Faní eines mit Strom.

Ihre Mutter spülte Geschirr, und Raraú blätterte eine Illustrierte durch, Frau Faní kaufte immer Illustrierte, um neue Häkelmotive zu finden. Die Illustrierte blätterte sie durch, weil es bei den vielen Raupenschleppern und Straßenverbreiterungsmaschinen unmöglich war, Radio zu hören.

Da schrie ein Nachbar von Frau Faní zu ihnen herüber, schnell, die Bulldozer. Sie hatte aber eine Bescheinigung vom Bürgermeisteramt, die legte sie den zuständigen Ingenieuren vor, sie wohnte legal in dem Bunker, als Opfer des Partisanenkriegs.

Die fahren in eure Richtung, sagte sie zu Raraú, ihr habt kein Papier vom Bürgermeister, mach schnell, daß du eure Sachen noch rettest.

Raraú nahm die Mutter an der Hand und machte sich auf den Weg zu ihrem Bunker. Und als die Mutter rennen wollte, hinderte Raraú sie daran. Sie gingen im normalen Tempo weiter, und als sie die Kurve erreichten, sahen sie ihren Bunker und dazu zwei Bulldozer, die zu ihm hinauffuhren. Sie blieben stehen, und Raraú hielt die Hand ihrer Mutter ganz stark umfaßt.

Wir gehen nicht hin, sagte sie zu ihr.

Und sie sahen, wie sich erst der eine Bulldozer und dann der andere auf den Bunker zu in Bewegung setzten. Geräusche hörten sie keine, es war zu weit weg. Und als sich der erste Bulldozer über den Bunker hermachte, war es, als zögere er einen Moment lang, dann setzte die Maschine aber zurück, um darüberzufahren. Und danach walzte der zweite Bulldozer kreuzweise darüber hinweg; wo vorher der Bunker gestanden hatte, war jetzt eine ebene Fläche. Erst da gingen Raraú und ihre Mutter weiter auf das Stück Boden zu, das noch vor kurzem ein Bunker gewesen war.

Ich wollte nicht, daß wir irgend etwas retten, nicht das geringste Fitzel von unseren Sachen, meinte Raraú zu ihrer Mutter. Und als sie näher kamen, setzten sich die Bulldozer in Bewegung, um an eine andere Stelle zu fahren.

Hat hier jemand gewohnt, weißt du was? fragte der eine Fahrer Raraú.

Nein, ich weiß nichts. Ach was, da hat keiner gewohnt, meinte sie dann, und ihre Mutter nickte mit dem Kopf, um »ja, ja, genau« auszudrücken.

Er war beim Amt für Wiederaufbau als unbewohnt gemeldet, sagte er. Aber mir war, als hätte ich Schreie gehört, hast du auch was gehört, he? fragte er den Fahrer des anderen Bulldozers.

Wie hätte ich denn was hören sollen, bei dem Radau, den die Maschine macht, sagte der andere. Was redest du da von

Schreien, Mensch, siehst du Gespenster? Auf, los geht's wieder.

Nein, da hat niemand gewohnt, sagte Raraú noch einmal.

Und sie fuhren los.

Raraú nahm ihre Mutter und kehrte mit ihr zu Frau Faní zurück. Und sie übernachteten bei Frau Faní. Und eine Woche später kam die frohe Botschaft, endlich sei ihre Rente durch.

Zu der ebenen Fläche, die die Bulldozer geschaffen hatten, kehrten einige Nachmittage lang ein paar Hunde zurück, herrenlos offenbar, schnüffelten hartnäckig daran herum und entfernten sich unverrichteter Dinge. Und als dann die Dampfwalze kam, ließen sich die Hunde nicht mehr blicken.

Zum ersten Mal in meinem Leben wohnte ich in einer Wohnung mit Holzboden. Sogar Parkett. Da hab ich mir doch, als ich den ersten Schritt hineinsetzte, gesagt, Rubínichen, du hast es zu etwas gebracht; ich war dermaßen bewegt, daß ich mich vergaß und mich nicht selbst mit Raraú anredete.

Mama blieb ungerührt. Liebe Mama, sagte ich zu ihr, das hier, das ist Ihr Haus. In Athen. Hier drin leben wir ab sofort, als Eigentümerinnen, hier drin sterben wir, richtig hochherrschaftlich, und von hier wird man uns mit den Füßen voran hinaustragen, wenn die Zeit dafür reif ist. Deshalb möchte ich, daß Sie sich glücklich fühlen, Mama. Glücklich, als Siegerin und als richtige Dame.

Und ich änderte ihren Namen. Frau Mina. Frau Mina, meine Mama, sagte ich in der Bäckerei, kommt den Braten holen. Selbst bei Frau Faní setzte ich es durch: Frau Mina, meine Mama. Auch auf ihr Grabkreuz habe ich gesetzt, Frau Mina M. Keinen Nachnamen: nur M. Um sie zu entschädigen.

Von dem Geld, das uns Herr Manólaros für den Verkauf unseres Hauses in Epálxis gab, kaufte ich erst das Grab und dann die Zweizimmerwohnung. Ich für mein Teil, sagte ich mir, werde keine Provinzlerin mehr, auch nicht nach dem Tod. Es ist ein reiner Stadtteilsfriedhof, aber ich sage selbst heute noch zu meinen Kollegen, wissen Sie, meine Mutter habe ich auf dem Athener Hauptfriedhof liegen. Damit meine Feinde platzen vor Neid und ich das Andenken an die Mama gesellschaftlich hebe.

Das Grab habe ich zum Sonderpreis erworben. Damals wohnten wir noch zu Gast in Frau Fanís Häuschen. Klein, aber gepflegt, allerdings mit ihrem ganzen Provinztrödelkram, Nippes und Möbel, die sie aus Epálxis mitgeschleppt hatte. Provinz war sie und Provinz ist sie geblieben, die Frau Faní, auch heute noch. Ich sage das, obwohl sie ein Herz aus Gold hat und uns aufgenommen hat, gleich als wir nach Athen kamen, uns aufgenommen hat aus freien Stücken und wir zwei Jahre lang bei ihr wohnen durften, bis die Rente von Mama kam und auch unser Haus verkauft war. Sie selbst hatte darauf bestanden, daß wir mit ihr zusammenwohnten, nur so zur Gesellschaft, wir würden ihr eine Freude damit machen, meinte sie, obwohl es dort in der Nähe ein verlassenes Haus gab, das so ähnlich war wie ihres. Unsere Möbel, Teppiche und Pretiosen hatten wir alle verkauft, bevor wir wegzogen.

Jedenfalls schulden wir ihr für ihre Wärme und Gastfreundschaft über zwei ganze Jahre hin Dank.

Nur meine persönliche Kleidung habe ich mitgenommen, als ich aus Epálxis wegging, und Mama ihr Hochzeitsfoto. Die übrige Kleidung verschenkten wir an Nachbarinnen, die sie brauchen konnten.

Als uns Herr Manólaros eröffnete, daß das Haus verkauft war, galt mein einziger Gedanke dem Hinkelchen. Werden sie es geachtet haben? Aber dann sagte ich mir, deren Achtung, die hat mein Hinkelchen gerade nötig! Jetzt muß es doch endgültig bis hinunter zur Erdachse abgesunken sein, da sollen sie ruhig versuchen, es zu finden und zu erniedrigen mit Bulldozern und mit Exkavationen.

Kaum waren wir untergekommen, kaufte ich die Möbel. Bett nahm ich nur eines, ein Doppelbett, für uns beide, mit einer ganz plustrigen Matratze. Na los, die soll dir nur möglichst bald ein Bräutigam so zurechtdengeln, daß sie sich setzt,

meinte der Matratzenhändler zu mir, als er sie bei uns anlie-
ferte. Eine Waschkommode kaufte ich etwas später, unter
Markesínis, inzwischen hatte ich die Zweizimmerwohnung
völlig abbezahlt. Herzlichen Glückwunsch zu der Mitgift und
möglichst bald einen Bräutigam, der sie dir einweiht, meinte
die Putzfrau zu mir.

Denn ich hatte mir eine Putzfrau genommen. Ich ließ sie
bloß zweimal im Monat kommen. Das tat ich einfach nur
so, als Geschenk für Mama, ich dachte, es würde ihr Freude
machen, aber es machte ihr Kummer. Das heißt, eigentlich
tat ich es auch ein bißchen für das übrige Mietshaus. Die
Mama wird eine Putzfrau brauchen, wenn ich auf Tournee
unterwegs bin, hatte ich zu der Dame (»Dame«, na gut, sei's
drum!) gesagt, die das Milchlädchen in unserem Wohnblock
hatte.

Denn ich war inzwischen endgültig beim Theater gelandet.
Wieder hatte Herr Manólaros seine Hand im Spiel gehabt,
der hat Klasse, der Mensch, möge es ihm wohlergehen. Der
war auch aufgestiegen, Abgeordneter in der Hauptstadt war
er jetzt, wir machen gemeinsam Karriere, Herr Präsident,
sagte ich zu ihm. Präsident war er nicht, aber es tut doch allen Politikern gut, wenn man sie für Hauptfiguren hält. Herr
Präsident mußt du zu ihm sagen, schrieb ich an unseren Fánis. Ich gebe ihm immer Ratschläge, obwohl er eigentlich älter ist als ich. Obwohl er älter ist als ich, der Fanúlis, ist er
im Kopf und in der Seele dreizehn geblieben. Deshalb machte ich mit Herrn Manólaros ab, daß die Zweizimmerwohnung direkt auf meinen Namen lief. Damit zu gegebener Zeit
keine Übertragungsprobleme oder Erbschaftssteuern auftauchen, sagte er mir. Und danach gab er mir das Billett für den
Impresario, in dem er ihm mitteilte, die Überbringerin des besagten Briefes sei unserer Partei zugehörig, und er solle mir
Arbeit anbieten.

Der hat sich dann nachträglich als rechter Dreckskerl herausgestellt, trotz seiner väterlichen Miene. Ein alter Mann, schon über Fünfundvierzig. Er ließ mich zu sich nach Hause kommen. Ich gehe hin, er läßt mich ein, betätschelt mich, gibt mir fünfzig Drachmen, und dann macht er etwas mit mir, das ich nicht verrate.

Liebes Kind, sagt er und bringt mich zur Haustür, du, du hast Talent zur Hure.

Was meinen Sie mit Hure, sage ich ehrerbietig zu ihm, ich bin gekommen, um Schauspielerin zu werden, was soll das heißen, Hure?

Hure, sagt er mir, bedeutet das, was du gerade vorhin da drin gemacht hast.

Ich möchte aber keine Hure werden, sage ich.

Aber du bist es doch gerade geworden, sagt er zu mir. Viel Erfolg und gute Laufbahn. Und zeigt auf den Fünfziger in meiner Hand.

Gottlob kannte Herr Manólaros jede Menge Theaterleute und schickte mich zu einem anderen. Der stellte mich sofort ein. Für mich bist du die Richtige, sagte er. Das war auch so ein alter Kerl. Was heißt alter Kerl, er war wahrscheinlich auch kaum über Fünfundvierzig, ich allerdings betrachtete sie damals als alt. Ein geiler Bock. Aber hat sich etwa auf meinem Weg jemals ein Mann gefunden, der nicht geil gewesen wäre? Offenbar habe ich das so im Blut. Ich fragte ihn, ob ich Talent für die Bühne hätte. Er meinte, morgen kommst du in mein Büro, eine Stunde vor der Probe. Gewaschen und mit sauberer Unterwäsche. Und danach sag ich dir dann, ob du Talent fürs Theater hast.

Am nächsten Tag ging ich frohgemut hin. Küßte meine Mutter und ging hin. Gewaschen, bereit.

Das Talent einer guten Schauspielerin, sagte mir mein Arbeitgeber in der Garderobe, besteht hauptsächlich in einer

Sache: stets untenherum gut gewaschen zu erscheinen, vor allem, wenn sie der Impresario in seine Garderobe einlädt. Zur Arbeitszeit immer gut gewaschen zu sein, an Arbeitstagen nie die Periode zu haben. Das sind die Zehn Gebote für die gute Schauspielerin. Nur dann kommt sie voran.

Ich kam voran. Stets war ich folgsam und gehorchte ihm aufs Wort, meinem Impresario. Aber er sagte zu mir, Mensch, Raraú, du hast ein Loch anstelle des Hirns.

Und das machte später an allen Theatern die Runde. Davon abgesehen fand ich aber immer Arbeit, die kleinen Billettchen von Herrn Manólaros trugen auch dazu bei, glücklicherweise waren die meisten Theaterdirektoren Nationalisten, und so hatte ich keinen Mangel an Rollen. Jahraus, jahrein war ich auf Tournee, so lernte ich die Geographie Griechenlands kennen, frage mich nach egal welchem Kuhnest, ich sage dir, in welchem Bezirk es liegt.

Sicher, die Wahrheit ist, daß ich künstlerisch noch nicht richtig gewürdigt oder anerkannt worden bin, auch heute noch nicht, wo ich demnächst schon meine Rente als Schauspielerin bekomme. Große Rollen waren mir noch nicht vergönnt; für gewöhnlich bot man mir stumme Rollen an oder sogar die von Toten. Schau mal, ich bin ja auch nicht auf eine Schule gegangen, bin Autodidaktin, hab ganz alleine gelernt, was zu lernen war. Ein paarmal hab ich auch Sätze gesagt, ich weiß noch, daß ich einmal gesagt habe, »also bitte, Frau Diktatorin«. Und das »also« sagte ich sogar zweimal, um meine Rolle zu erweitern. Aber die Theaterdirektoren hatten eine Vorliebe für mich. Immer frisch gewaschen und mit sauberer Unterwäsche und stets mit Präservativen in der Tasche – auf eigene Kosten – gab ich ihnen sogar Rabatt aufs Gehalt, ich verriet ihnen nämlich, welche Lästerreden die anderen Kollegen über sie verbreiteten, denn ich empfinde generell und von Haus aus Dankbarkeit für jeden, der die Hand über mich hält, und diese Dankbarkeit bringe ich auch zum Ausdruck. Und so hatte Frau Mina, meine Mama, nichts zu entbehren: ich kaufte ihr sowohl ein Radio als auch einen Kühlschrank, sogar noch ein Telefon, auch wenn das für sie nutzlos war, weil sie stumm blieb. Ich besorgte ihr auch einen Fernseher, und zwar erst kürzlich, ein Jahr vor ihrem Tod, jedenfalls hat sie den auch noch genossen, satt ist sie von mir gegangen, wie eine Königin hab ich sie gehalten, weiß Gott! Hätte ich etwa dasitzen und einen Rückzieher machen sollen, weil die Kollegen über mich herzogen, Denunziantin und so? Ich verachtete sie. Und wenn sie die Verhohnepipelung überzogen, sich gar bis zu Ohrfeigen oder gar Fußtritten verstiegen, dann ging ich sofort zu meinem Abgeordneten, Herrn Manólaros. Dem geht es prima, er hält sich prächtig, für eine Weile war er sogar Staatssekretär. Allerdings hat er auch seinen Kummer mit seinem Sohn. Der ist bei den Linken gelandet, außerdem trieb er sich noch mit perversen Künstlern herum, das hat sogar in den Zeitungen gestanden. Frau Manólaros ist ja an sich der fürsorgliche Typ, aber das erlaubte sie denn doch nicht. Kaum hatten sie es erfahren, jagten sie den Jungen aus dem Haus, höchstpersönlich enterbte sie ihn, das Haus gehört nämlich ihr. Und im Garten ließ sie ein Grabmal für ihren Jungen errichten, der Sohn war für die Eltern gestorben. Sie hatten ein Haus mit Garten in einem piekfeinen Vorstadtbezirk. In letzter Zeit versucht Herr Manólaros, sie wieder mit ihrem Jungen auszusöhnen, über Fünfundsiebzig sind wir jetzt schon, sagte er zu ihr, wer soll denn für uns mal eine Kerze anzünden? Und offenbar hat er mit dieser Versöhnung Erfolg, denn wenn ich zu ihnen gehe, sehe ich, daß das Grabmal im Garten ganz vernachlässigt und voller Taubendreck ist, früher hatte sie es immer sauber abgewaschen und mit Kerzen bestückt, jetzt hausen auch Katzen dort, endlich fühlt ihr Herz wieder wie das einer Mutter, so scheint es.

Ungeachtet seiner Familientragödie hat mich Herr Manólaros aber stets unterstützt. Eines Tages sagte ich zu ihm, Herr Manólaros, Sie haben sich mir gegenüber immer wie eine Mutter verhalten.

Und zum Auftakt meiner Karriere hatte er mich zu vielen Regisseuren unserer politischen Front geschickt. Damals, als Anfängerin, weißt du, kam ich sogar über eins seiner Billettchen zu einem Schauspiellehrer, kostenlos. Zwei Monate lang gab der mir alle erdenklichen Lehrstunden, äußerst ausschweifend und feurig war er. Heute nacht schlafen wir beieinander, pflegte er mir jeden Tag zu sagen. Na, die Frage ist, ob er mich die ganze Nacht über auch nur eine halbe Stunde lang schlafen ließ. Zwei Monate lang hat er mich regelrecht aufgerieben, und das meine ich wörtlich, denn der, der hatte einen ganz speziellen Geschmack im Bett. Aber es sei ihm vergönnt, er hat mir eine Menge beigebracht. Und mochten die anderen ruhig sagen, ich hätte anstelle des Hirns ein Loch. Mich, mich haben die Theaterleiter alle favorisiert, denn ich war stets sauber, verfügbar und gut aufgelegt. Und im Grund empfand ich es auch als Ehre für mich, denn ich war schließlich keine Beauté, Raraú, sagte ich mir, du bist keine Vivian Romance, und wer dich favorisiert, erweist dir eine Ehre. Ich war bloß appetitlich, allerdings jung, der reinste türkische Honig für sie, das waren doch alles alte Kerle. Du wirst sagen, hör doch auf damit, wieso nennst du die Fünfundvierzigjährigen alte Kerle, und noch dazu jetzt, wo du die Sechzig schon überschritten hast. Na, das ist wahrhaft ein Glück für mich, daß ich die überschritten habe!

Schließlich hatten mich alle über so viele Jahre hin für einen passionierten Vamp gehalten, und die ganze Theaterwelt mußte es zugestehen, bei der Raraú, da knarrt das Bett am schönsten. Lauter Märchen; die habe ich samt und sonders getäuscht, alles Schauspielerei, auch im Bett habe ich ihnen nur etwas vorgespielt. Ich wurde nicht glücklich im Bett, ich tat nur so, als ob ich meinen Spaß daran hätte, aus Höflichkeit und aus Eigennutz. Ich, ich wollte mir meine Lorbeeren auf der Bühne erwerben. Und oft genug lernte ich, während der andere über mir hechelte, im Kopf meine Rolle auswendig, will heißen, die Rolle der weiblichen Heldin, einfach so zum Vergnügen, um meine Zeit mit Glanz und Gloria zu erfüllen.

Nach Dreißig sagte ich mir, Rubíni, du bist doch eine blöde Gans; etwas, was du so oder so über dich ergehen läßt, warum solltest du das eigentlich nicht genießen? In einem Moment, wo du sogar noch für das Präservativ zahlst?

Und so glückte es mir, infolge intensiver Praxis auch meinen Spaß daran zu haben. Nachfrage gab es genug. Obwohl ich nicht die Superfrau war, lud mich doch immer irgendein Arbeitgeber zu sich ins Büro ein. Freilich nicht gerade ein Tyrone Power, aber immerhin ein männliches Wesen. Und auf den Tourneen stellte ich fest, daß die Provinzler ein Faible für Schauspielerinnen haben, egal, ob du die Iberio Argentina oder die Raraú bist. Am Schluß, ich glaube vorvoriges Jahr, hatte ich etwas mit einem, der nur nach elf Uhr nachts Zeit hatte. Er war nicht schlecht, nichts dagegen einzuwenden, aber sobald ich keine Vorstellung habe, die mich aufputscht, hab ich um zehn Uhr dreißig meine Nachtcreme aufgelegt und gehe ins Bett, und das auch schon, als Mama noch am Leben war. Und dieser Mensch hatte so einen Fimmel, mich gleichzeitig zu küssen, wenn er mit mir etwas anderes trieb, Küsse patsch ins Gesicht, die reinsten Saugnapfküsse, die ganze Creme schleckte er mir herunter. Und eines Abends, als er mich so küßte, dachte ich bei mir, Heilige Jungfrau, wieder drei Drachmen futsch, jeder Kuß kostet mich drei Drachmen Creme.

Kaum ertappte ich mich bei diesem Gedanken, war ich

ganz starr vor Schreck. Rubínichen, sagte ich mir, wenn du im Moment der Wollust an die drei Drachmen denkst, ist es offenbar Zeit, daß du in Pension gehst, was den Sex betrifft. Und so schickte ich ihn fort. Unsere Zeitvorstellungen passen nicht zusammen, erklärte ich ihm.

Und Schluß mit dem Sex. Besser die Creme und die blühende Haut, dachte ich. Und so nahm ich Abschied vom Sex. Achtunddreißig Jahre im Dienst, ich meine, das reicht. Und meine Unterhose begann ich meine Pensionärin zu nennen. Und dieser kleinliche Beamte da (vor wie vielen Tagen war das eigentlich?) auf der Polizeistation –

Patientin: Méskaris Rubíni (Raraú), pensionierte Schauspielerin, eingetragenes Mitglied des Statistenverbandes

PSYCHIATRISCHES ATTEST

Auf Antrag der 5. Athener Polizeistation habe ich die Untersuchung der genannten Patientin vorgenommen und Nachstehendes festzustellen:

Die Betreffende hat zu wiederholten Malen meine ärztlichen Dienste in Anspruch genommen. Sie ist in der Krankenkasse der Theaterangestellten versichert. Es handelt sich bei ihr um eine völlig ungefährliche Person. Sie ist umgänglich und erzählt harmlose, unnütze und belanglose Lügengeschichten, aus einer Neigung zur Kommunikation. Sie leidet unter dem Syndrom einer Art »heiligen Bekenntnismanie«. Während ihrer Bekenntnisse gebraucht sie Namen, Vornamen und Ortsnamen, und zwar in Wahrheit in abgewandelter Form, da sie die Personen »decken« möchte, die in ihren Erzählungen vorkommen. Oder, um deutlicher zu sein, in erster Linie, um sie vor der »Entehrung« zu schützen, der sie im Umgang mit ihr ausgesetzt wären. Vor allem gibt sie die Stadt nicht preis, in der sie ihre Jugend verlebt hat, und führt sie ausschließlich

*unter dem Pseudonym an. Darüber hinaus benützt sie stets
ihren »Künstlernamen« und tendiert zur Hysterie, wenn man
sie aus Versehen mit ihrem Taufnamen anspricht.*

*Ich vertrete die Ansicht, daß man sie irrtümlich und aus
übertriebenem Eifer seitens Ihres diensthabenden Offiziers
aufgegriffen und auf die Polizeistation überbracht hat. Nach
dessen Erklärung wurde die oben Erwähnte aufgegriffen,
»da sie den Verkehr auf der Hauptstraße behinderte«. Sie
blieb hartnäckig in der Straßenmitte stehen, freilich auf die
Gefahr hin, selbst zu Schaden zu kommen, sie betrug sich
nicht ungebührlich, sie rief lediglich eine Person namens »Rubíni« zu Hilfe. Wie Ihnen sicherlich klar ist, rief sie nach sich
selbst.*

*Ich möchte empfehlen, daß sich die Polizei im übrigen nicht
durch eine etwaige Wiederholung ähnlicher Reaktionen der
oben Genannten beirren läßt. Es handelt sich bei ihr um eine
absolut harmlose Person von gutmütiger Disposition und völlig arglosem Wesen.*

*Beiläufig möchte ich noch erwähnen, daß Rubíni Méskari
(Raraú) bei einer gynäkologischen Untersuchung, die von der
Sittenpolizei angeordnet und von mir auf einen bestimmten
Verdacht hin veranlaßt wurde, als virgo intacta befunden
wurde.*

Unterschrift
Stempel

So ganz allgemein gibt mir seit der Zeit, als ich die Mama
verlor, nur eines zu denken. Daß ich so etwas wie immer wie-
derkehrende Episoden vor mir sehe, die gleich wieder verschwinden. Oder ich sehe sie doch nicht noch einmal und
habe dann fast den Eindruck, daß es ein Traum war. Ich weiß
nicht. Wie diese Beerdigung mit den Dirnen.

Ich befinde mich also bei Tagesanbruch auf dem Fischmarkt. Dort, wo die Fischverkäufer ihre verdorbene Ware zum halben Preis an die Kneipenwirte verkaufen und das, was die Wirte nicht nehmen, den Bettlern hinwerfen. Mir ist auch gar nicht klar, was ich an so einem Ort überhaupt zu suchen habe, denn es ist sechs Uhr morgens und sieht nach Regen aus. So früh bin ich doch sonst nie auf den Beinen, bin ich vielleicht eine Arbeiterin oder Putzfrau, daß ich so früh unterwegs sein muß? Jedenfalls ist es ganz kurz nach sechs, und die Akropolis ist noch nicht über dem Fischmarkt aufgetaucht, die Akropolis steigt erst nach halb acht auf die Erde herab. Wo der Parthenon sonst immer landet, ist es heute bewölkt. Ich denke, es ist eine Schande, die Akropolis war der Traum meines Provinzlebens, und ich hab es immer noch nicht für wert befunden, hinaufzugehen und sie mir anzusehen, und das mit schon Sechzig. Über Sechzig sogar. Und der Fischmarkt ist ganz tot und reglos, wie abfotografiert, auch keine Kunden unterwegs, nur mit breiten Fischschuppen übersät, die eine Farbe wie Malven haben, obwohl die Sonne nicht scheint, es ist noch zu früh für die Sonne. Und der Atmosphärenwind hat noch nicht zu zirkulieren begonnen.

Was hat mich eigentlich angewandelt, schon so früh aus dem Haus zu gehen, ein Glück, daß die Bettler noch nicht aufgetaucht sind, stell dir mal vor, ein Bewunderer oder auch ein Kollege könnte mich sehen und denken, ich, eine Raraú, mit dem Namen Raraú, bettle um verdorbenen Fisch.

Und da kommt durch einen klassizistischen Bogen ein Beerdigungszug. Über die erlesenen Schuppen gleiten vier schweigsame Damen wie Byzantinerinnen. Diese Frauen sind Huren, aber keine Nutten: Kurtisanen sind es. Hetären. Ehrwürdige Frauen. Jede von ihnen ist wie ein dreiflügeliger Paravent, die drei Flügel überladen mit herabpendelnden Halsketten, Perlen, Kristalltropfen, wie mit aufgehängten Votivgaben. Herausgeputzt wie dreieckige Lüster in der Kirche. Wie Heilige auf kostbaren Ikonen. Wie Heilige, die kommen, um zu sündigen.

Die vier Ehrwürdigen tragen ein breites Brett, halten es hoch erhoben, es ist eine Totenbahre, ohne Abdeckung. Die Bahre ist ganz verhüllt, lauter Straß und Pailletten und Silberfäden und hängende Perlenschnüre, die schlenkern bis zum Straßenbelag hinunter. Keine Stimme, auch kein Geräusch. Die Perlen streichen über die veilchenfarbenen Schuppen.

Die Tote ist überhaupt nicht zu sehen, ist völlig zugedeckt, und eine ehrwürdige Dirne. Die Perlen beschützen sie, sind ihre Rüstung. Doch es ist meine Mutter, das ist innerhalb des Traumes ausgemacht, unter den Perlen verbirgt sich das Antlitz meiner Mutter. Ihr Leib existiert nicht. Zugesichert hat es mir niemand, aber es ist ausgemacht, daß es meine Mutter ist, sie wird umgebettet. Sie bringen sie zum Begräbnis auf einen Kinderfriedhof, das stimmt besser zu ihrem Leben. Sie werden sie zwischen den Kindern begraben. Und für mich ist das schwierig, denn dort setzen sie keine Namen auf die Gräber, und ich werde dann künftig für jedes Grab Schokolade mitbringen müssen, auf jedes Grab Kölnisch Wasser träufeln, damit ich meine Mama nicht um das Grabopfer bringe.

Die vier Huren, die die Bahre hochhalten, rauchen und sind wie byzantinische Heiligenbilder in ganz grelle Farben gekleidet, Farben des Boulevardtheaters, grelle, absolut schreiende Farben, und sie tragen sie in aller Förmlichkeit, sie lassen keinen Widerspruch oder Kommentar zu. Ihre Gesichter stellen Masken dar. Sie rauchen Zigaretten.

Etwas ist in dem Bild nicht vorhanden. Ja: die Beerdigung findet ohne Priester statt. Anstelle der trauernden Anverwandten geht ein Bär im Gefolge, der aber ohne Geschmeide. Der Bär streut Konfetti auf die Tote. Neben ihm ist eine Prostituierte, die befindet sich aber noch in der Ausbildung. Sie trägt keinen Schmuck. Sie dient dem Bären wie in Trance. Sie be-

wegt sich vorwärts wie eine gehenkte und dann wieder auf-
gestellte Person.

Sie ziehen an mir vorbei, grüßen mich nicht, blicken mich
nicht an. Oder sie sehen mich nicht. Und verlieren sich im
Inneren des klassizistischen Fischmarkts. Ich selbst halte in
dem Traum ein Tamburin in der Hand und habe nicht das
Recht, mich dem Zug anzuschließen, das ist ebenfalls ausgemacht. Und ich kann es auch gar nicht. Denn jetzt bewegt
sich der Beerdigungszug plötzlich über ein glattes Meer, völlig unbewegt ist das Meer, wie es scheint. Auf dem Meer fol-
gen Aale mit erhobenem Haupt dem Bären nach. Sie gehen
nicht unter.

Ich senke ehrerbietig den Blick, wie es sich bei Beerdigungen schickt, und unten zieht, schwimmt, im Meer eine himmelblaue Tote, sie sieht mich mit riesigen blauen Augen an,
einen Moment lang denke ich, es sind gar keine Augen, es
sind mit Meer gefüllte leere Höhlen, ich mit meinen ewig
pechschwarzen Augen hatte immer schon eine Schwäche für
blaue Augen. Die himmelblaue Tote ist flach, wie aus Pappe.
Ich hebe die Augen, schreite über das Meer und sperre meine
Zweizimmerwohnung auf. Ich wundere mich, was ich denn
so bei Tagesanbruch auf dem Fischmarkt wollte, ein Glück,
daß ich wieder gegangen bin, bevor die Bettler kommen. Und
ständig beschäftigt mich eine Frage: War das nun ein Bär
oder ein Affe? Und die Hure in Ausbildung, warum habe ich
die seine Dienerin genannt? Das ist meine einzige Ungewiß-
heit.

Ich weiß nicht.

Mir selbst ist nie der geringste Zweifel bezüglich der Fe-
stigkeit und Stabilität meines Verstandes gekommen. Sollten
sie doch im Theater ruhig von mir sagen, ich hätte anstelle
des Hirns ein Loch, deshalb bin ich oft zum Friseur gegangen, um es mit der Dauerwelle zu kaschieren. Jetzt haben sie

das allerdings auch vergessen. Sie rufen mir einfach zu, was machst du, Raraú, dummes Stück, sie duzen mich einfach, ein Beweis dafür, wie jung und blühend ich noch geblieben bin.

All das hier in Athen. Zu Tourneen holen sie mich nicht mehr, das ist etwas für Anfängerinnen und Schmierenkomödiantinnen. Obwohl ich auf eine Tournee Lust hätte, die Leute in den Kleinstädten ästimieren einen einfach ganz anders. Nicht wie mein Bäcker, dem es nicht den geringsten Eindruck macht, wenn ich seinen Laden betrete.

Also nicht etwa, daß ich nicht auch beim Athener Publikum Reaktionen hervorgerufen hätte. Es hat mich bekannt gemacht. Ich erinnere mich noch, wie mich die dicke Mizzi beneidete, eine gute Kollegin, auch begabt, aber eben ohne meine Taille und meine Koketterie. Das Publikum liebte sie nicht. Schließlich gab sie es auf und heiratete während einer Tournee einen Schuhfabrikanten aus Patras. Die haben jetzt zwei Kinder und ein Boot. Ab und zu schickt sie mir ein Päckchen mit Lokum, aber wie soll ich das jetzt noch essen, die Figur und Diabetes, weißt du. Ich gebe etwas davon weiter, wo ich Verpflichtungen habe, hauptsächlich an Herrn Manólaros, der ist noch am Leben.

In einem Jahr, wir spielten in Athen, kam Mizzi nach dem Finale und sagte mir, ganz gekrümmt vor Lachen, Raraú, auf dich wartet einer deiner Bewunderer, los, das ist deine Chance, es war ja auch Zeit.

Ich sah über die Anspielung hinweg und fragte, wie er heiße.

Er hat gesagt, er will draußen auf dich warten, meinte sie mit ihrer ewigen Ironie. Das ist ja vielleicht ein reizender Typ, der arme Teufel. Ein alter Lüstling aus der Provinz.

Ich schminkte mich in aller Ruhe ab, ein strategischer Trick, ich verspäte mich immer, wenn ich erwartet werde, selbst zur Beerdigung meiner Mutter wäre ich um ein Haar zu spät gekommen, ich verwechselte es mit einer Aufführung. Ich schminke mich also ab, trete auf die Straße hinaus, nichts. Hochgenommen hat mich die Dicke, denke ich. Genau in dem Moment kommt ein ältlicher Mann hinter dem Kiosk vor. Schick aufgemacht, aber Provinz.

Bist du die Rubíni, fragt er mich.

Ich erschrecke. Wer ist er, daß er meine Vergangenheit kennt? Ich mustere ihn ganz genau. Und erkenne ihn vom Hochzeitsfoto: es ist mein Vater.

Papa, wie geht es Ihnen? frage ich ihn. Ohne jedes Gefühl. Ich hatte ihn siebenundvierzig Jahre lang nicht mehr gesehen, seit damals am Bahnhof, als er nach Albanien fuhr, mit den zwanzig Drachmen.

Mein erster Gedanke war, o wei, was mache ich jetzt? Er lebt. Und ich verliere die Rente.

Ich verfolge dich schon eine ganze Zeit, sagt er. Ich habe gehört, daß du beim Theater bist, vor Jahren hab ich so Fotografien von dir in Arta gesehen. An einer Kneipentür.

Was macht deine Mutter, sagt er.

Die ist vorvoriges Jahr gestorben, lüge ich ihm sofort vor. Ich wußte ja nicht, was er vorhatte.

Er fragte mich über die Jungs aus. Er wußte nicht, daß Sotíris während der Besatzung von zu Hause abgehauen war. Ich erzählte es ihm, erzählte ihm von unserem Fánis, daß er ein gutes Leben führte, verriet ihm aber nicht, wo.

Von dir hab ich in Arta gehört, vor Jahren, und habe auch das Foto von dir gesehen, sagt er noch einmal. Und die ganze Zeit hatte ich vor, dich zu besuchen, aber ich hab's immer wieder aufgeschoben, ich habe erwartet, daß ich es mal mit einer Arbeit verbinden kann. Na ja, jetzt haben sich auch Geschäfte in Athen ergeben, und da habe ich mich entschlossen, herzukommen und dich kennenzulernen.

Er wußte nicht mehr, was er noch sagen sollte, und fing wieder von dem Foto in Arta an. Danach lud er mich zum

Essen in eine kleine Taverne ein, ich nahm an, sonst hätte er mich womöglich gebeten, daß ich ihn zu mir nach Hause einladen sollte, aber ich hatte nichts als die Rente im Kopf, die bin ich jetzt los, sagte ich mir, aus und vorbei.

Während des Essens, das heißt, wir tranken auch beide ganz ordentlich, unterhielten wir uns etwas ausführlicher.

Dann ist deine Mutter also gestorben, sagte er. Und ich klopfe heimlich auf Holz und esse gebratene Auberginen, obwohl ich davon Magendrücken bekomme.

Die war nie nach meinem Geschmack, die arme Person, sagt er wieder. Ach, soll sie die ewige Ruhe finden.

Ich erzählte ihm nichts von der Vergangenheit der Mama, er dagegen erzählte mir etwas von seiner. Zwei Monate habe er es im Albanienfeldzug ausgehalten, meinte er. Eines Nachts habe er sich gedacht, was hab ich hier überhaupt zu schaffen, wofür kämpfe ich eigentlich? Für welche Heimat denn? Was hat mir die Heimat gegeben? Gedärme hat man mir zu spülen gegeben, und das hat nicht die Heimat gemacht.

Und so, sagte er mir, hab ich beschlossen, zurückzugehen. Bei einem Sturmangriff bin ich angeblich tot umgefallen, man läßt mich einfach liegen, ich schlage den Rückweg ein, keiner hat mich gehindert, die hatten sich um einen gesamten Krieg zu kümmern, da werden die gerade mich im Auge haben, dachte ich. In dem Dorf Agriá bei Arta machte ich kurz Station, um zu Kräften zu kommen, eine Witwe mit Landbesitz gab mir Arbeit, danach sagt sie mir, wenn du ledig bist, nehm ich dich. Da hab ich es aufgegeben, ich dachte, wie komm ich denn jetzt nach Hause zurück, noch so eine weite Strecke zu Fuß, wieder zurück zu den Därmen und zu Assimína, die nie nach meinem Geschmack war, die arme Person, einen so langen Fußmarsch, wozu? Ich hab der Witwe das Jawort gegeben, wir haben uns auch zwei Kinderchen zugelegt. Ich hatte einen falschen Namen angegeben, Diomídis Arnokúris, aus Santi Quaranta, albanischer Grieche. Ein gutes Leben hab ich gehabt. Bis heute.

Kaum hatte er mir das erzählt, atmete ich wieder auf. Es tat mir fast leid, daß ich ihm gesagt hatte, die Mama wäre angeblich schon tot.

Papa, sagte ich zu ihm, letzten Endes sind wir doch alle ganz gut gefahren, die ganze Familie. Fanúlis ist abgesichert, du lebst gut dort in deinem Dorf. Mir geht es auch nicht schlecht. Man hat mir sogar eine Rente vermacht, wegen deines Todes auf dem Feld der Ehre. Und deshalb solltest du nicht mehr in Erscheinung treten. Wenn's dir doch gutgeht, was willst du denn da von mir?

Nichts will ich von dir, Rubíni, liebes Kind, sagte er mir. Also, das war bloß so aus Neugier.

Das Zittern hatte ich Ärmste, wie er das aufnehmen würde. Was will denn jetzt dieser Fremde hier, sagte ich mir, während er aß und mich musterte, wie ich so mit ihm sprach. Ich, ich kannte einen zwanzigjährigen Papa, der mit zwanzig Drachmen nach Albanien abfuhr, und der mir richtig Freude gemacht hatte damals, als ich ihn beim Umziehen ganz nackt sehen konnte. Und jetzt saß da dieser Mann, der praktisch mein Alter hatte. Während wir aßen, gab ich mir Mühe, ihn als Vater zu lieben, wenigstens etwas Zuneigung zu empfinden. Es war mir nicht möglich. Das Leben von unserem Kassierer im Theater lag mir mehr am Herzen.

Auch das sagte ich ihm. Er versprach mir, nicht mehr in meinem Leben aufzutauchen. Er sagte mir, du hast ja recht. Wo es uns doch allen gutgeht.

Er übernahm auch die Ausgaben, er war es, der die Rechnung bezahlte, an der Tür der Taverne sagten wir uns gute Nacht, und aus, ich sah ihn nicht wieder. Aber die Furcht nagte an mir.

Seitdem setze ich, wenn ich etwas unterschreibe, daneben

»Vaterlose Waise«. Als Alibi. Und als ich nach dem Abschied meines Vaters wegen der Rente auf die Bank ging, kleidete ich mich in Grau und machte sogar ein Trauerband an den Ärmel, um meine Situation noch zu unterstreichen, und hielt mein Versicherungsheft in der Hand. In der Bank gab es drei Warteschlangen, ich wußte, an welchem Schalter ich an die Reihe kam. Aber ich blieb in der Mitte der Halle stehen und fragte laut:

Wo muß man sich hier als Waise anstellen?

Und jeden Monatsersten, wenn ich die Rente abhole, hefte ich mir stets den Trauerflor an, entweder am Ärmel oder am Revers, und frage jedesmal, wo die Waisen ausbezahlt werden. Man weiß ja nie. Soll dieser blöde Kassierer nur grinsen, der mich bedient, dieser Herr Eríkos. Soll er nur, er hat nämlich blaugraue Augen. Trotzdem ist es besser, ich verteidige meine Rente.

Ich ging auch auf einen Sprung ins Büro von Herrn Manólaros, vorgeblich, um mich nach unserem Fánis zu erkundigen, er empfing mich höchstpersönlich. Gottlob hatte mein Papa sein Wort gehalten und kein Lebenszeichen von sich gegeben. Ich hatte Bange gehabt, er könne eventuell bei Herrn Manólaros aufgetaucht sein.

Und immer noch ließ mich die Sorge nicht los. Was ist, wenn er auf die Idee kommt, erneut in Erscheinung zu treten? Jahrelang war ich auf dem Sprung. Bis letztes Jahr im Sommer ein Umschlag bei unserem Verband für mich ankam, Absender ein Soundso, Priester. Ich machte ihn auf, ein Ausschnitt aus einer Provinzzeitung, Rubrik »Beerdigungen«.

Unseren verehrten Gatten, Vater usw. Diomídis Arnokúris, verstorben in Agriá bei Arta usw. Seine Ehefrau Ioánna, seine Kinder soundso und soundso. Und neben den anderen Kindern stand: Sotíris, Rubíni, Theofánis.

Offenbar hatte er dem Priester gebeichtet.

Ich wußte nicht, wie ich vorgehen sollte. Zunächst einmal war ich natürlich einen Alptraum los. Stell dir bloß vor, ich hätte die Rente verloren und wäre noch dazu als Betrügerin entlarvt worden, die unrechtmäßig öffentliche Gelder einstreicht. Fanúlis verriet ich natürlich kein Wort. Anfangs hatte ich die Idee, eine Beileidskarte zu schicken (ich habe mir eigene Karten drucken lassen, Name und Beruf in Schnörkelschrift), aber dann dachte ich, halte dich ganz ruhig, Rubíni-chen, die Zeiten sind schlecht, womöglich tauchen noch neue Geschwister auf und melden Ansprüche auf deine Wohnung an. Und beging nicht die Dummheit, die Karte zu schicken. Gute Reise, sagte ich, von dem hab ich weiter nichts Gutes erlebt, bloß die Einladung in die Taverne. Er ruhe in Frieden, dort, wo er ist, dachte ich.

Aber irgendwie nagte das an mir. Weißt du, ich bin eine Abenteurerin, also psychisch, will ich damit sagen. Und sehr für Formalitäten. Bin ganz verrückt darauf, meine Karte zu versenden. Zum Beispiel habe ich immer eine Karte mit den besten Wünschen fürs neue Jahr an den Theaterdirektor Konstantin Kosílis geschickt, mit Glückwünschen an seine Gattin Evjenía, die am Heiligabend Namenstag hat. Ich schreibe ihm, weil uns damals in Epálxis seine Mutter Nüsse auf Fensterbrett gelegt hat. Ich habe dabei allerdings auch den Hintergedanken, daß er mich vielleicht einmal zu einer Mitarbeit auffordert. Das heißt, wir hatten ja bereits vor Jahren zusammengearbeitet, nach den Zwischenfällen im Polytechnikum. Leider in einem linken Stück, aber das ist schließlich auch eine Arbeit. Zu der Zeit war ich arbeitslos, das weiß ich noch, da kann ich doch, dachte ich, zu diesem Gnom von Kostís gehen, der wird sich an mich erinnern und mir eine entsprechend hochkarätige Rolle anbieten. Ich bezeichne ihn als Gnom, weil er damals in Epálxis, als wir in Kanália neben seinem Haus spielten, ziemlich klein war und einen großen

Kopf hatte, ich war größer als er und verpaßte ihm ewig Kopf-
nüsse und Prügel, und er schöpfte mir ganze Hände voll Wasser in meine Unterhose.

Ich ging also hin, die gaben mir tatsächlich eine Rolle. Und
zwar spielte ich eine tote Kommunistin. Wenigstens ist sie
tot, dachte ich. Aber er stellte mich nicht aus alter Freundschaft ein. Er erkannte mich nicht wieder. Er sah mich, musterte mich, sagte zu einem seiner Adlaten, die Visage da tut's
für mich. Er erinnerte sich nicht mehr an mich. Dann stelle
ich mich eben auch so, als ob ich ihn nicht kenne, dachte ich.
Wenn ich mal mein eigenes Theater habe, sehen wir weiter.
Die Hoffnung hatte ich immer noch. Ich hatte allerdings den
begründeten Verdacht, daß seine Hauptdarstellerin Evjenía,
seine Frau, auf mich neidisch war. Die hat freilich die schönsten Augen von Athen, das muß ich ihr zugestehen, und war
trotzdem neidisch auf mich, ich war aber nicht neidisch auf
sie, warum auch? Es war eben Glückssache. Nicht etwa, daß
ich das Mädchen unterschätzen will, aber wenn ich auch erst
fünfundzwanzig Jahre später zur Welt gekommen wäre, wenn
mir der Zufall auch solche Augen und solches Talent geschenkt
hätte, könnte man darüber streiten. Außerdem, in einer Sache bin ich ihr überlegen: ich habe in eintausendachthundert-
sechzig Kleinstädten gespielt. Sie bloß in ein, zwei Haupt-
städten. Wenn mir der Zufall auch solche Gaben geschenkt
hätte, was wäre dann einfacher, als daß ich an ihrer Stelle und
sie an der meinen wäre?

Jedenfalls hat mich der Gnom von Kostís nicht erkannt.
Besser so, dachte ich. Daß er nur ja nicht anfängt, nach der
Mama zu fragen. Ich spielte die tote Kommunistin, er wünschte mir jeden Abend herzlich gute Nacht, wie dem gesamten
Ensemble. Bis zum Ende der Vorstellungen fiel ihm nicht auf,
wer ich war. Was einem die Kurzsichtigkeit doch so antun
kann, dachte ich mir. Denn ich habe mich in den letzten vier-

zig Jahren äußerlich überhaupt nicht verändert. Häufig kam mir in den Sinn, ihn zu fragen, wie es seinen Eltern ginge, ihn zu fragen, ob sie denn immer noch den Mandarinenbaum an ihrem Haus in Epálxis hätten, wo ich auf den Zaun geklettert war, um Mandarinen zu klauen, einmal war mir sogar das Höschen an diesem Zaun zerrissen. Aber ich konnte mich nie dazu entschließen. Laß ihn, dachte ich.

Jedenfalls habe ich ihnen weiterhin zu jedem Neujahr eine Karte geschickt, in den Jahren, die auf unsere Zusammenarbeit folgten. Nur heuer habe ich es versäumt, es war mir entfallen. Oder es war mir egal. Oder die Karten waren mir ausgegangen, ich weiß nicht mehr, wieso. Ich weiß auch nicht, was aus seinen Eltern geworden ist.

Einmal nahm ich sogar Frau Kanéllo in eine seiner Aufführungen mit. An die erinnerte sich der undankbare Kerl. Ich hatte sie bei einer Versammlung getroffen, im Büro des neuen Abgeordneten von Epálxis, hier in Athen. Es waren auch Journalisten dort. Frau Kanéllo quatschte den Politiker an, sie beging wieder ihren alten Fehler, die gute Frau wird nie einen Funken Takt an sich haben, und ebensowenig Weiblichkeit. Dieser Politiker, Herr Jórgos heißt er, kommt aus der Oberschicht, ich erwähne seinen Nachnamen nicht, um ihn nicht zu kompromittieren. Herr Jórgos stammt auch aus Epálxis. Er war ein Sohn aus gutem Haus und in aller Munde, bei den oberen und den unteren Schichten der Provinzgesellschaft, und zwar aus zwei Gründen: weil er sehr sprachbegabt war und weil er mit Männern ging, obwohl er Nationalist war. Da er etwas dicklich und unerfahren war, besprang ihn der erste beste, er wehrte sich nicht dagegen, aus Höflichkeit. Der Gymnasiast, der mit ihm Englisch betrieb, trieb auch noch andere Dinge mit ihm, obszönere. Der Gymnasiast, der ihm Französisch beibrachte, trieb ebenfalls Sauereien mit ihm, dem Jórgos. Seine Mutter meinte, was kann man machen, mein

Junge hat eine Macke, soll ich ihn deshalb umbringen? Sie hatte ihn sogar zu einer Zauberin gebracht, aber ohne Erfolg. Sie schickt ihr Jórgoslein zu einem Popen zum Exorzismus, damit er die Männer aufgibt, aber man erzählt sich, daß ihn auch der Pope besprang, das wurde durch einen anderen Popen bekannt, dem Jórgos beichtete, um zur Kommunion zu gehen. Darauf fand sich seine Mutter damit ab, es kommt offensichtlich von Gott, meinte sie, es wird nach der Heirat vergehen.

Schließlich machte der Junge seinen Weg, in Athen. Aber man sieht ihm seine Macke schon recht deutlich an. Man erzählt, er habe einen Ausflug zum Heiligen Berg Athos gemacht, und der federführende Abt habe zu ihm gesagt, »hier ist es für Frauen verboten, Madam«. Der heilige Mann hatte seinen Anzug für ein Kostüm gehalten, er war auch tatsächlich sehr stark tailliert und glockig geschnitten.

Zum Schluß machten sie ihn zum Staatsmann. Er wird der Nachfolger von Herrn Manólaros, als höchster Politiker unseres Bezirks. Dem habe ich eine Beileidskarte geschickt, dem Herrn Manólaros, in der ich ihn mit »Herr Präsident« anrede, und außerdem war ich auch bei der Beerdigung seiner Frau, wo ich mich mit Frau Kanéllo ausgetauscht habe, auch bei der zeigt sich allmählich das Alter.

Bei der besagten Versammlung also, bei der irgendein Journalist Herrn Jórgos auf seinen Beitrag ansprach, mischte sich Frau Kanéllo ein, spontan wie immer, und fuhr mit Lobhudeleien dazwischen: Was heißt hier Beitrag, Mensch, bloß ein Beitrag? Wissen Sie, wieviel dieser Mann in seinem Leben geleistet hat, um so weit zu kommen? Herr Jórgos versuchte sie zu unterbrechen, aber nichts da, unterbrich mich nicht, Herr Jórgos, mein Junge, gerungen hast du, gekämpft, und deshalb geb ich dir auch meine Stimme! Damit du so weit hinaufsteigst, wie du es getan hast, dreht sie sich um und wendet sich lauthals an die Politiker zu seiner Seite, damit du erreichst, was du erreicht hast, hast du geschuftet! Dir regelrecht deinen Arsch aufgerissen!

Daraufhin herrschte Totenstille. Die bis heute anhält. Herr Jórgos ist ein erfolgreicher Politiker, wer will dem etwas anhaben?

Ich aber! Dem hab ich's vielleicht gegeben, Mensch! entgegnete mir Frau Kanéllo später, als ich sie zurechtwies. Ich, ich hab eine Achtung vor Herrn Jórgos, der hat mir sehr zur Seite gestanden!

Eine Provinzlerin ist Frau Kanéllo eben geblieben. Ich verurteile sie nicht. Mein Papa hat sich vom Provinzler zum Dörfler herunterentwickelt. Bloß ich bin aufgestiegen.

Kaum war ich nach der Aufführung dieses undankbaren Kosílis, der sich an die Kanéllo erinnerte, aber auf mich keinen Furz gab, nach Hause gekommen, erwartete mich ein schöner Trost und eine angenehme Überraschung: die Mitteilung, daß ich auch noch eine Rente von der Schauspielerkasse erhielt. Jetzt können mich alle die Weiber am Arsch lecken, die mich jahrelang bloß Komparsin und Denunziantin genannt haben, dachte ich. Vom Finanziellen her habe ich sie nicht besonders nötig, die Rente, aber vom Künstlerischen her ist es eine Anerkennung meiner Leistung. Ich hatte ja die andere Rente, die von Albanien, deshalb habe ich nicht geheiratet, damit ich die nicht verliere. Die Rente ist verläßlicher als jeder Ehemann. Sie hält auch wesentlich wärmer. Und ich habe auch keine Skrupel, daß ich die Nation betrüge. Warum hat die die Mama scheren lassen? Ich nehme die Rente vor allem als Ausdruck der Entschuldigung seitens der Nation meiner Mutter gegenüber an, für die Infamie, die man ihr damals angetan hat.

Ich hatte in der Vergangenheit häufig einen Alptraum: daß man angeblich die Mama nicht öffentlich erniedrigt hätte und mein Vater aus Albanien zurückgekehrt wäre, mit dreißig Jahren Verspätung, und man mich zwänge, dem Staat die Rente zurückzuzahlen. Jetzt habe ich mich allerdings an den Alptraum gewöhnt. Und wenn er mich heimsucht, sage ich mir, laß mal, es ist ein Traum, und ich weiß es; die Mama ist sehr wohl erniedrigt worden und der Papa tot und begraben, für die Rente besteht keine Gefahr. Und ich habe auch keine Gewissensbisse, im tiefsten Grund ist doch ganz Griechenland nur ein einziger Rentenempfänger. Du wirst mir sagen, ist doch egal, ich bin nicht Griechenland, ich bin Raraú, Künstlerin, und meine Heimat sind die zwei Renten. Warum sollte ich also so oft bedrückt sein? Meine Zukunft ist gesichert, ich erfreue mich einer guten Gesundheit, vom Erscheinungsbild her bin ich seit vierzig Jahren unverändert, na also, iß, trink und sei vergnügt, Raraú, die Mama ruht in Frieden und ist gesellschaftlich rehabilitiert, was hast du zu fürchten?

Und so faßte ich vor ein paar Tagen einen Entschluß. Seit dem vorvorigen Jahr denke ich über meinen Vater nach. Ich bin ein Abenteurertyp, von der Seele her. Armer Papa, sage ich mir. Ich zog eine Bilanz und sagte mir, ich will es mir eingestehen: meine Karriere war bis jetzt nicht gerade glänzend, und ich bin über Sechzig. Meine Mitgift besteht im wesentlichen bloß aus einem Häufchen Toter. Die alle getrennt begraben liegen. Mein Hinkelchen in Epálxis. Unser Ältester, der Sotíris, wer weiß wo. Es sei denn, er lebt noch. Die Mama hier in Athen, in Athener Erde. In letzter Zeit sehe ich sie nur noch in einer Situation vor mir: geschoren, auf dem Lastwagen, wie sie auf mich deutet und ruft, warum kläfft der Köter da so, schafft mir diesen Kläffer da von den Füßen!

Und eines Sonntags packte mich eine verrückte Idee. Mensch, ich ziehe einfach los und mache meinen Kniefall am Grab vom Papa. Ich setze zwar meine Rente aufs Spiel, aber das ganze Leben ist ja ein Abenteuer.

Ich nahm den Bus, eine äußerst beschwerliche Reise, und die Passagiere nicht aus der gleichen Gesellschaftsschicht wie ich. In Arta hatte ich große Mühe, herauszufinden, in welcher Richtung das Dorf Agriá liegt, schließlich fand ich es, ging auf den Friedhof, mit schwarzer Brille, aus Furcht vor Bewunderern, und fand das Grab: Hier ruht Diomídis Arnokúris. Auch unter einem Pseudonym, dachte ich. Er ruht hier nach der Art der Künstler. Ich ließ ihm ein bißchen Erde da, die ich vom Grab meiner Mutter geholt hatte, auf, sagte ich, eins im Fleische zu werden habt ihr nicht geschafft, jetzt werdet ihr eins in der Erde, und seht zu, wie ihr es ein für allemal miteinander ausmacht, denn ich bin jetzt wirklich erwachsen.

Und ich kam ganz erschlagen zurück, meine Güte, endlich wieder zu Hause im trauten Heim, im der geliebten Wohnung, solche Odysseen unternehme ich nicht noch einmal, aus und vorbei.

So verheiratete ich meine Eltern wieder, was habe ich denn schon an Eigentum, dachte ich. Ein paar Gräber. Jeder für sich, in alle Winde zerstreut. Aber ist das nicht der normale Zustand? Weshalb soll ich herumjammern? Weil ich sterben muß? Selbst Alexander der Große und Marilyn Monroe sind gestorben, wer bin ich denn, daß ich den Anspruch stellen wollte, nicht zu sterben? Ich habe doch alles. Die Mama liegt auf eigenem Grund und Boden, mein Kühlschrank ist voller Eier, weißt du noch, was für eine Rarität Eier in der Besatzungszeit waren? Damals mußte man für ein Ei die Beine breit machen, die Großen eben. Jedesmal wenn ich den Kühlschrank aufmache und die Eier sehe, möchte ich am liebsten eine Feier veranstalten. Ich habe auch Kassetten, viele Lieder sind von den Linken, aber das stört mich nicht, sie sind nämlich sehr gefühlvoll. Und wenn wir bei den Wahlen nicht gut abschneiden, stelle ich die linken Lieder ganz laut, damit gewisse linkslastige Nachbarn glauben sollen, ich wäre vom gleichen Schlag, es ist zweckmäßig, immer auf der Seite des Siegers zu stehen, eine Randposition einzunehmen paßt nicht zu mir.

Allerdings pflaumen mich manchmal so verdammte Gören beim Vorübergehen auf der Straße an, aber das macht nichts, Kinder kennen eben keine Rücksicht in dieser Hinsicht: sie wollen leben. Ich gehe auch oft in die Kirche. Nicht daß ich fromm wäre, trotzdem gehe ich ab und zu eine Kerze anzünden, schließlich lassen sich richtig prominente Abgeordnete unserer Partei jeden Tag in der Kirche sehen. Du wirst einwenden, daß die eine dicke Kerze anzünden, nicht so ein dünnes Kerzlein. Aber meine Rente ist eine Sache, die von einem Abgeordneten eine völlig andere. Die Kerze stecke ich an, um ein großes Merci an den Himmel zu richten, denn man weiß ja nicht, was uns nach dem Tod dämmert. Beim Gebet sage ich aber nie »unser Herr«, ich habe keinen Herrn, ich bin doch nicht blöde! Ich tue nur so, als hätte ich einen. Auch einen Gott gibt es nicht, das ist mir längst aufgegangen, der wäre schön blöde, wenn es ihn gäbe! Ich weiß, daß es nur meine Mutter gibt. Und mein Hinkelchen. Unter der Erde, aber doch da.

Jedenfalls sollte man sich nach allen Richtungen gut stellen, jetzt, wo man über Sechzig ist. Mein Leben lang habe ich keinen Menschen beschimpft, zumindest nicht ins Gesicht. Denn ich dachte mir, es kann ja sein, daß ich den Schweinehund morgen nötig habe. Fluchen kann ich überhaupt nicht, weißt du, das erlaubt mir meine Weiblichkeit nicht.

Ich kann sogar gratis ins Kino gehen, der Freikarte sei Dank. Ganz zu schweigen vom Theater, komm doch vorbei, Raraú, dummes Stück, sagen sie alle zu mir, ich bin ganz stolz. Raraú, sagen mir die Statisten, du bist wie Griechenland, du stirbst nie.

Ich gebe doch keinen Furz darauf, ob Griechenland stirbt,

tot oder lebendig, ganz egal, hab ich es etwa je zu sehen bekommen, dieses Griechenland, warum sollte mir das etwas ausmachen? Griechenland ist wie die Mutter Gottes: keiner von uns kriegt es je zu Gesicht. Nur die Verrückten und die Betrüger sehen es. Dagegen meine Eier im Kühlschrank, die kann ich sehen. Die Rente kann ich sehen. Ich bin erfolgreich. Und dann ziehe ich mein nettes senffarbenes Ensemble an, das ich während der Diktatur bei einer Theaterleiterin beschlagnahmt hatte, weil mich die Schlampe nicht bezahlen wollte, denn ihr Sohn hatte einen Hauptmann als Liebchen, ziehe also mein Senffarbenes an und gehe meine Törtchen essen, ob es den Leuten paßt oder nicht. Ist das vielleicht etwas Böses?

Was ist das überhaupt, dieses sogenannte Böse?

Ich grüble viel nach in letzter Zeit, aus Mangel an Arbeit. Warum sollte also das, was man »das Böse« nennt, verboten und unter Strafe gestellt sein? Zuallererst einmal macht es einem Spaß. Wie einem der Speichel im Mund zusammenläuft, wenn man an Zitronen denkt, so dürsten auch meine Hände, meine Finger nach einem Mord, dürsten, als wollten sie sich in einen männlichen Hintern krallen. Warum also sollte man mir einen Mord verbieten, wenn es mir doch überhaupt nichts ausmacht, einen Mord zu begehen, vorausgesetzt, daß man mich nicht dabei ertappt.

Nach meinem Abendausgang schlendere ich oft durch eine kleine Straße hinter unserer Wohnung, es gibt da eine Souterrainwohnung mit offenen Fenstern und hellen Lichtern. Da unten lebt eine einfache Familie, eitel Freude und Sonnenschein; ein sabberndes Baby, ein Papa im gestreiften Schlafanzug und eine junge Mama im Schurz. Die lächeln ewig nur, und das bringt mich in Rage. Mit Absicht gehe ich da vorbei, damit ich in Rage komme. Ich denke, wenn ich nun einen Weg fände, diese idiotische Freude bei ihnen abzustellen? Wenn ich eines Abends mit einem Kanister Benzin hinginge und es zum Fenster hineinschütten und dann mit einem Streichholz anzünden würde? Denn die idiotische Freude ist nicht gestattet. *Ich* gestatte sie nicht. An seiner Schlafanzughose fehlt vorne der Knopf. Ich schütte einfach Benzin hinein, zünde das Streichholz an und gehe ganz munter fort. Und niemand kommt mir darauf.

Ich habe noch nicht beschlossen, wann ich das Feuer lege. Ich hebe es mir für später auf, damit ich etwas zum Überlegen habe. Das Benzin und die Streichhölzer habe ich schon besorgt, mir ist fast das Kreuz abgebrochen, bis ich den Kanister nach Hause geschleppt hatte. Und je mehr ich mich abplagte wegen diesem Kerl aus dem Volk mit der aufgeknöpften Schlafanzughose, desto mehr loderte und dampfte mein Zorn.

Letztens habe ich angefangen, ganz oft den Himmel zu studieren. Ich mustere ihn. Denke, so viel Himmel! So viel unnützer Himmel! Ein Glück, daß ich jetzt zwei Renten habe. Denn erst jetzt ist mir aufgegangen, was der Himmel eigentlich wirklich ist. Der Himmel ist die Decke eines Ozeans. Und wir, wir leben und spazieren in diesem Ozean, ganz bequem, und sehen diese Decke über uns und nennen sie Himmel. Wir betrachten sie, während wir unser Törtchen essen, und kehren dann zu uns nach Hause zurück, um unsere Mutter zu verhätscheln.

Meine Mutter, die hielt ich wie eine Königin. Mit zwei Renten. So daß es mir alle sagten, im Milchgeschäft, in der Bäckerei, Fräulein Raraú, Ihre Mutter trägt vielleicht edle Kostümchen, man spricht über sie. Und im Wohnzimmerchen hatte ich an die Wand eine Krone gehängt, eine goldene, aus Sperrholz. Ich hatte sie mal aus der Requisite mitgehen lassen, als ich in einer vaterländischen Revue aufgetreten war. Zu jener Zeit machte ich keine Spaziergänge, denn Mama war sehr geschwächt. Allerdings war ich nicht darauf gefaßt, daß sie mir sterben würde. Ich hatte gerade einen Braten im Backrohr, als ich unvermutet meinen alten Namen hörte: Rubíni! Rubíni! Ich glaube, ich spinne, denke ich, hier kennt mich doch keiner als Rubíni. Und mache den Ofen auf. Da höre ich wieder, Rubíni, Rubíni, mein Kind, ich sterbe. Es war die Stimme einer Greisin. Ich klappe den Backofen zu, gehe nach drinnen, Mama, sage ich zu ihr, haben Sie etwas gehört? Als könnte sie mir antworten, stumm, wie sie war. Ich wäre doch nie darauf gekommen, daß die Stimme die von Mama hätte sein können. Es war die Stimme einer alten Frau, und ich hatte die Stimme meiner Mutter noch jung in Erinnerung, sogar als sie damals auf dem Lastwagen rief, nehmt mir diesen Kläffer da von den Füßen.

Rubíni, Kind, ich bin es, die dich gerufen hat, sehe ich meine Mutter sprechen. Mit einer Greisenstimme.

Mama! Sie haben geredet!

Ich wollte einfach nicht akzeptieren, daß diese greisenhafte Stimme in irgendeiner Verbindung zu meiner eigenen Mutter stehen könnte. Ich war fast beleidigt, daß sie ihre Stimme wiedergefunden hatte.

Komm her, Rubíni, mein Kind.

Meine Mutter hatte den Namen »Raraú« nie gebilligt.

Mama, Sie haben Ihre Stimme wieder?

Komm her, ich liege im Sterben. Ich hatte nie meine Stimme verloren. Ich wollte sie einfach nicht mehr. Seit damals. Sei still und weine nicht.

Ich sagte nichts. Ich lauschte auf ihre Stimme. Heiser und mühsam kam sie heraus.

Vorgestern, als du nicht da warst, Rubíni, mein Kind, hatte ich einen Anfall. Einen schweren. Das hab ich gespürt, und trotzdem nicht um Hilfe gerufen. Wenn es mir aber noch einmal passiert, kann es sein, daß ich sterbe ... oder um den klaren Verstand komme. Komm her und laß dich segnen. Und dir meine Dankbarkeit aussprechen. Für alles. Auch für diesen ganzen Luxus hier, den du mir geboten hast, und für damals. Für das Wasser, das du mir damals gereicht hast ... auf dem Lastwagen. Und du hast recht gehabt, nicht zu heiraten.

Sie streichelte mich, zog sich ein bißchen in sich zurück.

Mama, sagte ich zu ihr, all die Jahre lang hattest du deine Stimme und hast nicht gesprochen?

Sie blickte mich an. Dann blickte sie zur Wand.

Wozu? Es war es nicht wert, sagte sie. Und verstummte wieder.

Möchtest du etwas, Mutter? Wasser? Soll ich einen Arzt holen?

Ja, ich möchte etwas, Rubíni, mein Kind. Rubíni, Kind, wenn ich sterbe, wünsche ich mir nur den einen Luxus: daß du mich hier begräbst. Damit ich nie wieder dahin zurück muß. (Sie nahm das Wort Epálxis nicht in den Mund.) Setz alles in Bewegung, damit du mir hier einen Grabplatz beschaffst.

Ich habe schon einen gekauft. Ein Doppelgrab. Für immer in unserem Besitz, Mutter, sei ganz ruhig.

Ich habe dich sonst noch nie um etwas gebeten. Nur das möchte ich. Nicht einmal meine Gebeine sollen dahin zurückkehren müssen.

Danach verstummte sie.

Ein paar Tage später hatte sie ihren zweiten Schlaganfall und verschied.

Nachdem ich sie begraben hatte, erfaßte mich eine solche Seelenruhe. Und erst da wurde es mir bewußt: Bedeutung hat nicht der Tod: das Bedeutende sind die Toten.

Möge sie in Frieden ruhen.

Auch in der Karwoche gehe ich zu Mama und am Osternachmittag. Die trauernden Frauen ringsumher, das rote Ei in der Hand, die meisten ganz einfach, schmücken die Marmorplatten allenthalben mit Plastikblüten, waschen sie ab. Und das geschieht in einer Art Heiterkeit, man freut sich geradezu seiner Trauer, es ist, als ob man ein Glas hebt und auf die Gesundheit der Abwesenden trinkt. Wenn es auch einfache Frauen sind, fange ich doch ein Gespräch mit ihnen an. Damit ich mich nicht so verwaist fühle.

Und alles ist ruhig. Ich denke, wunderbar ist das alles. Der Tod vergeht: die Toten bleiben.

Wenn ich mir so meine Gedanken mache oder den Himmel betrachte, denke ich mir gelassen, daß ich selbst auch ins Paradies eingehen werde, und habe alles vorbedacht und gesichert, auch mein Bewußtsein ist wiederhergestellt, ich habe keine Zweifel. Bloß eine Frage quält mich: Gott, welchen Namen hat der? Wie heißt er eigentlich? Ich heiße Raraú, ein anderer Charálambos, und Gott, wie heißt der? Das wollte ich an dem Abend klären, an dem ich meine Wohnung nicht betreten mochte.

Denn als ich an jenem Abend von einem netten Treffen mit anderen pensionierten Kollegen zurückkam, mochte ich einfach nicht aufsperren. Los, Fräulein Raraú, redete ich mir zu, du steckst jetzt den Schlüssel in deine Haustür. Aber ich blieb bewegungslos vor dem Schlüsselloch stehen. Erst in diesem Moment dämmerte mir wie eine göttliche Eingebung, daß niemand in meiner Wohnung auf mich wartete. Und ich wollte ja auch gar nicht, daß jemand auf mich wartete, jetzt, wo die Mama doch schon seit Jahren fort ist. Trotzdem packte mich der Schrecken. Ein gewaltiger Schrecken. Ich ziehe den Schlüssel aus dem Schlüsselloch, gehe fast verstohlen zum gegenüberliegenden Mauerbänkchen und warte, stelle die Forderung, daß ich erst in meiner Wohnung ein Licht angehen sehen will. Ich bin sofort fest entschlossen: *mich* legt ihr nicht aufs Kreuz, meine Besten, *ich* setze keinen Fuß in die Wohnung, wenn ihr mir nicht aufmacht. Die Wohnung betrete ich nur unter einer Bedingung, sage ich mir: es muß jemand dasein, der mich empfängt.

Und so entfernte ich mich wieder und ging spazieren, zwei Uhr fünfzehn war es genau. Ging spazieren. Ich ließ ihnen eine Frist, einen Aufschub, bis sie mir aufmachten. Der Beamte, der mich um vier Uhr fünfundzwanzig bei Morgengrauen nach Hause begleitete, sagte mir, er werde keine Anzeige wegen öffentlicher Ruhestörung erstatten, bestimmt, weil er mich erkannte.

Merci, sagte ich zu ihm. Und drückte auf meinen Klingelknopf. Er entfernte sich beruhigt. Aber sie ignorierten mich, sie machten mir nicht auf. Und daraufhin drückte ich auf alle Klingelknöpfe des Wohnblocks, und hinterher erst, im Krankenwagen, ging mir die Wahrheit bezüglich der Frage des Himmels in aller Klarheit auf. Der Himmel ist lebendig. Er ist ein lebendiges wildes Tier. Und uns ist das nicht ins Bewußtsein gedrungen, weil er ein blaues Tier ist und sich regungslos hält. Den ganzen Tag lang. Regungslos, und auf uns lauert. Und sowie es Nacht ist und wir es nicht mehr sehen, beginnt sich das Tier Himmel anzuschleichen und auf mich herabzustürzen. Es fährt hernieder als Lilie. Zuviel der Ehre für mich, nichts dagegen zu sagen, aber Lilie und Verkündigung für mich? Mich gealterte Frau, mit zwei Renten? Jetzt, wo ich nicht mehr empfangen kann?

Ich bin im Krankenwagen, und auf die Weise bin ich gerettet, aber die anderen Menschen? Jeden Abend, sowie es dunkel ist, wird das Tier Himmel lebendig, regt sich, tut uns wer weiß was an, und wir Wehrlosen haben davon nicht die geringste Ahnung.

Und insofern vermeide ich es jetzt künftig, auszugehen, sobald es dunkel ist. Ohne mich, diese Lilie. Ich bleibe sitzen und sehe fern, ich habe mir einen Farbfernseher gekauft, die Raten sind seit dem Frühjahr abbezahlt.

Jetzt gehe ich hauptsächlich vormittags aus. Treffe Kollegen, schau mir Plakate an, mache auch mal Aphrodhítis Mutter, Frau Faní, einen Besuch. Die hat ihr Telefon immer noch nicht. Eines Mittags bin ich durch Zufall Mary, der Schwester von Thanássis aus Vúnaxos, begegnet, die Kinder vom Lehrer Anágnos sind das. Sie erkannte mich auf den ersten Blick, meine liebe Rubíni, du hältst dich ja prächtig, meinte sie. Sie sieht auch noch gut aus, nicht ganz so wie ich, aber wennschon. Sie erzählte mir von ihrem Bruder, der in Boston Karriere gemacht hat, dem haben sie eine eigene Universität gebaut, selbst unsere Regierung wird ihm Ehren zukommen lassen, zu einer Art halb nationalen Wohltäter wollten sie ihn machen, sagte sie mir, weil er unserer Nation Kultur geschenkt habe.

Siehst du, Mary, sagte ich zu ihr, schließlich waren wir doch alle erfolgreich, haben es in unserem Athener Leben alle zu etwas gebracht, wir ehemaligen Kinder von Epálxis. Der Gnom Kostís ist Theaterdirektor, euer Thanássis ist in der Wissenschaft, ich auf der Bühne, der Pános vom Gutákos mit dem Hutladen hat ein Mordshaus in einem piekfeinen Vorstadtgebiet, wir ehemals Mittellosen von Epálxis haben alle erreicht, was wir uns nur wünschen konnten. Ich zum Beispiel hab meine Zweizimmerwohnung, einen Plattenspieler und Platten, Arzt gratis, Renten, Anerkennung. Wozu jammern? Alle haben wir es zu etwas gebracht.

Dem stimmte sie zu.

Über dasselbe sprach ich vor Tagen mit Frau Kanéllo. Auch bei ihr haben alle Kinder etwas auf die Beine gestellt, ganz glücklich ist Frau Kanéllo als Großmutter. Eine eingeschworene Provinzlerin ist sie zwar, aber jeder hat seine Macken. Sie bringt mir Nachrichten. Epálxis stirbt allmählich aus. Vor dem Krieg gab es noch vier Volksschulen, eine Philharmonie, jetzt sind nur noch zwei Volksschulen in Betrieb. Für die übrigen sind keine Kinder mehr da. Auch der Friedhof meiner Heimatstadt, wo die Kinder immer Versteck gespielt hatten, hat seinen ganzen Glanz verloren. Die meisten Gräber sind aufgelassen, und bei etlichen Standbildern ist die Farbe ab. Nur die Chrysáfena, die Mutter des ermordeten Partisanengendarmen, ist noch regelmäßig dort. Málamas hieß er, glaube ich. Dessen Mutter geht immer noch hin. Seltener allerdings, sie geht nur noch jeden Samstag, ißt ein bißchen Erde, zündet das Lämpchen an, sie muß mittlerweile sehr, sehr alt sein, aber sie betet immerzu, lieber Gott, schenk mir noch ein paar Jährchen Leben, damit ich den Jungen besuchen kann, denn wenn ich sterbe, vergeß ich ihn doch, meinen Jungen.

Ach, der Fortschritt, weißt du. Die Einwohner von Epálxis sind in der Mehrzahl fort nach Athen gezogen. Und allen geht es dabei gut. Lotterieverkäufer, Portiers, Aphrodhítis Mutter mit ihrem eigenen Bunker, zum reinsten Schmuckstück hat sie den gemacht. Und häkelt die ganze Zeit. Auf Achtzig geht sie zu, aber hortet die ganze Zeit Geld, was will sie damit in ihrem Alter, Gott bewahre!

Ich will ja nichts sagen, ich hatte mich ehemals auch einmal um ein kleines Grundstück bemüht, aber es ist nichts daraus geworden. Da sagte ich mir, was willst du denn mit dem Grundstück, liebe Raraú. Erde ist es. Unmöglich zu begreifen, was ich mit dem Grundstück anfangen wollte.

Und damals, als mich wieder ein Polizeibeamter nach Hause begleitete, weigerte ich mich, ihm zu sagen, wo ich wohne. Er machte meine Handtasche auf, um nach dem Personalausweis zu suchen und meine Adresse herauszufinden, aber auf die Altersangabe konnte er keinen Blick mehr werfen, der ungehobelte Kerl. Und während ich auf der Station wartete, bis der Polizist Zeit hatte, mich nach Hause zu bringen, fragte

mich der Diensthabende nach Namen, Abstammung und Heimatstadt. Und da erinnerte ich mich wieder.

Meine Heimat, sagte ich ihm, war ein kleines Mädchen
namens Rubíni. Das ein kleines Gärtchen unter dem Bett hatte
und als treue Freundin ein buntes Hühnchen.

Und genau da begriff ich, warum die Menschen der Erde
gegenüber Achtung und Freundschaft empfinden: weil die
Erde aus Gräbern besteht.

Und das ist nicht traurig, warum sollte es traurig sein? So
ist das Leben: voller Tode. Es ist nicht traurig, es ist ganz
normal. Es ist normal, daß meine Mutter das Sprechen eingestellt hat.

Und es erschüttert mich nicht einmal mehr, daß ich begonnen habe, den Blick meiner Mutter zu vergessen. Ich weiß
auch nicht mehr, welches Händchen von unsrem Fánis kaputt
war. Oder selbst, welche Haarfarbe unser Fánis hatte. Ich vergesse sogar, Leid zu empfinden. Das macht mich ein bißchen
traurig. Daß meine Leiden so verblassen.

Was kann man da machen …

Doch ich habe noch die Erinnerung an mein Hinkelchen.
Und wenn ich zur Zeit der Mittagsruhe meinen Anfall habe,
weiß ich jetzt künftig den Trick: ich beiße in ein Tuch, und
auf die Weise können mich die Mitbewohner nicht hören,
ein Trick, der vom Kino abgeschaut ist, wirst du sagen, aber
was soll's.

So ist das also, lieber Doktor. Aber die Anfälle suchen mich
immer seltener heim.

Ich habe noch die Erinnerung an mein Hinkelchen, Doktor.
Vielfarben war es, und ist am Hunger gestorben, in meinem
Mutterhaus. Und ich denke, das war der einzige Gefährte,
den ich mir im Leben gewonnen habe. Es drehte sich um und
schaute mich an, bevor es sich neigte und starb.

Und ich? Wen werde ich anschauen?

Macht doch nichts.

Jetzt muß mein Tierchen endgültig zu Erde geworden sein.

Ich selbst werde ja auch zu Erde. Zu gegebener Zeit.

Ich denke mir, nach zwei, drei Jahrhunderten, wenn mein Hinkelchen und ich zwei sorglose Staubkörner geworden sind, könnte es sein (eine Hoffnung von mir, soll das heißen), könnte es sein, daß uns eines Tages dieselbe Brise erfaßt und uns für eine kleine Weile vereint, in der Luft. Zweisam im Flug für Sekunden.